SOB SUA OBSESSÃO

O PERSEGUIDOR: VOLUME 2

ANNA ZAIRES

♠ MOZAIKA PUBLICATIONS ♠

Zaires, Anna

Sob sua Obsessão, de Anna Zaires. Tradução: D. Dias. 1ª edição. Rio de Janeiro, BR. Independente, 2019.

Publicado por Mozaika Publications, uma impressão de Mozaika LLC.

www.mozaikallc.com

e-ISBN: 978-1-63142-443-4

ISBN: 978-1-63142-444-1

PARTE I

eter

— ELES ESTÃO NOS ALCANÇANDO — DIZ ILYA QUANDO O som das sirenes e o ranger do helicóptero fica mais alto. A luz dos carros do outro lado da autoestrada reflete na sua cabeça raspada, criando uma ilusão de que as tatuagens do seu crânio estão dançando quando ele olha no espelho retrovisor com uma franzida de preocupação.

— Certo. — Ignorando a adrenalina pulsando nas minhas veias, aperto meu abraço em volta de Sara, impedindo sua cabeça de escorregar do meu ombro quando Ilya ultrapassa um carro que andava devagar. Eu esperava a perseguição, claro – alguém não rouba uma mulher protegida pelo FBI sem consequências – mas agora que está acontecendo, estou preocupado.

Meus três companheiros e eu podemos lidar com uma caçada em alta velocidade sem problemas, mas eu não posso colocar Sara em perigo.

Tomando uma decisão, digo a Ilya: — Diminua. Deixe-os nos alcançar.

Anton vira-se no assento de passageiro da frente, seu rosto com barba incrédulo quando ele segura sua M16. — Você está louco?

— Não podemos levá-los para o aeroporto — Yan, o irmão gêmeo de Ilya ressalta. Ele está sentado do outro lado de Sara, deve ter entendido meu plano, porque está vasculhando na bolsa grande que guardamos sob o banco de trás do nosso SUV.

— Você acha que os federais sabem que estamos com ela? — Anton olha a mulher inconsciente pressionada ao meu lado e sinto uma pitada irracional de ciúme quando seu olhar sombrio passa pelo rosto de Sara, fixando um momento a mais do que o necessário nos seus lábios grandes e rosados.

— Devem saber. Aqueles caras na cola dela eram estúpidos, mas não completamente inúteis — Diz Yan, se endireitando com um lançador de granadas na sua mão. Diferente do seu irmão gêmeo, ele é a favor de corte de cabelo conservador e roupas sociais bem passadas – seu disfarce de banqueiro, como Ilya chama. Em geral, Yan parece com alguém que não saberia como lidar com uma chave inglesa, muito menos com uma arma, mas ele é um dos indivíduos mais letais que conheço – como é o resto da minha equipe.

Nossos clientes nos pagam milhões por uma razão e não tem nada a ver com nossas escolhas de moda.

— Espero que você esteja certo — Diz Ilya, apertando o volante quando olha no retrovisor novamente. Dois SUV escuros do governo e três carros de polícia estão a quatro carros atrás de nós, luzes azuis e vermelhas piscando enquanto eles passam os carros mais lentos. — A polícia americana é previsível. Eles não arriscarão atirar se sabem que nós a temos.

— Nem abrirão fogo no meio da autoestrada — Diz Yan, apertando um botão para abrir a janela. —, muitos civis em volta.

— Espere um momento — Digo a ele quando se aproxima da janela, o lançador de granadas na mão. —, queremos o helicóptero tão baixo quanto possível acima de nós. Ilya, diminua mais um pouco e entre na faixa da direita. Vamos pegar a próxima saída.

Ilya faz como eu peço e passamos para a faixa mais lenta, nossa velocidade caindo abaixo do limite permitido. Um Toyota Camry cinza passa por nós pela esquerda e seguro Sara mais perto de mim, falando a Yan para ficar preparado. O barulho do helicóptero é ensurdecedor – ele está voando quase diretamente sobre nós agora – mas eu espero.

Alguns momentos depois, eu vejo.

A placa de saída, a quatrocentos metros.

— Agora — Grito e Yan entra em ação, colocando a cabeça e torso para fora da janela, o lançador de granadas nas suas mãos.

Bum! Parece que a mãe de todos os fogos de artifício

foi lançada sobre nós. Freios soaram à nossa volta, mas já estamos na saída e Ilya sai da autoestrada na hora que o inferno acontece, carros batendo em ambas as pistas com um som de metal caindo quando o helicóptero sobre nós explode numa bola de fogo metálica.

— Caralhoooo — Respira Anton, olhando para a bagunça deixada para trás. Os pedaços do helicóptero em chama sendo o maior, um caminhão da Walmart gigante no processo de tombar e não menos que uma dúzia de carros já tendo colidido, com mais indo em direção ao da polícia a cada segundo. Os SUVs do governo estão entre as vítimas e os carros de polícia presos atrás deles. Não tem como nossos perseguidores conseguirem nos seguir agora e apesar e eu não estar feliz sobre os civis feridos, sei que é desse jeito que escaparemos.

Quando eles reagruparem e enviarem mais tiras atrás de nós, já estaremos longe.

Ninguém vai levar Sara para longe de mim agora.

Ela me escolheu e ficará comigo.

Chegamos na passagem subterrânea onde deixamos o outro carro sem perseguição, e uma vez que trocamos de veículo, todos respiramos um pouco aliviados. Não tenho dúvida de que os federais vão nos localizar, mas quando o fizerem, deveremos estar seguros no ar.

Estamos quase no aeroporto quando Sara dá uma pequena gemida, suas pálpebras se abrindo quando ela se mexe ao meu lado.

A droga que dei está perdendo o efeito.

— Shhh — Eu a acalmo beijando sua testa quando ela tenta se soltar do cobertor que a encobre do pescoço para baixo. — Você está bem, ptichka. Estou aqui e tudo está bem. Aqui, beba isso. — Com minha mão livre, abro a garrafa com água e pressiono nos seus lábios, deixando-a beber um pouco do líquido.

— O que... onde estou? — Diz ela rouca quando pego a garrafa e aperto meu braço em volta do seu ombro, impedindo-a de se desenrolar do cobertor e expor sua nudez. — O que aconteceu?

— Nada de mau — Asseguro a ela, colocando a garrafa de lado para retirar uma mecha de cabelo do seu rosto. — Só vamos fazer uma pequena viagem.

Do outro lado de Sara, Yan bufa e resmunga algo em russo sobre eufemismo grotesco.

O olhar de Sara se vira para Yan, então, pula para o carro e vejo o exato momento que ela entende o que está acontecendo.

— Por favor, diga-me que você não fez... — Sua voz aumenta um pouco. — Peter, diga-me que você simplesmente não...

— Shhh. — Virando-a totalmente para mim, pressiono dois dedos contra seus lábios macios. — Eu não podia ficar e não podia deixá-la para trás, ptichka. Você sabe disso. Tudo vai ficar bem. Nada de ruim acontecerá contigo. Vou mantê-la segura.

Ela olha para mim, seus olhos de avelã cheios de terror e choque e apesar da minha certeza de que fiz a coisa certa, meu peito se aperta desconfortavelmente.

Sara avisou-me sobre o FBI, sabendo que eu provavelmente a levaria comigo, mas ela talvez não esperasse que eu fizesse desse jeito. E talvez houvesse algum outro modo, algo que eu poderia fazer que não envolveria drogá-la e roubá-la no meio da noite.

Não. Retirando a dúvida não característica, eu foco no que importa: confortando Sara e fazendo-a aceitar a situação.

— Presta atenção, ptichka. — Moldo minha palma em volta da sua mandíbula delicada. — Sei que você está preocupada sobre seus pais, mas tão logo estejamos voando, você pode ligar para eles e...

— Voando? Então ainda estamos em...? Oh obrigado, Deus. — Ela fecha os olhos e sinto um tremor passar por ela quando os abre e olha para mim. — Peter... — Sua voz fica calma, em tom persuasivo. — Peter, por favor. Você não tem que fazer isso. Você pode simplesmente me deixar aqui. Será bem mais seguro para vocês... bem mais fácil fugir se não estiverem procurando por mim. Você poderia apenas desaparecer e eles nunca irão te pegar e, então...

— Eles nunca irão me pegar não importa o que eu faça. — Meu tom é seguro, mas não consigo evitar a raiva quando abaixo minha mão. Sara teve sua chance de livrar-se de mim e ela não aproveitou. Por avisar-me, ela selou seu destino e é tarde demais para voltar atrás. Sim, eu a droguei e a levei sem perguntar, mas ela tinha que saber que eu não a deixaria para trás. Eu disse o quanto a amava e apesar de ela não dizer o mesmo, sei que ela não é indiferente. Talvez não seja precisamente isso que ela queira, mas ela me escolheu e, agora, implorar-me para deixá-la para trás, tentar me manipular com seus olhos grandes e voz macia... Isso dói, a rejeição, apesar de que não deveria.

Eu *realmente* matei seu marido e forcei-me dentro da sua vida.

— Chegamos — Diz Anton em russo quando o carro diminui e viro a cabeça para ver nosso avião cerca de vinte metros à frente.

— Peter, por favor. — Sara começa a lutar dentro do cobertor, sua voz aumentando em volume quando o carro para por completo e meus homens saem. — Por favor, não faça isso. Isso é errado. Você sabe que isso é errado. Toda a minha vida está aqui. Eu tenho minha família e meus pacientes e meus amigos... — Ela está chorando agora, sua luta aumentando quando abaixo-me para segurar suas pernas enroladas no cobertor e a retiro do carro. — Por favor, você disse que não faria isso se eu cooperasse e eu cooperei. Fiz tudo que você pediu. Por favor, Peter, para! Deixe-me aqui! Por favor!

Ela está histérica agora, se virando e pulando dentro do cobertor quando saio do carro, segurando-a contra meu peito e Anton me olha desconfortável enquanto ajuda os gêmeos a retirar as armas debaixo do assento traseiro. Apesar do meu amigo ter sugerido em mais de uma ocasião que eu deveria apenas levar

Sara se eu quisesse, a realidade é muito mais cruel do que ele imaginava.

Outras pessoas podem nos achar monstros, mas *podemos* sentir – e seria necessário um coração de aço para não sentir nada quando Sara continua a implorar e pedir, lutando enrolada dentro do cobertor enquanto a carrego para o avião.

— Sinto muito — Falo para ela quando a trago para a cabine de passageiro e coloco cuidadosamente num dos assentos grandes de couro na parte da frente. Sua angústia é como uma lâmina com ponta envenenada em mim, mas o pensamento de deixá-la para trás é muito mais agonizante. Não consigo me ver sem Sara e sou impiedoso agora – e egoísta o bastante – para assegurar que não precisarei.

Ela pode estar pensando duas vezes sobre sua decisão, mas ela vai dar a volta e aceitar a situação, assim como começou a aceitar nosso relacionamento. E, então, ela será feliz novamente – mais feliz ainda. Construiremos uma vida juntos e será uma que ela também vai gostar.

Eu tenho que acreditar nisso, porque esse é o único jeito de tê-la.

Este é o único jeito para eu poder conhecer o amor novamente.

 *ara*

Lágrimas de pânico e frustração amarga rolam pela minha face quando as rodas do jato levantam-se da pista e as luzes do pequeno aeroporto desaparecem na escuridão. A distância, vejo as luzes da cidade de Chicago e seus subúrbios, mas não demora e elas desaparecem, deixando-me com o pensamento demolidor que minha velha vida se foi.

Perdi minha família, amigos, carreira e minha liberdade.

Minha barriga espreme-se em náusea assim como pedaços de vidro beliscam minha têmpora, minha dor de cabeça agravada por qualquer que seja a injeção que Peter me deu para deixar-me desacordada. Pior de tudo, é a sensação sufocante no meu peito, o sentimento agonizante que eu não consigo ar o bastante. Dou uma respirada profunda para combater, mas apenas piora. O cobertor é como uma camisa de força, mantendo meus braços presos ao meu lado e eu não posso conseguir oxigênio o bastante nos meus pulmões.

Meu carrasco cumpriu sua ameaça.

Ele sequestrou-me e talvez eu nunca veja minha casa novamente.

Ele não está perto de mim agora – tão logo levantamos voo, ele levantou-se e desapareceu na parte de trás da cabine de passageiros, onde dois homens estão sentados – e estou feliz por isso. Não consigo olhar para ele, saber que fui estúpida o bastante para avisá-lo quando ele já sabia de tudo.

Quando ele tinha a agulha pronta e estava brincando comigo.

Como ele soube? Havia câmeras e equipamento de escuta no vestiário do hospital onde Karen confrontou-me? Ou os homens de Peter contratados para seguir-me viram o rastro do pessoal do FBI e falaram com ele? Ou talvez ele tenha conexões com o FBI, igual o contato dele que tem na CIA? Será possível, ou estou imaginando demais? De qualquer forma, agora não importa; o ponto é, ele sabia.

Ele sabia, e mesmo assim fingiu que não sabia, brincando com minhas emoções enquanto esperava que eu desmoronasse.

Deus, como pude ser tão idiota? Como pude tê-lo avisado, sabendo que algo como isso poderia acontecer? Como pude ter ido para casa quando eu suspeitava – não, *sabia* – o que meu perseguidor iria provavelmente fazer se soubesse do perigo iminente? Eu deveria ter falado tudo para Karen quando tive a chance, deixá-la mandar os agentes para a minha casa enquanto o FBI me colocava em custódia protetora. Sim, Peter poderia escapar mesmo assim, mas não teria me levado com ele – não naquele momento, pelo menos. Eu teria mais tempo para planejar, ver o melhor modo para mim e meus pais ficarmos em segurança. Haveria, pelo menos, uma chance de que o FBI pudesse nos proteger.

Em vez disso, fui direto para a armadilha de Peter. Fui para casa e o deixei mentir para mim. Deixei-o enganar-me ao acreditar que havia algo humano – algo bom – dentro dele. "Te amo", disse ele e eu acreditei, caindo na ilusão que nós tínhamos algo genuíno, que sua ternura significava que ele realmente se importava comigo.

Deixei minha ligação irracional ao assassino do meu marido cegar-me para a realidade do que ele é e perdi tudo.

O aperto no meu peito cresce, meus pulmões se fecham até que respirar torna-se uma luta. Ódio e desespero misturados, fazendo-me querer gritar, mas tudo que consigo é um assovio de dor, o cobertor em volta do meu corpo apertando tanto como um laço no meu pescoço. Estou com muito calor, muito presa; minha cabeça está martelando e meu coração batendo muito rápido. Sinto que estou sufocando, morrendo e quero rasgar minha garganta, abri-la para que possa inspirar ar.

— Aqui, está tudo bem. — Peter está agachado à minha frente, apesar de não o ter visto se aproximar. Suas mãos fortes estão abrindo o cobertor, retirando meu cabelo do meu rosto molhado de suor. Estou tremendo e silvando, nas garras de um forte ataque de pânico e seu toque é estranhamente calmante, retirando o pior da sensação sufocante.

— Respire, ptichka — Insiste ele, meus pulmões obedecendo a ele do jeito que se recusam a obedecer-me. Meu peito se expande com uma respirada completa, então outra, e estou respirando quase normal, minha garganta abrindo-se para deixar entrar o precioso oxigênio. Ainda estou suando, ainda tremendo, mas meu pulso está diminuindo, o medo sufocante desaparecendo quando Peter livra meus braços do cobertor e me dá uma camiseta masculina.

— Desculpe-me. Não tive oportunidade de pegar nenhuma das suas roupas — Diz ele, ajudando-me com a camiseta gigantesca por sobre minha cabeça. — Por sorte, Anton guardou uma muda de roupas lá atrás. Aqui, você pode colocar essas calças também. — Ele guia meus pés trêmulos para dentro do jeans masculino, ajuda-me a colocar o par de meias pretas e retira o cobertor de uma vez, jogando-o na mesa perto de nós.

Como a camiseta, o jeans é enorme em mim, mas tem um cinto conectado a ele e Peter aperta-o em volta do meu quadril, fechando na frente como um nó antes de dobrar as bainhas para cima.

— Assim — Diz ele, olhando seu trabalho manual com satisfação —, isso deve dar para a viagem e, então, vamos te conseguir um guarda-roupa novinho em folha.

Fecho meus olhos, tirando-o de minhas vistas. Não consigo olhar para suas feições exoticamente belas, não consigo tolerar o calor desses olhos cinza-aço. É tudo mentira, uma ilusão. Ele não se importa comigo, realmente não. Obsessão não é amor e é isso que ele sente por mim: uma obsessão sombria e terrível que arruína e destrói.

Ela já destruiu minha vida de tantas formas.

Ouço-o suspirar antes das suas mãos grandes envolverem minhas palmas frias.

— Sara... — Sua voz profunda com um pequeno sotaque parece uma carícia na minha pele. — Faremos isso dar certo, ptichka, eu prometo. Não será tão ruim como você está imaginando. Agora, diga-me... você quer ligar para os seus pais, explicar tudo para eles?

Meus pais? Espantada, abro meus olhos e olho para ele. Dou-me conta de que ele mencionou isso antes, apenas não registrei. — Você vai me deixar ligar para meus pais?

Meu sequestrador assente, um pequeno sorriso curvando-se nos seus lábios esculpidos quando ele continua agachado na minha frente, suas mãos delicadamente tocando as minhas. — Claro. Sei que você não quer que eles fiquem preocupados, com o coração do seu pai e tudo mais.

Oh Deus. *O coração do meu pai.* Minha dor de cabeça aumenta ao lembrar. Com oitenta e sete anos, meu pai é bastante saudável para a sua idade, mas ele teve uma cirurgia para colocar três pontes de safena alguns anos atrás e deve evitar estresse. E eu não posso imaginar nada mais estressante do que... — Você acha que o FBI já falou com eles? — Ofego num horror repentino. — Será que falaram com meus pais que fui sequestrada?

— Duvido que tiveram tempo. — Peter aperta minhas mãos, então, as solta e fica de pé. Colocando a mão no bolso, ele pega um smartfone e dá para mim. — Ligue para eles, daí, você pode dar sua versão da história primeiro.

— Minha versão da história? E que versão é essa? — O telefone parece um tijolo na minha mão, seu peso aumentado por eu saber que se eu falar a coisa errada, posso literalmente matar meu pai. — O que posso dizer que fará isso parecer de alguma forma melhor?

Meu tom é doloroso, mas minha dúvida, genuína. Eu não posso imaginar o que falar para diminuir o pânico dos meus pais pelo meu sumiço, como posso explicar-lhes o que o FBI vai falar para eles – principalmente pelo fato de eu não saber o que os agentes revelarão.

O avião escolhe esse momento para atingir uma zona de turbulência e Peter senta-se perto de mim. — Diga a eles que você encontrou um homem... um homem por quem se apaixonou. — Ele cobre meu joelho com sua palma quente, seu olhar metálico aumentando em intensidade. — Diga a eles que pela primeira vez na sua vida, você decidiu fazer algo louco e irresponsável. Que você está bem, mas que pelas próximas poucas semanas, você estará viajando o mundo com seu amor.

— Próximas poucas semanas? — Uma esperança selvagem nasce em mim. — Você está dizendo que...

— Não. Você não retornará em algumas semanas. Mas eles não precisam saber disso ainda.

A esperança murcha e morre, o desespero esmagador voltando. — Nunca os verei novamente, verei?

— Verá. — Sua mão aperta meu joelho. — Em algum momento, quando for seguro.

— E quando será isso?

— Eu não sei, mas vamos dar um jeito.

— *Nós*? — Uma risada amarga escapa da minha garganta. — Você acha que isso é algum tipo de parceria? Que '*nós*' nos sequestramos juntos?

O olhar de Peter endurece. — Isso *pode* ser uma parceria, Sara. Se você quiser que seja.

— Oh, verdade? — Empurro sua mão do meu joelho. — Então, vire a porra desse avião de volta, *parceiro*. Eu quero ir para casa.

— Isso é impossível e você sabe disso. — Suas mandíbulas escurecidas por um pouco de barba se flexionam.

— É? Por quê? Porque você adora me foder? Ou porque você se fode de tanto me amar? — Minha voz aumenta quando fico de pé, as mãos tensas ao meu lado. Eu consigo ver seus homens nos assentos atrás de nós, suas feições petrificadas quando olham para fora da janela, fingindo que não estão ouvindo, mas eu não me importo. Já ultrapassei da fase de ficar constrangida, ultrapassei a vergonha; tudo o que sinto é ódio.

Eu nunca desejei ferir um ser vivo tanto quanto desejo ferir Peter neste momento.

O olhar do meu carrasco é sombrio, sua expressão forte quando ele se levanta. — Sente-se, Sara — Diz ele firme, chegando-se a mim quando o avião balança e eu me seguro na parede da janela para me equilibrar —, não é seguro. — Ele pega meu braço para forçar-me de volta ao assento e minha outra mão age prontamente.

Com o telefone ainda seguro na mão, dou um soco nele – e não erro, porque neste momento, o avião desce novamente, desequilibrando-nos. Com um baque audível, o telefone bate no rosto de Peter, o impacto do golpe abalando meus ossos e jogando sua cabeça para o lado.

Eu não sei quem está mais chocado com o fato de eu ter conseguido dar o soco, eu ou os homens de Peter.

Consigo ver seus olhares incrédulos quando Peter vagarosa e bem deliberadamente, solta meu braço e limpa o sangue descendo de sua bochecha. A cobertura metálica do telefone deve ter cortado sua pele; isso ou a turbulência inesperada ajudou à minha pancada, aumentando a força.

Seus olhos se cruzam com os meus e meu coração pula na minha garganta ante a ira subindo das profundezas prateadas. Cautelosamente, eu recuo, o telefone escorregando dos meus dedos inseguros batendo no piso com um ruído metálico.

Eu não esqueci do que Peter é capaz, o que fez comigo quando nos encontramos da primeira vez.

Consigo dar apenas dois passos antes das minhas costas pressionarem contra a parede da cabine do piloto, terminando minha fuga. Não tenho lugar para correr neste avião, nenhum lugar para esconder-me e o medo aperta minha barriga quando ele chega mais perto, seu olhar furioso prendendo o meu quando ele coloca suas palmas na parede em ambos os meus lados, engaiolando-me entre seus braços musculosos.

— Eu... — Eu deveria pedir desculpas, que não tive intenção, mas não consigo fazer-me mentir, então, aperto meus lábios fechados antes de piorar as coisas por falar o quanto o odeio.

— Você o quê? — Sua voz baixa e forte. Curvando-se, ele tomba sua cabeça até que seus lábios raspam na minha orelha. — Você o que, Sara?

Eu tremo ante o calor úmido da sua respiração, meus joelhos ficando fracos e meu pulso acelerando mais. Só que desta vez não é totalmente de medo. Apesar de tudo, sua proximidade causa uma turbulência nos meus sentidos, meu corpo tremendo em antecipação do seu toque. Apenas algumas horas atrás, ele estava dentro de mim e ainda sinto as sensações depois de ele me possuir, a dor interna do ritmo forte das suas estocadas. Ao mesmo tempo, estou dolorosamente ciente dos meus mamilos intumescidos forçando a camiseta e o umidade quente juntando-se entre minhas pernas.

Mesmo vestida, sinto-me nua nos seus braços.

Ele levanta a cabeça, olhando para mim e sei que ele também sente o mesmo, o calor magnético, a conexão sombria que faz o ar vibrar em volta de nós, intensificando cada momento até que milissegundos parecem horas. Os homens de Peter estão a menos de quatro metros de nós, olhando-nos, mas parece que estamos sós, enrolados numa bolha de necessidade sensual e tensão volátil. Minha boca está seca, meu corpo pulsando desperto e é tudo o que posso fazer para não me jogar nele, ficar parada em vez de pressionar-me contra ele e ceder ao desejo que me queima por dentro.

— Ptichka...— A voz de Peter amacia, assumindo uma vantagem íntima quando o gelo do seu olhar se derrete. Suas mãos deixam a parede para cobrir minha bochecha, a parte áspera do seu polegar passando pelos meus lábios e fazendo minha respiração chegar à garganta. Ao mesmo tempo, a sua outra mão segura meu cotovelo, sua pegada suave mas inescapável. — Venha, vamos sentar — Pede ele, puxando-me da parede —, não é seguro ficar em pé e assim.

Tonta, eu o deixo levar-me de volta ao assento. Sei que deveria continuar lutando, ou, pelo menos, colocando alguma resistência, mas a ira que me tomava se foi, deixando dormência e desespero em seu rastro.

Mesmo depois do que ele fez, eu o anseio. Eu o quero tanto quanto o odeio.

Meus pés apenas de meias estão congelados por andar no piso frio e fico grata quando Peter pega o cobertor da mesa e coloca em volta da minha perna antes de sentar-se perto de mim. Ele coloca o cinto de segurança em mim, trava-o e eu fecho meus olhos, não querendo ver o calor que enche seu olhar neste momento. Tão amedrontador quanto o lado sombrio de Peter é o homem que está fazendo isso – o amante terno e que se importa – é esse que mais me aterroriza.

Eu posso resistir ao monstro, mas ao homem é uma história diferente.

Dedos quentes esfregam minha mão e um metal frio pressiona minha palma. Assustada, abro os olhos e vejo o telefone que Peter acabou de me dar.

Ele deve tê-lo pego de onde deixei cair.

— Se você quer ligar para os seus pais, deve fazê-lo agora — Diz ele calmamente. —, antes que fiquem sabendo algo por eles próprios.

Eu engulo, olhando o telefone na minha mão. Peter está certo; não há tempo a perder. Não sei o que falarei para meus pais, mas qualquer coisa é melhor do que o que os agentes do FBI irão provavelmente falar.

— Como faço a chamada? — Olho para Peter. — Tem um código especial ou algo que preciso usar?

— Não. Todas as minhas chamadas são automaticamente codificadas. Apenas disque os números como sempre.

Respiro fundo e aperto os números do celular da

minha mãe. Ela irá provavelmente entrar em pânico por receber uma chamada no meio da noite, mas é nove anos mais jovem do que meu pai e não tem nenhum problema de coração conhecido. Segurando o telefone no meu ouvido, viro-me contra Peter e olho o céu noturno pela janela enquanto espero a chamada completar.

Ele toca doze vezes antes de cair na caixa postal.

Mamãe deve estar dormindo tão profundamente que não ouve, ou desligou o telefone para dormir.

Frustrada, tento novamente.

— Alô? — A voz de mamãe é sonolenta e preocupada. — Quem fala?

Eu inspiro aliviada. Não parece que o FBI falou com eles ainda; se tivessem, mamãe não estaria tão adormecida.

— Oi, Mãe. Sou eu, Sara.

— Sara? — Mamãe soa mais alerta instantaneamente. — O que aconteceu? De onde você está chamando? Aconteceu alguma coisa?

— Não, não. Tudo está perfeitamente bem. — Respiro, minha mente rapidamente tentando formar a história o mínimo preocupante. Em algum momento em breve, o FBI *irá* contatar meus pais e minha história será exposta como mentirosa. Contudo, o próprio fato de que eu liguei para eles e contei tal história deve confortar meus pais de que, na hora da chamada, pelo menos, eu estava viva e bem, diminuindo o impacto de qualquer coisa que os agentes falarão para eles.

Firmando minha voz, digo: — Desculpe por chamar

tão tarde, mãe, mas estou partindo numa viagem de última hora e quero que vocês saibam, assim não ficam preocupados.

— Uma viagem? — Mamãe parece confusa. — Para onde? Por quê?

— Bem... — Eu hesito e, então, decido embarcar na sugestão de Peter. Deste modo, quando meus pais souberem do sequestro, eles podem achar que fui com Peter por livre e espontânea vontade. O que o FBI vai achar é outro assunto, mas vou me preocupar noutro dia. — Eu conheci alguém. Um homem.

— Um homem?

— Sim, tenho me encontrado com ele por algumas semanas. Eu não quis dizer nada porque eu não sabia muito sobre ele e não tinha certeza do quão sério era. — Sinto que mamãe iniciará um interrogatório, então, falo rápido: — De qualquer modo, ele teve que sair inesperadamente do país e convidou-me para ir junto. Eu sei que parece completamente louco, mas eu precisava dar um tempo – você sabe, de tudo – e esta parecia uma boa oportunidade. Iremos viajar o mundo por algumas semanas, então...

— O quê? — A voz de mamãe é alta. — Sara, isso é...

— Loucura? Eu sei. — Faço uma careta, grata de que ela não pode ver minha expressão de dor. Entre mentir para ela e a dor de cabeça contínua, sinto-me como totalmente na merda. — Desculpe, mãe. Eu não queria te deixar preocupada, mas era algo que eu tinha que fazer. Espero que você e papai entendam.

— Espere um minuto. Quem é o homem? Qual o

seu nome? O que ele faz? Onde vocês se encontraram? — Ela lança cada pergunta como uma bala.

Viro-me para Peter, e ele assente rapidamente para mim, suas feições impassíveis. Não sei se ele pode ouvir minha conversa, mas interpreto o assentimento como significando que posso dar mais alguns detalhes.

— Seu nome é Peter — Digo, decidindo ficar o mais perto da verdade possível. — Ele é um tipo de empreiteiro, trabalha a maior parte do tempo no exterior. Nos encontramos quando ele estava na área de Chicago e temos nos encontrado desde então. Eu quis falar sobre ele no almoço do sushi, mas não parecia a hora ideal.

— Ok, mas... e seu trabalho? E a clínica?

Aperto a ponte do meu nariz. — Vou resolver tudo, não se preocupe. — Não vou, claro – esse tipo de coisa não vem junto com minha prática de hospital mesmo se Peter me deixar ligar para eles – mas não posso falar com mamãe isso sem torná-la prematuramente preocupada. Ela terá um baita ataque de pânico quando os agentes aparecerem na sua porta. Até lá, ela e papai podem simplesmente pensar que fiquei louca.

Uma filha se comportando mal tardiamente é infinitamente melhor do que uma filha sendo sequestrada pelo assassino do seu marido.

— Sara, querida... — Mamãe parece preocupada apesar de tudo. — Você tem certeza disso? Quero dizer, você mesma disse que não sabe muito sobre esse homem e, agora, você está saindo do país com ele? Não parece nada com você. Você nem mesmo me disse onde está indo. Você está voando ou guiando? E que número é esse que você está ligando? Está mostrando como bloqueado e a recepção está bem estranha com se você estivesse...

— Mãe. — Esfrego minha testa, minha dor de cabeça piorando. Eu não posso responder mais nenhuma pergunta, então, digo: — Olha, tenho que desligar. Nosso avião está quase decolando. Eu só quis te dar uma rápida atualização para que você não se preocupe, ok? Te ligo novamente assim que puder.

— Mas, Sara...

— Tchau, mãe. Falo com você em breve!

Desligo antes que ela possa falar mais alguma coisa e Peter pega o telefone da minha mão, sua boca curvada num sorriso de aprovação.

— Bom trabalho. Você tem um talento nato para isso.

— Para mentir para meus pais sobre ser sequestrada? Sim, um talento nato, com certeza. — Amargura vem junto com minhas palavras e eu não me importo de falar nesse tom. Estou cheia de ser legal e concordar com tudo.

Não estamos mais jogando esse jogo.

Peter não parece preocupado. — Você disse-lhes algo que irá diminuir a pior das suas preocupações. Eu não sei o quanto os federais irão falar, mas isso deve assegurar aos seus pais de que você está viva e bem, pelo menos hoje. Esperemos que seja o bastante até que você os contate novamente.

Essa também foi minha linha de pensamento e

preocupa-me de que estejamos na mesma onda. É uma coisa mínima, termos os mesmos pensamentos neste momento, mas parece ir ribanceira abaixo, como um passo para aquela parceria que Peter mencionou. Para a ilusão de que existe um 'nós', que nossa relação é, de algum modo, genuína.

Eu não posso – eu não irei – cair nessa mentira novamente. Não sou parceira de Peter, sua namorada ou amante.

Sou sua prisioneira, a viúva do homem que ele assassinou para vingar sua família e não posso nunca esquecer desse fato.

Lutando para manter minha voz normal, pergunto: — Então, terei a chance de contatá-los novamente? — Quando Peter assente que sim, eu pressiono: — Quando?

Seus olhos cinzentos brilham. — Quando eles ouvirem o FBI e tiverem uma chance de digerir tudo. Em outras palavras, em breve.

— Como você saberá se eles já ouviram do...? Oh, esquece. Você está vigiando meus pais também, não está?

— Estou monitorando a casa deles, sim. — Ele não parece nem um pouco constrangido. — Então, saberemos o que os agentes vão falar com eles e quando. Daí, decidiremos o que você deve dizer e como contatá-los novamente.

Pressiono meus lábios. Tem aquele insidioso 'nós' novamente. Como se isso fosse um projeto em dupla, como decoração de interior ou escolher uma garrafa de vinho para a reunião familiar. Será que ele espera que eu seja grata por isso? Agradecer por ele ser tão legal e se preocupar com a logística de me sequestrar?

Será que ele acha que se ele me deixar aliviar minha preocupação com meus pais, esquecerei que ele roubou minha vida?

Apertando meus dentes, viro-me e olho pela janela, é quando percebo que ainda não sei a resposta para uma das perguntas da minha mãe.

Virando-me para encarar meu sequestrador, encontro seu olhar calmo e divertido. — Para onde estamos indo? — Pergunto, forçando-me a falar calmamente. — Aonde exatamente *nós* estamos indo para decidir tudo isso?

Peter dá um sorriso aberto, revelando os dentes brancos que são um pouco tortos na parte de baixo. Julgando-se por isso, e aquela cicatriz no seu lábio inferior, seu sorriso deveria ser feio, mas as imperfeições apenas realçam o perigo do seu apelo sensual.

— *Nós* iremos decidir isso do Japão, ptichka — Diz ele e estica a mão pela mesa para segurar a minha com sua grande palma. — A Terra do Sol Nascente é nosso novo lar.

ara

Eu não falo com Peter pelo resto da viagem. Em vez disso, eu desmaio, meu cérebro desligando-se como se para escapar da realidade. Estou grata por isso. A dor de cabeça é implacável, os batedores de tambor tocando dentro do meu crânio toda vez que tento abrir meus olhos, e apenas quando começamos a descer que acordo o bastante para me arrastar ao banheiro.

Quando volto, acho Peter no assento perto de mim, trabalhando no laptop. Acho que ele deve ter estado lá por toda a viagem, mas não tenho certeza. Lembro-me realmente de ter caído no sono quando ele estava segurando minha mão, seus dedos fortes massageando minha palma e lembro-me dele colocando o cobertor em volta de mim em algum momento quando a cabine ficou bem gelada.

— Como está se sentindo? — Pergunta ele, olhando do laptop quando passo por ele e sento no meu assento ultra confortável de couro. Agora que o choque inicial do sequestro passou, vejo que o jato é bem luxuoso, apesar de não ser muito grande. Na parte de trás do avião, tem mais duas fileiras de assentos além da nossa, cada assento grande e totalmente reclinável e no meio tem um sofá bege de couro com duas terminações de mesas ligadas a ele.

— Sara — Peter reforça quando eu não respondo e eu dou de ombros em resposta, não inclinada a acalmar sua consciência por admitir que me sinto melhor após um sono longo. Os efeitos da droga devem ter passado totalmente, porque a náusea e dor de cabeça que me atormentavam passaram.

Eu *estou* com fome e sede, então, pego a água e a tigela de amendoins na pequena mesa entre nossos assentos.

— Teremos uma refeição de verdade em breve — Diz Peter, empurrando a tigela para mim. — Não esperávamos sair do país tão rapidamente e isso é tudo que temos a bordo.

— Aham. — Sem olhar para ele, engulo metade da garrafa d'água, como uma mão cheia de amendoins e faço-os descer com o resto da água. Não estou surpresa de ouvir sobre a falta de comida no avião; a surpresa é que ele tenha um avião de prontidão, ponto. Sei que ele e sua equipe recebem somas altíssimas de dinheiro para assassinar lordes do crime e tal, mas o custo deste jato de tamanho médio deve entrar fácil nos oito dígitos.

Sem poder conter minha curiosidade, olho para o meu carcereiro. — Isso é seu? — Abano a mão para indicar nosso redor. — Você comprou isso?

— Não. — Ele fecha seu laptop e sorri. — Recebi como pagamento de um de nossos clientes.

— Entendo. — Olho para o outro lado, focando no céu escuro fora da janela em vez de no seu sorriso magnético. Agora que me sinto melhor, estou até mais amargamente ciente do que Peter fez – e como sem esperança é minha situação.

Se eu estava nas mãos do meu carrasco em casa, onde estava com medo do que poderia acontecer se eu fosse para as autoridades, estou o dobro agora. Peter Sokolov pode fazer qualquer coisa comigo, manter-me presa até que eu morra, se ele estiver disposto. Seus homens não irão ajudar-me e estou quase entrando num país onde não falo a língua e não conheço nada nem ninguém.

Eu adoro sushi, mas é até aí que vai minha familiaridade com o Japão.

— Sara? — A voz profunda de Peter corta meus pensamentos e viro-me instantaneamente para olhar para ele.

— Aperte o cinto. — Ele indica o cinto de segurança solto ao meu lado. — Aterrissaremos em breve.

Eu puxo o cinto sobre o meu colo antes de virar minha atenção para a janela. Eu não consigo ver muito na escuridão – devemos ter voado tempo o bastante para ser noite no Japão apesar da diferença de horário – mas mantenho meus olhos no céu lá fora, tanto na esperança de ver algo como pelo desejo de evitar conversar com Peter.

Eu não agirei como se realmente *fôssemos* amantes saindo para uma viagem, fingir que estou bem com isso de qualquer modo ou forma. A influência que ele tinha sobre mim – sua ameaça de me roubar se eu não participasse de sua fantasia alegre doméstica – foi-se e não tenho qualquer intenção de ser sua vítima complacente de novo. Eu estava começando a ceder, a cair sob seu encanto pervertido, mas está tudo acabado agora. Peter Sokolov torturou-me e assassinou meu marido e, agora, raptou-me. Não há nada entre nós exceto um passado fodido e um futuro mais fodido ainda.

Ele pode me possuir, mas não irá gostar.

Vou me certificar disso.

4

MINHA MANDÍBULA AINDA DÓI PELO SOCO DE SARA quando aterrissamos num aeroporto particular perto de Matsumoto e nos transferimos para o helicóptero que nos aguardava. Eu terei um olho roxo amanhã – uma ideia que acho engraçada agora que o choque inicial de raiva passou. A dor que Sara provocou é pequena – já sofri pior em treinamento de rotina – mas a imprevisibilidade da minha pequena bela doutora atacando-me fisicamente foi o que me pegou.

Foi como ser arranhado até sangrar por um gatinho, um que você queria acariciar e proteger.

Ela ainda está com raiva de mim. É óbvio pela sua postura rígida, no jeito que não fala comigo ou nem mesmo olha para o meu lado quando o helicóptero levanta voo. Apesar de ainda estar escuro, a vejo olhando as vistas abaixo e sei que está tentando memorizar onde estamos indo.

Ela tentará fugir na primeira oportunidade, posso assegurar.

Anton pilota o helicóptero e Ilya senta-se na traseira comigo e Sara, enquanto Yan está na frente. Não estamos esperando nenhum problema, mas estamos armados, então, vigio Sara cuidadosamente para assegurar-me de que ela não faça nenhuma tolice, como tentar pegar uma arma de mim ou Ilya.

Dado o humor que ela está, eu não arriscaria nada com ela.

Nosso esconderijo japonês é localizado na montanhosa e pouco populosa Nagano Prefecture, bem no pico de uma floresta montanhosa e com precipícios com vista para um pequeno lago. Num dia claro, a vista é de tirar o fôlego, mas a razão mais importante de eu ter comprado esta propriedade é que esse topo da montanha em particular apenas é acessível pelo ar. Costumava haver uma estrada de terra na encosta oeste – foi assim que um homem de negócios rico de Tóquio construiu sua casa de verão lá em cima nos anos noventa – mas um deslizamento de terra provocado por um terremoto fez a encosta tornar-se um penhasco, cortando todo o acesso pelo solo para a propriedade e destruindo seu valor.

Os filhos do homem de negócios ficaram gratos quando uma de minhas empresas de fachada comprou a casa no ano passado, livrando-os do fardo de pagar impostos de um lugar que eles nem queriam nem tinham meios de visitar regularmente.

— Então, por que Japão?

O tom de Sara é seco e desinteressado quando ela olha para fora da janela do helicóptero, mas eu sei que ela deve estar morrendo de curiosidade para terminar a longa hora de silêncio e realmente falar comigo.

É ou isso ou ela esta pescando informação para usar para a sua fuga.

— Porque este é o último lugar que alguém pensaria em nos procurar — Respondo, imaginando que não tem problema em falar-lhe a verdade. — Nada me liga ao país. Rússia, Europa, Oriente Médio, África, as Américas, Tailândia, Hong Kong, as Filipinas – em um local ou outro, fui captado pelos radares das autoridades em todos esses lugares, mas nunca aqui.

— Também, é um esconderijo aprazível — Diz Ilya em inglês, falando com Sara pela primeira vez. — Bem melhor do que ficar em alguma caverna em Dagestan ou suando nossas bolas na Índia.

Sara dá uma olhada indecifrável para ele, depois, volta sua atenção para a vista do lado de fora. Eu não a culpo. O céu está iluminando com as primeiras luzes da madrugada e é possível ver os picos das montanhas e as florestas embaixo. Quando chegarmos ao nosso retiro da montanha, ela terá o verdadeiro impacto da vista e verá que pode desistir de todas as esperanças de fugir. Porque essa é outra razão pela minha escolha do Japão: a localização remota desta casa específica.

A nova gaiola da minha passarinha será tanto bela

quanto impossível de se fugir.

ATERRISSAMOS QUARENTA MINUTOS DEPOIS NUM pequeno heliponto perto da casa e vejo as feições de Sara quando ela vê nossa nova casa – uma construção de madeira e vidro espantosamente moderna que se mescla perfeitamente com a natureza intocável em volta dela.

— Você gosta? — Eu pergunto, olhando para ela quando a ajudo a sair do helicóptero e ela olha para o outro lado, puxando sua mão da minha pegada tão logo seus pés com meias pisam o chão.

— Isso importa? Se eu falar não, você me levaria de volta? — Ela se vira e começa a andar para a beirada do heliponto, onde o lado da montanha forma um penhasco que desce para o lago abaixo.

— Não, mas se você odiar aqui, podemos considerar algumas das nossas outras casas esconderijos. — Seguindo-a, pego seu pulso antes que ela chegue ao fim do heliponto. Eu não acho que ela está nervosa o bastante para pular de um penhasco, mas não irei arriscar.

— Onde? Em Dagestan ou Índia? — Ela finalmente olha para mim, olhos semicerrados. Apesar de estar no final da primavera, é frio de inverno nesta altitude, o frio do vento da manhã chicoteando os seus cabelos castanhos no seu rosto e moldando a camiseta preta frouxa no seu corpo fino. Posso senti-la tremendo de frio, seu pulso fino e frágil na minha pegada, mas suas mandíbulas delicadas estão numa linha obstinada quando ela olha para mim.

Ela é tão vulnerável, minha Sara, mas também é forte. Uma sobrevivente, como eu, apesar que ela provavelmente não aprovaria minha comparação.

— Dagestan e Índia são duas possibilidades, sim — Digo, deixando-a ouvir a diversão na minha voz. Ela está tentando antagonizar-me, fazer-me arrepender por levá-la comigo, mas nenhum sarcasmo ou tratamento silencioso fará isso.

Eu preciso de Sara como preciso de ar e água e nunca me arrependerei de ficar com ela.

Sua boca macia se aperta e ela vira seu braço, tentando soltar minha pegada no seu pulso. — Me larga — ela sibila quando eu não a largo imediatamente. — Tire a porra da sua mão de mim.

Apesar da minha determinação de ficar sem ser afetado, uma pitada de raiva me atinge. Sara me escolheu, se não precisamente *isso*, e não estou disposto a aturá-la tratando-me como um leproso.

Em vez de liberar seu pulso, aperto mais e a puxo para mim, da beirada do heliponto. Quando ela está suficientemente longe de cair, abaixo-me e a pego, ignorando seus gritinhos de espanto e protesto.

— Não — Digo com firmeza, pressionando-a contra o meu peito. — Não a deixarei ir.

Ignorando suas tentativas de se soltar da minha segurança, carrego a mulher que amo para a nossa nova casa.

 *ara*

PETER NÃO ME SOLTA ATÉ QUE ESTAMOS DENTRO DA CASA e, mesmo assim, quando ele me coloca em pé, continua com seus dedos de aço em volta do meu pulso, acorrentando-me ao seu lado enquanto olho minha bela prisão.

E ela *é* linda. Até com o ódio e frustração me corroendo por dentro, posso apreciar as linhas finas e modernas do plano do piso externo e as vista de cartão postal das montanhas e o lago visível pelas janelas que vão do piso até o teto. No meio do espaço, perto da cozinha ultramoderna, a escada em espiral com tábuas em madeira maciça indo para o segundo andar – e é para lá que Peter me leva, sua mão ainda possessivamente segurando meu pulso.

— Um empresário japonês construiu isso há vinte anos, mas eu renovei quando a comprei no ano passado — Diz Peter enquanto subimos as escadas. — Eu não sabia que viríamos para cá logo, mas achei que seria melhor estar preparado.

Eu não respondo, porque se eu tentar falar, vou me desmanchar e chorar. Neste exato momento, o FBI deve estar falando com meus pais sobre meu desaparecimento, e eu, sem dúvida, tenho dezenas de chamadas perdidas e mensagens do meu trabalho, assim como da clínica onde sou voluntária. Uma das minhas pacientes deve entrar em trabalho de parto essa semana e tenho uma cesariana programada para amanhã. Ou é hoje? Já é manhã no Japão; significa que é noite em casa? Eu não sei qual a diferença de horário, mas não posso imaginar que é menos de dez horas. Se for assim, eu já devo ter perdido um dia inteiro e as pessoas estão procurando por mim. Talvez até checando com meus pais para descobrir onde estou e por que não estou respondendo a nenhuma das chamadas ou mensagens.

Meus pobres pais devem estar passando mal de preocupação.

— Posso ligar para eles? — Pergunto com firmeza quando Peter leva-me a um quarto espaçoso. Uma das paredes é feita totalmente de vidro, revelando a vista de tirar o fôlego das montanhas com a copa coberta de neve a distância e o lago descendo abaixo. Ou, pelo menos, a vista deveria ser de tirar o fôlego se eu pudesse me concentrar nela, em vez de no bolo sufocante na minha garganta.

Por favor, faça com que meu pai esteja bem.

— Ainda não — Diz Peter, sua expressão suaviza quando ele solta meu pulso. Se eu não soubesse, pensaria que ele também está preocupado com meus pais. — Precisamos revisar as câmeras para ver o que tem acontecido e, então, achar um jeito de contatar sua família sem alertar a ninguém da nossa localização.

Eu engulo e me viro antes que ele possa ver as lágrimas enchendo meus olhos. Isso é tudo minha culpa. Se eu não tivesse ido para casa, se tivesse confidenciado a Karen naquele vestiário, tudo poderia ser diferente. Sim, meus pais e eu teríamos que ir para um programa de proteção e bem provável ser realocados, mas isso ainda seria preferível a este pesadelo. Não sei o que estava pensando quando dirigi para casa do hospital ontem à noite. Será que imaginei que se aparecesse em casa normalmente, Peter não saberia que o FBI havia falado comigo? Que os federais poderiam concluir que o homem que estão caçando tinha estado morando comigo e continuaríamos como antes?

Que se eu avisasse ao meu carrasco sobre o perigo iminente, ele me agradeceria e seguiria quietamente seu caminho feliz?

— Não, Sara. — Ele fica na minha frente, forçando-me a olhar para ele. Suas mandíbulas apertadas, seus olhos brilhando sombriamente quando ele diz baixo, voz firme: — Não finja que não quer isso. Sei que você está com medo e está tendo outros pensamentos, mas você me escolheu; você *nos* escolheu. É por isso que me falou que eles estavam vindo para mim, por que você veio para casa em vez de deixá-los levá-la para longe. Eu esperei por você. Eu sabia que eles estavam perto e mesmo assim esperei, porque eu precisava ver se você realmente me odiava... se você queria que eu fosse embora da sua vida. Mas você não quis, quis? — Ele segura minha mandíbula com sua palma, seu polegar raspando na minha bochecha. — Quis, ptichka?

— Eu quis. — Minha voz treme e, para minha vergonha, lágrimas quentes descem pelo meu rosto. Eu não quero mostrar fraqueza, mas não posso evitar o caldeirão tóxico fervendo no meu peito. — Eu estava exausta e com dor de cabeça. Não estava pensando corretamente. Em qualquer outro dia...

— Oh, verdade? — Sua boca torce num divertimento cruel quando ele abaixa a mão. — Essa é a mentira que você está falando para si mesma? Que eu te trouxe contra sua vontade... que você não queria nada disso?

— E eu não queria! — Dou um passo atrás, olhando para ele incrédula. Ele não pode seriamente acreditar no que está falando. — Eu jamais concordaria com isso. Meus pais, meus pacientes, meus amigos, toda minha vida ... está tudo lá atrás. Você me *raptou,* Peter. Não tem ambiguidade aqui. Você enfiou uma agulha no meu pescoço e me levou para longe inconsciente. Como pode achar que eu vim voluntariamente? Você perdeu a parte onde eu gritei e pedi para que me deixasse para trás quando eu acordei? Você estava surdo quando eu chorei e implorei que não fizesse isso? — Estou mais que furiosa, mas as lágrimas não irão parar de cair e eu enxugo minhas bochechas com as costas da minha mão, tremendo de ódio dos pés à cabeça.

Os lábios de Peter se apertam numa linha dura e perigosa e eu vejo o estranho aterrador que entrou na minha casa e torturou-me. Apenas que, desta vez, estou com muita raiva para sentir qualquer medo. Se ele quer me punir por isso, que puna.

Apenas o odiarei mais.

Ele não se move na minha direção, mas sua voz é firme quando diz: — Então, por que você fez isso? Por que me avisou, Sara? Você sabia que eu não a deixaria para trás. E não dê essa merda de desculpa de que não estava pensando direito. Você sabia muito bem que tipo de risco estava sofrendo. Por que fazer isso se não queria estar comigo?

Eu inspiro tremendo e me viro, determinada a controlar minhas lágrimas que continuam descendo. O ódio que toma conta de mim se dissipando, deixando-me desgastada até os ossos e vazia com desespero. Eu quero manter meu argumento, negar o que ele está falando, mas não posso. Talvez meu pensamento não estivesse tão claro quanto deveria estar, mas eu realmente sabia o que estava fazendo.

Não fiquei surpresa quando a agulha picou meu pescoço.

Sinto Peter atrás de mim, apesar de não ouvi-lo se aproximar. — Me diz, ptichka. — Sua voz suave novamente, seu toque gentil quando ele põe as mãos nos meus ombros, puxando-me contra seu corpo. — Diga-me por quê — Sua barba mal-feita roçando na minha bochecha quando ele abaixa sua cabeça e beija minha têmpora e eu fico tensa, lutando contra o desejo de recostar-me para trás contra ele e deixá-lo acariciar-me até que eu esqueça que perdi tudo.

Até que eu não me importe mais de que ele levou minha vida para longe.

Levantando a cabeça, Peter vira-me para encará-lo, seus olhos cinza fitando-me intensamente e eu sei que ele insistirá no assunto. Ele não descansará até que eu admita minha fraqueza, aquele impulso irracional e insano que me fez sabotar minha chance de liberdade.

Eu lambo meus lábios sentindo o gosto do sal das lágrimas. — Eu... — Engulo em seco. — Eu não quis te ver morto. — Até agora, as imagens horríveis não me deixam, meu cérebro visualizando como tudo deveria ter sido em detalhes grotescos. Posso quase sentir o cheiro forte de sangue quando as balas da equipe da SWAT cortam o corpo musculoso de Peter, posso quase ver os agentes de coletes entrando pela porta do quarto e o retirando da cama.

Posso quase sentir a solidão crua e esmagadora que seria minha vida sem meu carrasco.

Não. Não, não, não. Balanço a cabeça, expulsando o pensamento, coloco-o para longe como o pensamento lunático que é. Eu *não* queria isto. Apenas porque eu senti falta de Peter quando ele estava numa missão assassina não significa que eu não superaria eventualmente. E eu não senti saudade exatamente dele. Era o conforto enganador que ele me proporcionava, a ilusão de amor e cuidado. O que senti por ele não foi real e nem é o que ele acha que sente por mim. Uma mentira doentia é tudo que tem havido entre nós, uma obsessão patológica da parte dele e uma igualmente necessidade perversa da minha.

Os olhos de Peter se estreitam, suas mãos apertando meus ombros quando ele processa o que eu disse. — Então, você me avisou por causa do seu coração bondoso? Você estava sendo uma Boa Samaritana?

Eu assinto, piscando rapidamente para segurar uma nova onda de lágrimas. Essa não foi a única razão pelo meu lapso de julgamento, mas é a única que estou disposta a admitir.

As feições do meu sequestrador se endurecem e ele abaixa a mão, dando um passo para trás. — Entendo.

Se eu não soubesse melhor, acreditaria que o feri.

No próximo instante, contudo, ele continua como se nada tivesse acontecido. — Este é o nosso quarto. — Sua voz é fria e vazia, totalmente sem emoção. — O banheiro é por aqui. — Ele aponta uma porta na parte de trás do cômodo. — Você pode lavar-se e relaxar enquanto descarregamos alguns suprimentos e preparamos o café. Você terá roupas que serão trazidas aqui amanhã, mas enquanto isso, deve haver um roupão no banheiro e algumas das minhas roupas no closet. — Ele gesticula para um conjunto de portas do outro lado do cômodo. — Se precisar de algo, estarei lá embaixo. O café estará pronto em meia hora.

Eu mordo meu lábio. — Ok, obrigada.

Ele sai do quarto e eu vou para a janela, meu peito doendo de pesar por tudo que perdi – e pelo que acabei de ver nos olhos de Peter.

Dor.

Eu *realmente* o feri e, por alguma razão, isso me dói.

— ELA NÃO ESTÁ FELIZ, HUM? — DIZ ANTON EM VOZ baixa em russo quando eu retiro uma caixa de ovos de papelão gigante que ele havia acabado de colocar na geladeira, coloco-a no balcão perto do fogão e começo a procurar a frigideira.

— Não. — Quase não consegui me segurar de socar o armário quando não acho a frigideira lá. — Mas ela irá acostumar-se com isso.

— E se não se acostumar?

Eu finalmente localizo a frigideira e abro as gavetas próximas ao fogão. — Então, ela se tornará uma puta de uma infeliz. — Pegando a panela, eu fecho a gaveta, então, falo um palavrão contra mim ao ver uma pequena rachadura aparecer na madeira branca brilhante. Renovar a casa com uma viagem de helicóptero de cada vez foi uma merda, e eu não posso bancar descontar minha raiva nos balcões da cozinha. O rosto de Anton no treinamento de hoje mais tarde será um alvo bem melhor.

— Você sabe que isso teria que acontecer, certo? — Continua meu amigo, como que indiferente à minha raiva fervendo nas minhas entranhas. — Aquela merda no subúrbio não poderia continuar para sempre. É um milagre que eles não tenham nos atacado mais cedo. Se você quer essa garota por um longo período – e você quer, certo? ... esse é o único jeito.

Aperto minhas mandíbulas com tanta força que meus molares doem. — Chega, Anton. Essa porra não é da sua conta.

— Tudo bem. Só estou te lembrando dos fatos. Sei que é uma merda por ela estar nervosa e tudo o mais, mas... — Ele para, aparentemente se dando conta de que estou a meio segundo de socar seus dentes. Pegando seu canivete, ele abre um saco de laranjas e coloca numa grande tigela de madeira no balcão. Então, olhando a caixa de ovos com interesse, pergunta: — O que tem para o café?

— Para você? Nadinha. — Quebro cinco ovos numa tigela de batedeira, coloco um pouco de leite e acrescento tempero antes de bater. — Você e os gêmeos podem se virar sozinhos.

— Isso é grosseiro da sua parte, cara — Diz Yan, entrando na cozinha. Ele está carregando um caixa grande cheia de frutas e vegetais, assim como pão e carne congelada – suprimento de comida que nosso contato local carregou no helicóptero antes de enviá-lo para nós.

— Ilya e eu estamos morrendo de fome e você gosta de cozinhar — Continua Yan quando eu não respondo. — Quão difícil é fazer um pouco mais? Prometo, *eu* manterei minha boca fechada sobre sua bela médica.

Lutando contra a vontade de socá-lo, quebro mais uma dúzia de ovos dentro da tigela. Geralmente eu não alimento os caras, mas Yan tem razão: seria mesquinho privar minha equipe de um bom café da manhã depois de uma viagem tão longa.

Eu só preciso que eles não falem sobre Sara, porque se eu ouvir uma palavra a mais sobre o tópico corto a merda da cabeça deles fora.

Sabiamente, ambos Yan e Anton ficam quietos, descarregando o resto da comida enquanto cozinho a omelete, e quando Ilya chega, estou quase calmo – se não contar minhas esporádicas vontades de atravessar meu punho pela madeira branca do balcão.

Ilya senta em um dos bancos altos de aço inox e abre seu laptop, lembrando-me que temos assuntos para nos preocupar além de Sara.

— O que os hackers falaram? — Pergunto quando o vejo franzir diante do monitor. —Alguma pista daquele *ublyudok?*

— Não. — Seu rosto é sombrio quando ele olha para mim. — Sem transações de cartão de crédito, sem tentativa de contatar quaisquer amigos ou parentes, nada. O filho da mãe é bom.

Minha mão aperta o cabo da frigideira, minha raiva voltando. O último nome na lista – um Walton Henderson III, conhecido como Wally, de Asheville, Carolina do Norte – é o general que estava no comando da operação da OTAN que deu errado e resultou na morte da minha mulher e filho. Foi ele que deu a ordem para agir sem verificar a validade da suposta pista do grupo terrorista e foi ele que autorizou que os soldados usassem qualquer força necessária para conter 'os terroristas'.

Eu já matei todos os soldados e operacionais de inteligência envolvidos no massacre de Daryevo, mas Henderson – o que tem mais a responder por isso – ainda está livre, tendo desaparecido com sua esposa e filhos tão logo os rumores da minha lista de alvos chegou à comunidade de inteligência.

— Fale aos hackers para dar um mergulho fundo em todos os seus amigos e parentes, não importando o quão distante seja a conexão — Digo quando Yan vai sentar-se no banco alto perto do seu irmão. — Eles devem procurar por tudo fora do normal, como saques de altas quantias de dinheiro, compra de telefones extras, viagens fora da cidade, compra de imóveis ou aluguel de locais para férias, qualquer e todas as coisas que possam indicar que estão ligados ao bastardo. Alguém deve saber para onde Henderson foi e minha aposta é em um primo distante. Se em alguns meses ainda não houver nada, devemos precisar começar a fazer visitas em pessoa às conexões de Henderson, forçá-lo desse modo a vir à tona se for necessário.

— Você está certo — diz Ilya, seus dedos grossos sobre o teclado com agilidade e graça surpreendentes. —, será custoso para nós, mas acho que você está certo. As pessoas têm problemas em quebrar os vínculos completamente.

— Yan, temos aquelas gravações das câmeras? — Eu pergunto quando o outro gêmeo abre seu próprio laptop. — As da casa dos pais de Sara? Precisamos ver se os federais já falaram com eles.

— Estou baixando agora — Ele responde sem tirar o olho do monitor. — Esta conexão de satélite é uma merda de lenta. Diz que levará quarenta minutos para tirar os arquivos da nuvem.

— Certo, então, vamos comer primeiro — Digo desligando o fogão. — Anton, pode colocar a mesa para cinco de nós? Vou trazer Sara.

Meus homens ficam em silêncio quando vou para a escada, mas quando estou na metade do caminho, vejo Yan tombar na direção de Ilya, sussurrando algo no seu ouvido.

Sara esta acabando de sair do banheiro quando entro no quarto, seu torso fino enrolado numa toalha branca grande e seu cabelo molhado amarrado num coque em cima da sua cabeça. Sua pele pálida está avermelhada, provavelmente do calor da água e seus olhos de avelã com cílios grossos estão vermelhos e inchados de chorar.

Ela deveria parecer patética mas, em vez disso, está maravilhosamente linda, como uma princesa da Disney no período da maré de azar. Talvez a de *A Bela e a Fera*, apesar de eu não estar certo se me qualifico como a Fera na fábula.

Bela não odiava seu sequestrador tanto quanto Sara parece me odiar.

— O café está pronto — Digo friamente, tentando não pensar sobre sua revelação mais cedo. Sabendo que Sara avisou-me para salvar minha vida não deveria me incomodar – apesar de tudo, essa é a confirmação de que ela não quer que eu morra – mesmo assim, suas palavras pareceram um ferro em brasa perfurando meu peito. Suponho que seja porque eu estava convencido que ela queria vir junto, que quando ela implorou para deixá-la ficar era apenas um temor passageiro.

Machucou porque me iludi em acreditar que um dia ela irá me amar também.

— Obrigada. Já desço. — Ela não me olha quando fala, apenas entra no closet e sai um minuto mais tarde segurando uma das minhas camisas de flanela de manga comprida e uma calça de ginástica.

— Você se importa? — Diz ela, colocando as roupas na cama e eu cruzo os braços no meu peito, vendo que ela quer que eu me vire enquanto se troca.

— Não, absolutamente. Pode continuar.

Ela olha para mim. — Eu quis dizer...

— Sei o que quis dizer. — Mantenho minhas feições normais, mesmo com a raiva me corroendo por dentro. Se ela acha que a deixarei me tratar como um estranho, está completamente errada. Ela pode não me amar, mas é minha e não fingirei que ela nunca sentiu um orgasmo no meu pau. Se há uma coisa que sempre tivemos, é essa conexão na carne, um desejo mútuo tão intenso que ultrapassa uma simples luxúria. Eu quero Sara como nunca quis outra mulher e sei que ela não é indiferente a mim.

Ela me quer e eu não a deixarei negar isso.

O rubor no rosto de Sara aumenta, seus tendões ficando brancos quando pega a calça. — Tudo bem. — Olhando para mim, ela se senta na cama e coloca a calça com movimentos desajeitados, mantendo a toalha amarrada em volta do peito até que tenha as calças na altura da cintura e as pernas da calça enroladas para cima. Então, ela fica em pé, larga a toalha. Eu consigo ver seus mamilos lindos rosados quando ela coloca a camisa com movimentos raivosos e meu pau fica duro em resposta, meu corpo reagindo à visão da sua nudez com uma rapidez previsível.

— Feliz agora? — Ela dá um puxão na cordinha da calça, apertando com força para impedir que caia até o calcanhar e apesar do meu mau humor, não consigo evitar de pensar o quão adorável fica nas minhas roupas.

Se o jeans e a camiseta de Anton são grandes nela, minha calça e camisa são enormes. Sou alguns centímetros mais alto e forte do que meu amigo e essas roupas devem ficar largas em mim. Minha jovem doutora parece uma criança provando roupas de adulto – uma impressão aumentada pelos pequenos pés descalços e o cabelo desarrumado.

Incapaz de me conter, dou um passo rápido para ela, seguro seu pulso e a puxo para mim, ignorando a rigidez zangada de seu corpo quando encosto seus lábios nos meus. Com minha mão livre, coloco minha mão no seu coque molhado, tombando sua cabeça para trás e, então, abaixo minha cabeça e a beijo.

Sua boca é doce e com leve gosto de menta, de quem acabou de escovar os dentes. Seus lábios se partem numa ofegada de espanto e inalo sua respiração, tomando posse de seu ar como se quisesse possuir tudo dela. Eu quero seu corpo e mente, sua fúria e alegria. E mais do que tudo, quero seu amor, a única coisa que ela nunca deve me dar.

Minha língua invade sua boca, acariciando sua profundeza molhada e sedosa, e seus dedos entram nas minhas laterais sob a jaqueta, suas unhas afiadas através da camada de algodão da minha camisa. A pequena pontada de dor faz minhas terminações nervosas pularem, enviando mais sangue para o meu pau e minhas bolas se apertam, a vontade de fodê-la tão intensa que quase a jogo na cama e retiro aquelas calças ridículas. Apenas por saber que meus homens estão me esperando lá embaixo me impede de fazer isso.

Eu a desejo demais para uma rapidinha de dois minutos.

Com um esforço sobre-humano, a solto e dou um passo para trás, respirando fortemente. Sara parece do mesmo jeito que eu me sinto, seus olhos pesados e suas feições vermelhas quando ela inspira fortemente.

— Desça antes que os ovos esfriem — Digo com voz pesada, abrindo minha braguilha para ajustar a pressão nas minhas calças. — Desço em um minuto.

Ela se vira e foge antes que eu termine de falar e fecho meus olhos, respirando fundo e pensando nos invernos da Sibéria para fazer minha dureza diminuir.

7

*S*ara

QUANDO CHEGO LÁ EMBAIXO, OS COMPANHEIROS DE Peter já estão sentados à mesa de madeira retangular, seus olhos desejosamente fixos na frigideira no meio da mesa. Um deles – o vestido todo de preto, com cabelos na altura dos ombros e uma barba grossa e escura – olha quando me aproximo.

— Onde está Peter? — Pergunta ele, franzindo. Seu sotaque russo é apenas um pouco melhor do que o de Peter. — A comida está esfriando.

— Ele está vindo — Digo, o calor nas minhas bochechas aumentam quando as sobrancelhas do homem de barba se erguem. Ele pode provavelmente dizer o que aconteceu lá em cima pelos meus lábios inchados, se não pelo meu estado interno trêmulo.

Meus joelhos estavam literalmente tremendo quando desci as escadas e estou grata de que a camisa de Peter seja larga e grossa, escondendo as pontas duras dos meus mamilos.

Se meu sequestrador tivesse escolhido me foder, eu não seria capaz de dizer não e saber disso me enche de vergonha.

— Anton, você está sendo rude — Diz um homem alto, de cabelos castanhos, com um sorriso calmo. Diferente do seu colega com barba, que poderia ter saído direto de um filme de ação de assassinos, este cara não ficaria deslocado num escritório de advocacia. Seu cabelo castanho curto é bem cortado, seu rosto é bem barbeado e eu apostaria cem dólares que sua camisa de listra com botões e calça cinza são feitas por encomenda. Apenas seus olhos verdes frios denunciam sua clara relação com o grupo; eles são fortes e sem emoção, não se movendo quando o sorriso corta seus lábios.

— Você esqueceu de se apresentar — Continua o homem bem vestido, falando para Anton com o mesmo leve sotaque. Virando-se para mim, ele gesticula para seu amigo de barba e diz: — Sara, conheça Anton Rezov. Ele costumava voar qualquer coisa com um motor no seu antigo trabalho e ainda é útil ocasionalmente agora. E eu sou Yan Ivanov. Oh, e este é meu irmão, Ilya.

Volto minha atenção para o terceiro cara, o irmão de Yan, e vejo que ele foi o que falou comigo mais cedo, explicando por que este lugar é um bom esconderijo.

Ele parece o mais amedrontador de todos, com um corpo musculoso gigantesco, a cabeça raspada e coberta de tatuagens e uma mandíbula maior do que o normal que me faz pensar num gorila. Mas quando ele sorri para mim, os cantos dos seus olhos verdes riem, suavizando a dureza das suas feições.

— Prazer em conhecê-la, Dra. Cobakis — Diz ele com um sotaque um pouco mais pesado e levanta-se para puxar a cadeira para mim.

— Obrigada. É um prazer conhecê-lo também — Digo, sentando-me na cadeira. Eu deveria odiar cada um destes homens – apesar de tudo, eles são acessórios ao meu sequestro e assassinato do meu marido – mas algo sobre o sorriso genuíno do russo e o jeito respeitoso com que ele se dirigiu a mim torna impossível voltar minha ira nele.

Irei reservá-la toda para o homem que está descendo a escada neste exato momento, seu rosto belo sombrio e carrancudo.

— Finalmente — Diz Anton feliz quando Peter chega à mesa e senta perto de mim. Pegando a frigideira no centro da mesa, Anton corta um pedaço da omelete e coloca no seu prato —, estou tão pronto para comer.

— Sirva-se. — A voz de Peter cheia de sarcasmo parece não ser notada por Anton. Os irmãos Ivanov têm melhores maneiras à mesa, esperando até que Peter coloque uma porção no meu prato e, então, em seu próprio antes de dividir o restante.

Comemos em silêncio, demolindo a omelete em

questão de minutos, Peter levanta-se e descasca algumas laranjas. — Sobremesa? — Pergunta ele sucintamente e os caras ansiosamente aceitam a oferta. Eu não digo nada, mas Peter me traz uma tigela com laranjas descascadas mesmo assim.

— Obrigada — Digo em voz baixa. Mesmo nesta porra de situação, as regras de educação marteladas em mim desde criança são difíceis de quebrar. Colocando a mão na tigela, eu pego uma fatia de laranja e dou uma mordida, feliz pelo suco doce e refrescante. Eu devia ter um baixo nível de açúcar no sangue para início de conversa, porque agora que comi, estou sentindo-me um pouquinho melhor, o sentimento oco de desespero dissipando o bastante para deixar-me pensar.

Sim, à primeira vista, minha situação não é das melhores. Quando estávamos voando para cá, não vi nada parecido com uma civilização nas imediações próximas desta montanha, apenas penhascos e florestas densas, com neve cobrindo os topos das montanhas próximas. Mesmo se eu conseguir escapar dos quatro assassinos, caminhar para fora daqui não será fácil. Eu acampei exatamente uma vez na minha vida e estou longe de ser uma especialista em mata selvagem. Sem mencionar, se eu realmente alcançar alguma fazenda ou vila próxima, ainda terei de lidar com o desafio de comunicar minha situação a pessoas que não devem falar uma palavra de inglês.

Contudo, não é assim tão sem esperança como poderia ser. Parece que Peter pretende me deixar contatar meus pais em breve e tem uma chance de eu poder comunicar minha localização para eles – assim como para o FBI. Também, não estou amarrada ou de alguma forma presa. Pelo que posso dizer, tenho a liberdade para andar pela casa, o que aumenta minhas chances de fugir. Se eu for esperta e cuidadosa, posso até ser capaz de roubar um pouco de água e suprimentos, no caso da caminhada pela montanha levar uns dias a mais.

Nem tudo está perdido. De um jeito ou do outro, eu *irei* consertar meu erro e voltar para casa.

Enquanto isso, tenho que me certificar de não piorar as coisas por fazer algo estúpido... como me apaixonar pelo meu sequestrador.

Depois do café, vou para o quarto e caio rapidamente no sono, a mudança no fuso horário combinado com um coma alimentar fazem-me ficar tonta apesar do meu longo cochilo no avião. Eu acordo quando ouço o helicóptero ligar e pela janela gigante, vejo-o levantar voo do heliponto perto da casa.

Uma ida para pegar suprimentos? Uma missão de trabalho? Não tenho ideia, mas se Peter foi com o helicóptero, isso só pode ser uma coisa boa.

Infelizmente o vejo lá embaixo quando desço alguns minutos depois, tendo jogado água no meu rosto para ficar totalmente desperta. Ele está sentado num banco de bar atrás do balcão da cozinha, franzindo para algo na tela do computador. Quando me aproximo, vejo fones de ouvido nele.

Ele está ouvindo algo no computador.

Notando-me, ele retira os fones e aperta um botão no teclado – provavelmente para pausar o que quer que estivesse ouvindo.

— Essa é a gravação da câmera da casa dos meus pais? — Pergunto e minhas batidas do coração aumentam quando Peter assente.

— Sim. O FBI os visitou. — Sua expressão é cuidadosamente neutra.

— E? — Sento no banco do bar perto dele, meus ombros tensos. — O que eles falaram?

— É... interessante. — Os olhos de Peter brilham quando ele se vira para me encarar. — Parece que a história que demos aos seus pais é consistente com as suspeitas dos Federais.

Olho para ele, meu pulso acelerando ainda mais. — Eles acham que eu vim voluntariamente?

Ele fecha o laptop. — Essa parece ser a tese que eles estão trabalhando, especialmente agora que seus pais falaram sobre sua ligação telefônica. Mas eu acho que Ryson suspeita do seu envolvimento comigo antes disso, provavelmente porque você não falou a Karen a meu respeito, no vestiário.

Seguro minhas mãos no meu colo. Isso é tanto bom quanto ruim. Eu não quero que o FBI pense que estou em conluio com um dos seus mais procurados, mas, ao mesmo tempo, estou aliviada. Isso é infinitamente melhor do que minha família acreditar que fui sequestrada. — Então, como meus pais reagiram? Eles estavam preocupados? Nervosos? Meu pai estava...

— Eles aceitaram bem. — A tensão na mandíbula de Peter suaviza um pouco. — Eles estão obviamente chocados e perturbados que você esteja envolvida com alguém repugnante, mas Ryson mediu bem as palavras sobre quem sou e por que eles estão atrás de mim. Acho que estão preocupados de a história vazar para a mídia.

Isso faz sentido. O FBI, ou a CIA, ou quem quer que seja que inventou a mentira da máfia estar atrás do meu marido – não iria querer expor o que realmente aconteceu em Daryevo. Se Peter está certo sobre o erro que conduziu ao massacre da sua família, as partes envolvidas lutariam com unhas e dentes para impedir a verdade de vir à tona.

O público tende a franzir a testa ante um massacre de civis inocentes.

— Então, meu pai está bem? — Eu pressiono, dissipando a memória das fotos horríveis no telefone de Peter. — Ele não pareceu doente ou qualquer coisa?

— Seus pais pareceram bem, perfeitamente saudáveis. — A expressão de Peter me acalma mais quando suas palmas cobrem as minhas mãos apertadas em punho. — Eles estarão bem, ptichka. Eles são fortes, como você. E você será capaz de contatá-los em breve. Anton e Yan acabaram de sair para comprar suprimentos e quando eles voltarem, teremos o que precisamos para melhorar a segurança da conexão. Você vai conversar com seus pais, confortá-los e eles estarão bem. — Ele aperta minha mão delicadamente. — Tudo vai ficar bem.

Eu puxo minha mão, meus olhos pinicando com uma súbita investida de emoção. Isso, bem aqui, é o que torna as coisas confusas. O homem que te sequestra não deve se preocupar com sua família, muito menos dar a mínima importância aos seus sentimentos. O que Peter fez comigo – *tudo* o que ele fez comigo – são ações de um monstro cruel e egoísta, mesmo assim, quando ele está comigo, olhando para mim assim, é fácil acreditar que ele me ama, que em seu próprio modo estranho e superpoderoso, ele quer me fazer feliz.

Retirando os pensamentos perigosos da minha mente, controlo minhas emoções erradas e foco no tópico em questão. — Mas o que exatamente disse o FBI? E como meus pais responderam ao que eles falaram? Eles devem ter feito um caminhão de perguntas...

— Eles fizeram, mas tudo que Ryson disse-lhes foi que estão procurando o homem que está com você e que não podem falar por quê. Na maior parte do tempo, ele e os outros agentes questionaram seus pais, buscando detalhes específicos da sua ligação telefônica, se você falou ou fez algo fora do comum nos últimos meses, por que você parou a venda da casa e assim por diante.

— Certo. — Porque agora eles suspeitam de mim. Eles acham que estou tendo um caso com o assassino do meu marido – o que, de certo modo, estou. Um caso indesejado, com certeza, mas isso não muda os fatos. Eu poderia ter ido até o FBI naquela ocasião, explicado a situação e pedido sua proteção, mas em vez disso, eu me convenci que seria mais seguro para meus pais se eu lidasse com meu perseguidor do meu modo. E quem sabe? Talvez eu estivesse certa. Dada a falta de capacidade das autoridades de proteger os outros da lista de Peter, ele poderia ter me achado *e* meus pais se tentássemos desaparecer. E, então, mais pessoas poderiam se machucar – se não minha família, e os agentes indicados para proteger-nos.

Os três guardas que vigiavam George realmente terminaram com balas nas suas cabeças.

— Eu posso assistir ao vídeo? — Pergunto, retirando as lembranças ruins, e Peter assente.

— Se quiser. Vou colocar na TV mais tarde. — Ele gesticula para uma tela plana pendurada na sala de estar. — Enquanto isso, tenho que fazer uns trabalhos que estão atrasados, então, sinta-se à vontade para andar pelo local e explorar.

Eu pisco, incapaz de acreditar que isso seria tão fácil. — Ok, farei isso — Digo, incapaz de esconder minha excitação.

Se sou permitida explorar por minha própria conta, posso fugir o mais breve possível.

Lembrando-me dos meus pés descalços, olho para baixo e mexo os dedos. —Você acha que posso pegar emprestado algum calçado? — Pergunto tão casualmente quanto possa.

— Yan está comprando tudo para você hoje, mas

pode tentar usar meu tênis por enquanto. Se amarrar bem apertado, ele não deve sair.

— Tudo bem, vou tentar, obrigada. — Saio do banco e corro para as escadas, ansiosa para começar a explorar.

— Oh, e Sara? — Peter chama quanto estou quase na escada. Quando viro-me para olhá-lo, ele diz: — Se você for para fora, leve Ilya contigo. Você não conhece a área e existem penhascos por todos os lugares. Você não vai querer cair.

E indiferente à diminuição da minha excitação, ele abre o laptop, sua atenção mais uma vez na tela.

8

ENROLADA NO SUÉTER GROSSO DE PETER, QUE VAI ATÉ
meus joelhos, e com meus pés escorregando dentro de
seus tênis gigantes, passo cuidadosamente pelas
árvores, com Ilya ao meu lado. Ele está conversando
comigo, falando algo sobre a vegetação local, mas só
ouço parcialmente, focando em memorizar o caminho
para a trilha que visualizei a oeste. É grande o bastante
para deixar um veículo passar e parece levar montanha
abaixo.

— ...mas foi bloqueada pelo deslizamento —
Murmura Ilya e passo a dar atenção, vendo que ele está
falando algo importante.

— Um deslizamento?

Sua cabeça raspada assente rapidamente. — Sim, do

terremoto. Ele teve um grande impacto aqui, mudando a montanha completamente.

— Mudou como? — Pergunto, segurando-me para manter o suéter junto ao meu corpo. Venta menos aqui do que perto da casa, mas ainda estou com frio pela altitude. Estamos andando em círculos em volta da casa por quase uma hora e estou pronta para voltar para dentro, onde é quente.

Com o assassino russo nos meus calcanhares, não irei fugir de jeito nenhum e quando o fizer, terei que me certificar de estar vestida adequadamente.

— Além de bloquear a estrada, você quer dizer? — Pergunta Ilya e eu assinto, franzindo. Eu espero que ele não fale sobre a trilha que acabei de ver. Até onde vejo, é a única coisa que notei que se parece com uma estrada. Se estiver bloqueada, terei que andar pela floresta – uma situação bem mais incerta.

Ilya para e aponta o penhasco do outro lado do lago abaixo. — Vê aquilo? Era uma descida gradual antes. E tem muitos desse jeito nesta montanha também. Muito perigoso. A floresta sobe até as beiradas de alguns desses penhascos, então, se você não olhar para onde está indo...

— Certo. Perigoso. Entendi. — Isso apenas reforça minha convicção de que eu preciso estar bem preparada antes de tentar escapar. A última coisa que quero é cair de um penhasco. Precisarei de alguns dias para conhecer a área, explorá-la mais para que possa saber onde estou indo. Talvez conhecer mais esta região e aprender para que direção é o assentamento mais próximo ou qualquer lugar que me deixe chamar a Embaixada dos Estados Unidos.

De qualquer jeito, terei que ser esperta sobre minha fuga, para que não perca a pouca liberdade que tenho.

Q̲UANDO VOLTAMOS PARA CASA, ESTOU TREMENDO E AS pontas das minhas orelhas parecem pedras de gelo. Peter não está em lugar algum que possa vê-lo, então, subo e tomo um banho quente sozinha, imaginando que irá me aquecer.

A banheira alta e branca tem um formato diferente: quadrada e estreita, mas funda, com um degrau dentro. Não posso deitar nela com na minha banheira oval em casa, mas posso sentar-me no degrau e ficar com a água cobrindo meu pescoço. Na verdade é mais confortável deste modo, decido, fechando os olhos quando a água quente penetra em mim, retirando o frio e a tensão nos meus músculos. Eu não iria tão longe como descrever minha atual situação como relaxante, mas estou sentindo-me definitivamente melhor.

Se eu não estivesse aqui contra a minha vontade, eu quase que consideraria isso como férias.

— Você gosta da banheira japonesa? — Uma voz familiar murmura atrás de mim e meus olhos se abrem quando uma mão forte desce pelos meus ombros, massageando minha pele molhada. Instantaneamente, minha pulsação aumenta, o sentimento relaxante dando lugar a uma mistura confusa de raiva, desejo e medo que sempre sinto na presença de Peter.

Virando-me, envolvo meus braços em volta do meu torso quando saio do seu alcance. Ele já me viu nua centenas de vezes, mas ainda estou em conflito sobre essa intimidade entre nós, ainda bem ciente do completo *erro* de tudo. Pelo fato de nossa relação estar confusa antes, agora está em dobro, pois, meu perseguidor – o homem que me torturou com afogamento no nosso primeiro encontro – é meu captor.

Estou completamente sob seu controle e ambos sabemos disso.

Ele fica parado ao lado da banheira, suas mãos grandes e bronzeadas do sol na beirada da porcelana. As mangas da sua camisa térmica estão enroladas para cima, expondo a tatuagem decorando seu braço esquerdo. A tinta vai do pulso até o ombro, os desenhos intricados flexionando-se com cada movimento dos seus músculos bem definidos. Seu cabelo negro e grosso está desgrenhado com se ele tivesse acabado de passar seus dedos nele e sua mandíbula forte coberta com uma pequena barba por fazer.

Ele parece perigoso de todos os modos e tão descompromissadamente macho que meus interiores se apertam. Sexy é uma palavra muito fraca para descrever Peter Sokolov; o que ele possui é puro magnetismo animal, um apelo cru e puramente masculino que conversa com algo estranhamente primitivo dentro de mim.

Com esforço, eu fecho minha porta mental ao pensamento e me afasto até onde a banheira permite.

— Por favor, vá embora. Estou tomando banho.

— Posso ver. — Seu olhar passa pelo meu corpo antes de voltar para o meu rosto, seus olhos sombrios metálicos com fome. — E daí?

— Então, deixe-me em paz. — Faço o melhor para encará-lo sem tremer. — A não ser que privacidade não seja algo que seus prisioneiros tenham direito?

Seus olhos se estreitam, seus dedos se apertando ao lado a banheira. Sedosamente, ele diz: — Meus *prisioneiros* não têm direito a muitas coisas, banho inclusive. Minha *mulher,* contudo, pode fazer o que quiser – contanto que entenda um simples fato.

— E que fato é esse?

— Que ela é minha. — Ele dá um passo atrás e antes que eu possa responder, retira a camisa e deixa-a cair no piso, antes de tirar as meias. Então, abre o cinto e abaixa o zíper do jeans.

Eu inspiro com força, meus braços apertando-se nos meus peitos. — O que você está fazendo?

— O que parece que estou fazendo? — Ele abaixa o jeans e o retira, então, faz o mesmo com sua cueca boxer, revelando um pau duro e grosso que se curva até a barriga. A visão enche-me de adrenalina mesmo com o calor mal-vindo aumentando entre minhas pernas.

Eu não posso fazer isso com ele. Outra vez não.

— Não vou fazer sexo contigo. — A água sai pela

beirada da banheira quando levanto-me, não me importando mais se ele está me vendo nua.

Tenho que sair, fugir.

Peter segura meu braço antes que eu possa passar minha perna por sobre a beirada da banheira, então, ele entra na banheira, seu corpo grande fechando-me num pequeno quadrado quando ele me puxa de volta à água. Mais água sai da banheira, deslocada pelo seu peso, eu ofego quando encontro-me confortavelmente colocada no colo de Peter, minhas costas pressionadas contra seu peito e sua ereção entre meus glúteos. Em pânico, eu começo a lutar e ele passa um braço em volta do meu tórax, segurando-me no local.

— Oh, ptichka... — Sua voz calmamente zombando no meu ouvido. — Quem falou alguma coisa sobre sexo?

Seus dentes raspando no lóbulo da minha orelha e sua mão livre acoplando meu seio, seu polegar passando possessivamente no meu mamilo pulsante e demasiadamente duro. Eu congelo, segurando na parte musculosa do seu braço quando meu coração martela nas minhas costelas. Não estou com medo dele tanto quanto horrorizada pela minha própria reação, do jeito que meu corpo se derrete e suaviza ao seu toque. E isso é muito mais do que toque. O pau dele é como um poste de aço entre o meu traseiro, suas bolas estão pressionando meu sexo e seu polegar está torturando meu mamilo enquanto sua língua invade meu ouvido, fazendo-me tremer com prazer impotente.

Podemos não estar fazendo sexo pela estrita

definição da palavra, mas o efeito líquido é exatamente devastador.

— Peter, por favor... — Eu paro de lutar, desesperada para fugir antes que perca o foco do que importa. A água faz nossos corpos ficarem escorregadios, aumentando a sensação erótica da pele esfregando contra pele quando me agarro futilmente no seu braço. — Por favor, pare.

— Parar o quê? — Sua respiração aquece meu pescoço e sua mão livre sai do meu peito e viaja para baixo, para onde meus músculos estão apertados, minha carne pulsando e doendo por seu toque. — Isso... — ele lambe o côncavo de minha orelha, enviando arrepios em minha parte de baixo... — Ou isso? — Seus dedos ásperos com calos partem minhas dobras e pressionam meu clitóris quando seu dedo do meio entra em mim, enfiando até o primeiro tendão. Minhas unhas cravam no seu antebraço, meus músculos internos se apertam gananciosamente ante ao intruso e ele dá uma risadinha quando uma ofegada leve escapa meus lábios. Eu quero falar para que ele pare *tudo* isso, mas minha mente fica vazia quando seus dedos se movem mais para trás, depois do meu sexo. Oh Deus, com certeza ele não vai...

Seus dedos acham o anel apertado do músculo entre meus glúteos e pressionam a pequena abertura. — Ah, sim — Murmura ele, sua voz sombria e pecaminosamente suave quando fico tensa ante a pressão perfurante. — Talvez seja isso que você queira que eu pare. Estou certo, ptichka? — A pressão no meu ânus diminui quando seu dedo esfrega na carne apertada, como que acalmando a tentativa de violação. — Você é virgem aqui, meu amor?

A ternura me deixa confusa quase tanto quanto a sensação estranha aumentando no meu corpo. Algo quase como simpatia em sua voz profunda e sonora me acalenta, mesmo assim, posso ouvir o desejo nela também, uma fome tingida com possessão sombria. Ele gosta disso, da possibilidade de ser meu primeiro nisso e por saber que isso aumenta minha tensão interna, o calor traidor que murmura continuamente no meu âmago. Eu não deveria achar isso intrigante, não deveria querer isso de forma alguma, mas não posso negar uma certa curiosidade perversa. A certa altura, quando George e eu ainda estávamos namorando, eu falei sobre a ideia de sexo anal, mas George parecia desinteressado e nunca discutimos isso novamente.

Eu *sou* virgem nesse assunto, mas se eu admitir isso para meu sequestrador, provavelmente não serei por muito tempo.

Unindo as migalhas da minha força de vontade, empurro sua mão atormentadora. — Me deixa.

Para minha surpresa, Peter obedece, retirando sua mão e levantando o outro braço. — Vai então. — Sua voz está tensa. — Saia.

Saio desajeitada da banheira, minhas pernas tremendo. Meus pés molhados escorregam no piso frio quando corro para fora da banheira, parando rapidamente para pegar a toalha no caminho e somente quando estou em pé no quarto, totalmente vestida e com a toalha enrolada no meu cabelo molhado, que meu coração diminui a batida frenética.

Ele me deixou ir. Eu deveria estar feliz pelo adiamento, mas sinto-me estranha e deslocada, frustrada em mais de um jeito. Novamente, meu carrasco está fingindo que tenho escolha, como se essa fosse uma relação normal onde posso falar não. E talvez eu possa – por enquanto, pelo menos. Até agora, ele nunca forçou-me fisicamente. Mas não me iludo. Ele pode fazer o que quiser comigo e, eventualmente, eu *acabarei* na sua cama, tanto por formas mais sutis de coerção ou pela minha própria falta de determinação.

Eu quase desejei que ele me forçasse – porque, então, eu poderia fingir.

Eu poderia imaginar que sou normal e sã, uma mulher que odeia o homem que arruinou sua vida, em vez de desejá-lo.

9

P*eter*

SARA EVITA-ME ATÉ A HORA DO ALMOÇO, O QUE É BOM. Meu autocontrole está diminuindo, a escuridão subindo à superfície. Eu quero fodê-la e, ao mesmo tempo, eu quero subjugá-la e puni-la, fazê-la entender que ela é minha.

Eu quero levá-la ao limite e trazê-la de volta, não importa o que isso possa causar-lhe.

— Não faça isso, cara — Diz Ilya em voz baixa quando termino de juntar o sanduíche de Sara. Ele está fazendo seu próprio sanduíche ao meu lado. — O que quer que você esteja pensando, vai se arrepender.

Mostro meus dentes num sorriso sem graça. — Verdade? Você é uma porra de vidente agora?

— Não, mas não acho que você está pensando

corretamente. Ela não merece isso. — Ele coloca uma faca num pote de maionese. — O mínimo que pode fazer é dar um pouco de tempo a ela.

Eu me imagino pegando a faca e furando a traqueia de Ilya com ela, é muito cega para cortar sua garganta, mas faria um excelente serviço de sufocá-lo até a morte. Por sorte do meu companheiro, ele não fala mais nada e eu saio da cozinha com o prato de Sara.

Eu a acho no segundo andar, mexendo numa penteadeira num dos quartos de hóspedes vazios. Silenciosamente, eu paro na porta e a observo, fascinado pela visão do seu corpo gracioso e atrativamente jovial curvando-se e virando-se enquanto abre e fecha as gavetas uma a uma. Não tem nada naquela penteadeira, mas Sara não para até que checa cada gaveta.

Somente depois ela vira-se – e pula ofegando em espanto.

— Peter. — Ela aperta a mão no peito, como se seu coração estivesse em perigo de explodir. — Não te vi aí. — Sua voz está sem fôlego, mesmo quando faz uma tentativa visível de se recompor. — O que você...

— Te trouxe o almoço. — Entro no quarto, segurando o prato. — Imaginei que estivesse com fome. — Meu tom é calmo, diferente do fogo fervilhando meu sangue. O simples fato de vê-la assim, ainda vestida com minhas roupas super largas, me faz querer prendê-la na parede e fodê-la tão forte que ambos acabaríamos feridos e sangrando.

Cuidadosamente, ela pega o prato de mim e

retrocede, como se sentisse a violência borbulhando em mim. Conforme faz isso, ela nervosamente morde seu lábio inferior e eu imagino eu próprio fazendo o mesmo, cortando a carne macia rosada com meus dentes quando usufruo daquela boca macia, provando-a, consumindo-a até satisfazer o desejo que me queima vivo.

— Você não vai comer? — Pergunta ela desconfiada, colocando o prato na penteadeira e eu balanço a cabeça, meus olhos seguindo cada um dos seus movimentos. Estou provavelmente amedrontando-a com a intensidade do meu olhar, não posso evitar. Sinto-me como um predador no limite, a fome dentro de mim tão selvagem e sinistra que quase não se parece com algo tão básico quanto um desejo sexual. É mais como uma necessidade compulsiva de possuí-la, dobrá-la à minha vontade e fazê-la tão completamente minha que ela nunca pensaria em procurar coisas para ajudá-la na sua fuga.

— Eu já comi — Respondo, e como minha voz está um pouco rouca, não reflete nem uma fração do que estou sentindo. Racionalmente, sei que Ilya está certo, que tenho que dar a Sara tempo para se ajustar e aceitar sua nova vida comigo, mas tudo dentro de mim exige que eu a agarre e admita que ela precisa de mim... que apesar de tudo, ela me ama também.

Deixo o pensamento de lado, mas não antes de me encher com desejo agonizante. Porque isso é a conclusão de tudo, o que mais quero dela. Além da frustração do desejo não satisfeito, além da dor da sua rejeição, é esse desejo agudo e irracional que me rasga por dentro e cutuca o monstro dentro de mim.

Eu quero que Sara me ame e não sei como fazer isso acontecer.

— Ok. Hm, obrigada. — Seu olhar passa de mim para o prato e, então, de volta para o meu rosto. — Levarei para baixo quando terminar, certo?

Essa é minha deixa para sair, mas foda-se. Ela está desconfortável comigo depois do que aconteceu na banheira e, de repente, estou feliz com isso. Uma parte sádica de mim quer que ela se contorça, para ver se irei finalmente cruzar a linha e exigi-la apesar das suas objeções fingidas.

— Tudo bem. — Meu tom é exageradamente amigável quando vou para a cama no meio do quarto e sento-me na beirada, cruzando minhas pernas nos calcanhares. — Posso esperar.

Sara pisca, parecendo controlar a situação. — Verdade? Você vai simplesmente ficar sentado aí? Você não tem nada melhor para fazer, como torturar alguns inocentes?

— Isso está na lista para mais tarde. — Dou um sorriso desafiante para ela. — Por agora, é apenas você.

Suas feições se enrijecem, mas ela pega o sanduíche. Dando uma mordida, ela mastiga e engole muito rápido, então, dá outra mordida grande com seus dentes brancos e certos.

— Não vá se engasgar — Aviso calmamente quando ela acelera seu passo na terceira mordida. — Não temos um médico de prontidão, você sabe. Bem, exceto você, mas isso não ajuda muito se você estiver ficando roxa.

Os olhos de Sara se estreitam, mas ela não diminui o ritmo. Ela termina o resto do sanduíche no mesmo ritmo feroz, depois, pega o prato vazio e empurra para mim. — Aqui. Terminei.

— Bom. Agora, traga aqui. — Bato na cama perto de mim.

Suas mandíbulas se apertam; então, um sorriso doce inesperado curva seus lábios. — Oh, você quer o prato aí?

Seus olhos anunciam sua intenção meio segundo antes de seu braço girar e eu me abaixo quando o prato vai direto para a parede atrás de mim, quebrando em mil pedaços. Pedaços de porcelana chovem na cama em minha volta, misturado com migalhas de pão.

Como se dando conta do que fez, Sara vai devagar para a esquerda, na direção da porta, seus olhos com a mesma expressão desconfiada que estava quando me bateu. Eu a perdoei então, porque sabia que estava chocada e sobrecarregada, mas não vou aturar isso por mais tempo.

Se Sara quer fazer-me um vilão, estou feliz em cumprir.

— Você vai limpar isso. — Minha voz fria e dura quando fico de pé, retirando os pedaços do prato quebrado das minhas mangas. — Este quarto ficará perfeitamente limpo novamente, me entendeu?

Ela olha para mim, desafio lutando com autopreservação no seu olhar. O senso comum diz para ela retroceder e fazer como eu digo, mas ela não quer tornar as coisas tão fáceis. Assim, seu queixo levanta-se. — Ou o quê? Você vai me torturar com água? Me ameaçar com uma faca? Me sequestrar? Oh, espere, você já fez isso tudo.

Apesar da bravura das suas palavras, suas mãos estão visivelmente trêmulas quando as coloca num bolso do suéter. Se eu fosse um homem melhor, eu retrocederia neste ponto, deixaria-a ter esta pequena vitória. Mas ela não é a única com raiva hoje; a raiva dentro de mim parece uma besta viva, sinistra e potente, alimentada por sua rejeição e por saber que eu talvez nunca tenha o que realmente quero dela.

Se eu não posso ter seu amor, aceito seu ódio.

— Oh, ptichka...— Vou em direção a ela, apreciando o brilho de medo nos seus olhos quando ela instintivamente move-se para a porta. Antes que possa dar mais um passo, paro na frente dela, atrapalhando sua fuga. Levantando minha mão, retiro o cabelo do seu rosto e me aproximo, inalando seu cheiro doce quando abaixo minha cabeça e sussurro no seu ouvido:
— Ainda não aprendeu a não brincar assim comigo?

Ouço-a engolir e quando levanto minha cabeça para olhá-la, vejo que seu peito está levantando e abaixando num ritmo rápido. Ela está com medo, minha Sara, e por uma boa razão.

Até eu não sei o quão longe irei hoje.

Seus lábios se partem, como se para refutar o que falei e abaixo minha cabeça novamente, possuindo aquela boca macia retorcida com toda a fome violenta que ela causa em mim. Minhas mãos deslizam nos seus cabelos, segurando sua cabeça parada e eu engulo sua ofegada de protesto quando meus braços sobem, seus dedos finos rodeando meus punhos num esforço fútil de afastá-los.

Como sempre, ela é deliciosa, o interior da sua boca como uma seda quente. Seu corpo esbelto se arca para mim quando a encosto contra a penteadeira, roçando minha ereção contra sua barriga e seus seios se pressionando contra mim, seus mamilos intumescidos em picos duros. Posso ouvir sua respiração aumentar e sei que se deslizar minha mão nas suas calças, sentiria sua virilha molhada para mim, esperando-me.

Seu corpo, pelo menos, está ligado a mim.

Preciso de toda a minha força de vontade para levantar minha cabeça e dar um passo atrás, para libertá-la em vez de devorá-la ali mesmo. Mas faço isso – porque precisamos resolver isso uma vez por todas.

— Você quer saber o que mais posso fazer com você, ptichka? — Minhas palavras vêm baixas e duras, revestidas com o desejo e raiva incinerando minhas entranhas. — Você quer saber o que acontecerá se você me forçar muito?

Os olhos de Sara arregalam-se, seu peito subindo quando tenta pegar ar e eu me aproximo novamente, capturando seu rosto entre as palmas das minhas mãos quando olho para ela. — Você quer que eu te explique a realidade da sua situação? — Continuo.

Ela engole novamente e sinto o tremor nas suas mãos quando ela segura meus antebraços. — S-sim. —

Sua voz é quase um sussurro, mas ainda tem um pouco de desafio no seu olhar. — Sim, quero.

Meus lábios se curvam e até posso sentir a parte sinistra nesse sorriso. — Oh, ptichka, onde devo começar?

10

*S*_{ara}

Capturada. Presa.

Mesmo quando continuo encarando Peter, resistindo à vontade de olhar para longe de suas profundezas prateadas hipnóticas, posso sentir minha força esvanecendo, minha determinação de lutar terminando. Eu nunca me senti mais sua prisioneira quanto sinto neste momento, nunca estive tão apercebida da minha vulnerabilidade. Ele não está me ferindo, suas palmas grandes segurando meu rosto com uma estranha gentileza, mas esses olhos metálicos falam uma história diferente.

Estou à disposição do meu carrasco e ela não tem nada a perder.

— Comecemos com o básico — Murmura ele e eu

fecho meus olhos quando ele abaixa a cabeça, esfregando seus lábios na minha testa e levantando a cabeça para olhar para mim novamente. Sob circunstâncias normais, o beijo terno deixar-me-ia desarmada, mas meus nervos vibram como um garfo afiado quando ele abaixa suas mãos para meus ombros e diz suavemente: — Sua vida anterior se foi, Sara. Eu a deixei viver pelo tempo que pude, mas ela terminou. Você vai ter que aceitar isso. E a transição pode ser fácil para você... ou difícil. Depende de você.

Minha pulsação sobe violentamente. — O que você quer dizer?

— O telefonema para seus pais hoje à noite, por exemplo. — Suas mãos são suaves nos meus ombros, mesmo com seus olhos brilhando sombriamente. — Ele não tem que acontecer, você sabe. Nem qualquer outro contato com qualquer um da sua vida anterior. Você pode desaparecer, fazer uma ruptura total. Isso pode até ser melhor em alguns aspectos. Você se adaptaria mais rápido se não tivesse lembranças constantes do que perdeu e...

— Não — A palavra pula de mim quando meu estômago se revira em pânico, o sanduíche que acabei de comer ameaçando voltar quando seguro sua camisa implorando: — Por favor, Peter, não faça isso. Eu tenho que falar com meus pais. Tenho que fortalecê-los. Eles estão muito velhos para se preocupar assim. O coração do meu pai não aguenta isso... você sabe disso.

Ele pende sua cabeça para o lado. — Sei? Te deixei falar com eles no avião e talvez isso tenha sido um erro. Você insiste que eu te sequestrei, te trouxe contra sua vontade. Se esse for o caso – se você é minha prisioneira e nada mais – por que eu correria o risco de te deixar contatar alguém? Se você é apenas minha prisioneira, por que eu me meteria em perigo e passaria pelo transtorno de confortar sua família?

Eu olho para ele, minha respiração rasa quando minhas mãos caem para os meus lados. Eu entendo o que ele quer agora – o que ele sempre quis de mim – e sei que, mais uma vez, não tenho escolha a não ser obedecer.

— Você disse... — Minha voz para quando lágrimas ácidas queimam a parte de trás dos meus olhos. — Você disse que sou sua mulher, que você me ama. Então, não sou apenas sua prisioneira, certo?

A expressão de Peter não muda. — Eu não sei, Sara. Depende de você. — Ele solta meus ombros e dá um passo atrás. — Te deixarei pensar sobre isso enquanto faz a limpeza. O aspirador e material de limpeza estão na dispensa lá embaixo.

Virando-se, ele sai do quarto.

O QUARTO DE HÓSPEDES ESTÁ UM BRINCO QUANDO termino, a cama perfeitamente arrumada e limpa do menor pedaço de porcelana e farelo de pão. Serviço de casa não é algo que eu goste, parcialmente porque leva uma eternidade por causa das minhas tendências perfeccionistas, mas o resultado final é geralmente bom.

Em outra vida, eu seria uma dona de casa decente.

Quando estou satisfeita com a limpeza do quarto, levo o aspirador para baixo e vou procurar Peter. É estranho, mas sinto-me um pouco mais calma depois do seu ultimato. Estamos de volta onde estávamos quando sua ameaça de sequestrar-me estava flutuando na minha cabeça, exceto que é mais simples agora.

Não importa o que Peter diga, eu *sou* sua prisioneira e tenho apenas uma escolha.

Continuar o jogo e dar a ele o que ele quer até que eu possa escapar.

Acho meu sequestrador do lado de fora lutando boxe com Ilya numa pequena clareira perto da casa. Apesar do tempo frio, ambos estão sem camisa, seus torsos grandes e musculosos brilhando com o suor enquanto circulam em volta da clareira, ocasionalmente dando soco um no outro com um golpe rápido como relâmpago. Seus movimentos lembram-me o de artes marciais, apesar de não poder dizer qual estilo específico. Qualquer que seja, é belamente selvagem e eu paro, pasma apesar de tudo, quando Peter se abaixa sob o punho do golpe de Ilya e lança um contra-ataque feroz, movendo-se tão rápido que quase não acompanho com meus olhos.

Eles devem apenas estar se aquecendo porque o que se segue é uma série de golpes sem parar. Tenho quase certeza de que Peter dá um chute forte no tórax de Ilya e vejo Peter usando seu antebraço para bloquear um soco de Ilya que poderia derrubar um urso. Além disso, a luta continua num passo tão furioso que não consigo discernir o movimento de cada indivíduo, muito menos imaginar quem está ganhando ou perdendo. Tudo o que vejo são dois animais machos poderosos, seus músculos se gesticulando enquanto a violência esquenta em volta deles.

Depois de cerca de um minuto, eles param e se separam, ofegando quando circulam um ao outro e eu vejo sangue descendo da mandíbula de Ilya. Não vejo nenhum sangue em Peter, então, acho que isso o faz o vencedor desse round insano. Não estou surpresa. Apesar de Ilya parecer um tanque, ele não tem a graça letal de Peter, isso é certamente algo que faz meu sequestrador tão mortal. Não tenho dúvida que o russo de cabeça raspada pode matar tanto quanto qualquer um – apenas um golpe bem colocado daquele punho gigantesco poderia provavelmente fazer isso – mas Peter parece mais perigoso, mais implacável.

Numa luta até a morte, meu dinheiro seria apostado em Peter qualquer dia da semana.

Fico me debatendo se falo algo para alertar os homens da minha presença, mas antes que possa fazer, Peter olha na minha direção e para no seu caminho. — Sara?

— Hm, sim. — Respiro para acalmar as batidas frenéticas do meu coração. —Desculpe por interromper, mas estava pensando se poderia colocar os vídeos dos meus pais na TV para mim. Quando terminar aqui, quero dizer – sem pressa.

Sou excessivamente educada para compensar minha explosão de mais cedo. A verdade é, estou desesperada para assistir aqueles vídeos e certificar-se de que meus pais estão bem, mas não vou ganhar nada por fazer exigências. Se há algo que aprendi naquele quarto de hóspede, é que Peter Sokolov ainda tem todo o poder nesta relação fudida nossa. Mesmo quando acho que não tenho mais nada faltando para perder, meu carrasco acha uma fraqueza, um jeito de me manipular sem me machucar diretamente – fisicamente, pelo menos.

Emocionalmente, ele tem me destruído dez vezes mais.

— Tudo bem — Diz Ilya e dá um sorriso aberto que expõe o sangue nos seus dentes. —, acho que já terminamos por hoje, de qualquer modo.

Peter não olha muito para ele; todo o seu foco em mim. — Você limpou o quarto? — Ele pergunta, colocando seu cabelo molhado de suor para trás. Seus músculos relaxam quando ele abaixa seu braço e me vejo olhando os pingos de suor escorrendo no seu abdômen liso e rígido.

Pare com isso, Sara. Não olhe seu sequestrador com desejo.

Com esforço, levo meu olhar para o rosto de Peter. — Tudo feito. — Mantenho minha voz calma apesar da provocação clara nas suas palavras. — Você pode checar se quiser.

Ele olha para mim por um segundo, e assente. — Tudo bem então. Vamos.

Ele vem para mim e eu coro quando Ilya dá um sorriso aberto do jeito possessivo que Peter segura meu braço. É irracional, mas o que Peter e eu compartilhamos parece privado, como algum tipo de segredo entre nós dois. Obviamente, os homens de Peter estão totalmente cientes da natureza confusa do meu relacionamento com o chefe deles – eles o ajudaram a me espionar e sequestrar, depois de tudo – mas parte de mim ainda se encolhe ao pensamento de que eles me veem assim. Talvez seja minha aversão de lavar roupa suja em público, mas eu quase gostaria que eles achassem que sou a namorada de Peter, aqui, pela minha própria vontade.

Ignorando seu companheiro de luta, Peter me leva pela casa, mantendo sua pegada no meu braço. Ele ainda está com raiva de mim, posso sentir e estou aliviada de que ele esteja mantendo sua promessa sobre os vídeos.

Com um pouco de sorte, quando o resto dos seus homens voltar da saída por suprimentos, ele terá se acalmado e me deixará falar com meus pais.

Quando chegamos à sala de estar, ele larga minha mão e vai direto para o seu laptop. Dois minutos mais tarde, os vídeos estão na grande tela da TV à minha frente.

— Divirta-se — Diz ele bruscamente e desaparece escada acima.

Quando ele volta, já vi metade da gravação. É exatamente como Peter me disse: a maior parte do tempo, os agentes do FBI perguntaram aos meus pais e evitaram responder suas perguntas. Posso dizer que meus pais estavam estressados e nervosos, mas nenhum dos dois parecia fisicamente doente, pelo menos na gravação com interferência do vídeo.

— Fale-me novamente como Sara explicou a venda da casa — Diz o Agente Ryson para mamãe quando Peter senta-se no sofá perto de mim, usando um jeans limpo e camisas de manga comprida. Ele deve ter tomado um banho depois dos seus exercícios brutais, porque posso sentir o cheiro fraco de sabonete quando ele passa pelo sofá e pega minha mão, entrelaçando seus dedos aos meus.

Preciso de toda minha força para não reagir a essa pequena intimidade e continuar focada no vídeo. Parcialmente é porque nem mesmo sei como reagir. Deveria eu estar feliz por ele parecer ter perdoado minha infração no quarto de hóspedes? Ou deveria ficar preocupada de que o gesto, simples como é, faz meu peito disparar com o mesmo calor perigoso que me colocou nessa situação difícil?

— Então, ela nunca te disse que a venda realmente aconteceu? — Ryson pressiona depois que mamãe conta outra vez nossa conversa do almoço quase que palavra por palavra. — Ela nunca explicou como ela pôde ficar na casa depois que uma empresa de fachada da África do Sul comprou a casa dos compradores originais pelo dobro do preço de mercado?

Meus pais se lançam em negações frenéticas misturadas com perguntas e explicações possíveis e assisto com um enjoo na barriga quando o rosto do meu pai fica roxo antes de mamãe forçá-lo a sentar-se e se acalmar.

— Ele vai ficar bem — Diz Peter, sua voz profunda me fortalecendo e vejo que ele aperta minha mão tão forte que começa a ficar dormente. Eu devo estar ferindo-o também, mãe ele não está puxando sua mão. A expressão dura que ele estava durante a tarde desapareceu, seus olhos cinza me olhando com um pequeno calor quando acrescenta baixo: — Vi o resto do vídeo e prometo que ele está bem.

Eu assinto, pateticamente grata pelo conforto e volto minha atenção à gravação, onde os agentes voltaram ao tópico da ligação telefônica, perguntando à minha mãe sobre as palavras exatas que usei para falar da viagem. É claro que ele suspeitam que menti para o FBI todo o tempo, apesar de eu não ter ideia se eles me consideram como simplesmente ter recebido uma lavagem cerebral ou se fui cúmplice de Peter desde o início.

— Quão ruim é a situação? — Pergunto, virando-me para meu sequestrador quando o vídeo termina com meu pai consolando minha mãe chorando na cozinha depois que os agentes do FBI vão embora. Parece que uma agulha quente está espetada no meu coração, apesar de que, como disse Peter, meus pais estão bem, relativamente falando.

Ele não finge não entender minha pergunta. — Não

é... boa. Agora que sabem onde procurar, eles descobriram mais evidências do nosso relacionamento, começando com nosso encontro no clube. E claro, tem o fato de você estar vivendo na casa que era minha e não dizer nada para o FBI quando eles te falaram que eu tinha sido visto. Entre isso e a ligação telefônica para os seus pais, eles têm um caso bem forte de colaboração. Tem também... — Ele para.

— Tem também o quê? Puxo minha mão e fecho um punho no meu colo. — Fala.

Peter suspira. — Eles procuraram no seu armário e acharam os papéis do seu divórcio, assinados por você, mas não pelo seu marido, datado do dia anterior do acidente do seu marido.

— O quê? — Eu pisco para ele, uma pontada de medo descendo pela minha espinha. — O que isso tem a ver com qualquer coisa?

Peter coloca uma mão confortante no meu joelho. — Essa não é a teoria principal em que eles estão trabalhando — Ele diz calmamente —, mas eles *estão* considerando a possibilidade de que você possa ter tido algum envolvimento na morte do seu marido – que nossa relação pode ser anterior à data do nosso encontro inicial na sua cozinha.

— O quê? Isso é ridículo! — Fico em pé num pulo, minha garganta fechada pelo choque. — Eles não podem possivelmente acreditar nisso. Eles sabem que você me torturou e me drogou e me ameaçou com uma faca. Eles sabem disso; eles viram o que aconteceu depois. Ou eles acham que armei o caso das drogas no meu sistema e o corte de faca no meu pescoço? E os machucados que ficaram nas minhas costas por semanas? Como eles podem...

— Isso é apenas uma linha de investigação que estão considerando, ptichka. — Peter fica de pé e pega minha mão fria nas suas palmas grandes e quentes. Tem algo quase como remorso nas suas feições belas e duras. Pelo que ele fez comigo no nosso primeiro encontro, talvez? No próximo momento, contudo, suas feições se acalmam e ele diz: — Não fique estressada por isso. Quando eles investigarem mais além, eles verão a verdade. O trabalho deles é considerar todas as possibilidades, não importa quão improvável seja e o fato de que você estava quase se divorciando do seu marido morto é algo que eles têm que se apegar. Você nunca viu nenhum filme policial? A esposa é sempre a principal suspeita, especialmente se existe uma razão para se acreditar que havia um problema marital.

— Problema marital? — Uma risada histérica sai da minha garganta. — Você está brincando, certo? Isso não é uma porra de mistério de assassinato. — Eu puxo minha mão da pegada de Peter. — *Você* matou George. Você invadiu minha casa, me torturou com água e drogou para conseguir sua localização e, então, você explodiu seu cérebro – o que sobrou dele depois do acidente, de qualquer forma. Ou eles acham que eu causei o acidente e, então, te contratei para terminar o serviço? — Minha voz sobe uma oitava. — Quero dizer, aquele acidente *foi* minha culpa de certo modo, e você realmente é contratado para matar pessoas, talvez eles tenham encontrado algo, talvez nós estejamos em conluio secreto todo esse tempo e...

— Para, Sara. — Peter se aproxima de mim e pega meu pulso, puxando-me para ele. Apenas quando ele me fecha nos seus braços fortes e me aperta no seu peito que vejo o quão gelada e tremendo da cabeça aos pés estou. Ira e choque estão me esbofeteando como ondas num furacão e eu fecho os olhos contra as lágrimas dolorosas quando Peter murmura nos meus cabelos: — Tudo vai ficar bem, ptichka. Isso tudo vai passar. Os agentes não são estúpidos; eles verão a verdade muito em breve. Só dê um tempo.

— Que verdade? — Eu coloco minhas mãos entre nossos corpos e empurro seu peito, abrindo meus olhos para fitá-lo. Sinto-me como se desmoronasse por dentro, o ódio e choque transformando-se num desespero amargo. — A que eu dormi com o assassino do meu marido por semanas e me sequestrei por tê-lo avisado que o FBI estava vindo? Ou a que eu menti para os meus pais para que eles pensassem que estou apaixonado pelo tal assassino?

As feições de Peter ficam sombrias. — Sim, essa verdade, Sara. Onde você é minha vítima. É essa que você quer que seja, não é? — Soltando-me, ele dá um passo atrás e meu corpo geme pela perda do seu calor e o conforto que seu abraço mortal provê.

Com esforço, me recomponho. Não podemos voltar àquela briga, não quando eu ainda tenho que convencê-lo a me deixar ligar para os meus pais. — Não — Digo, abanando a minha cabeça. —, não foi isso que eu quis dizer. Na verdade... — Eu paro, e forço-me a falar: — Você estava certo. Mais cedo, quando você disse que eu estava mentindo para mim mesma, você estava certo. Eu *realmente* sabia o que estava acontecendo quando te avisei e não era porque eu não queria te ver morto.

Suas mandíbulas flexionam e as pontas dos seus dedos se mexem, como que para me alcançar. — O que quer dizer, Sara?

— Estou dizendo... — Respiro e abraço-me, sentindo como se fosse me despedaçar. Apesar de fazer isso para manipular, tudo o que estou falando é verdade e retirar isso de mim está me cortando ao meio. — Estou dizendo que os agentes não estão completamente errados em onde eles estão colocando a culpa.

Os olhos de Peter se estreitam. — Sobre o que você está falando? Você não teve nada a ver com a morte daquele bastardo.

— Não, mas eu tenho dormido com você – com seu assassino. — Minha voz é trêmula quando as lágrimas voltam a picar meus olhos. — E eu não falei com o FBI sobre você. Não pedi a proteção deles, mesmo quando tive a chance. Então, aqui estamos, nesta porra de situação e é tudo culpa minha. Eu acho que em certo nível eu devo ter querido isso, certo? Perder minha liberdade e estar com você não importa as consequências? Eu tive uma escolha e fiz a errada. Eu tomei *todas* as decisões erradas e é por isso que estou aqui em vez de na proteção de custódia do FBI, por que estou com *você* em vez de levar uma vida normal.

Enquanto falo, o olhar prateado forte de Peter fica mais sinistro e ele realmente me pega, um braço em volta das minhas costas enquanto sua outra mão desce pelos meus cabelos, virando-me contra ele. — Oh, ptichka — Ele murmura pesadamente e me aperto por dentro ante suas feições famintas. — Você não podia estar mais errada. Você acha que tinha escolha? Você acha que tinha alguma esperança de eu deixá-la ir?

Minha garganta incha com algo indefinível, as lágrimas dos meus olhos ameaçando transbordar quando minhas mãos sobem para segurá-lo. — Você não deixaria?

— Não. — seus olhos brilham sombriamente quando seus dedos apertam meus cabelos. — Eu teria ido atrás de você. Não tem lugar na Terra que eles poderiam te esconder de mim. Você é minha, Sara, e continuará sendo minha não importa o que seja necessário para mantê-la. — Ele inclina a cabeça e sinto o calor nos seus lábios quando ele sussurra: — Não importa quem eu tenha que matar para te resgatar.

Eu tremo na sua pegada, minhas pálpebras fechadas quando seus lábios tocam os meus. O que ele está falando é horrível, psicótico e, mesmo assim, meu corpo pulsa ante a sua proximidade, meu sexo se enchendo de umidade tão quente quando seu pau duro pressiona contra a minha barriga. É como se uma parte perversa minha quisesse isso dele, com se ela dançasse e pulasse nas profundezas da sua obsessão.

Com se, em algum nível, eu ficasse aliviada quando a agulha picou meu pescoço.

Peter aprofunda seu beijo, sua língua invadindo minha boca e eu deixo. Deixo-o porque o fogo queimando dentro de mim é muito forte para lutar contra. Eu digo a mim mesma que estou me entregando porque eu tenho, porque a ligação telefônica para meus pais está em risco, mas bem no fundo, eu sei a verdade.

Estou me entregando porque eu quero.

Porque em alguns aspectos, minha doença já está tão avançada quanto a dele.

 ara

PETER ME CARREGA ESCADAS ACIMA E EU ESCONDO MEU rosto no seu ombro assim que Ilya entra na cozinha embaixo. Eu não quero saber o que os companheiros de Peter acham sobre essa loucura, não quero pensar nem um pouco sobre isso. Eu despi minha alma para meu sequestrador porque quero que ele me perdoe, mas agora que fiz isso, sinto-me ferida e dilacerada, uma bagunça de vergonha e necessidade, ódio e desejo. Eu me odeio pelo que sinto e, ao mesmo tempo, não posso parar de me ligar a ele, de querê-lo tanto quanto ele me quer.

Quando chegamos ao quarto, ele me coloca na cama e começa a se despir e eu olho para ele pelas minhas pálpebras semiacerradas. Sinto-me estranhamente fora deste contexto, como se ainda estivesse drogada, mas sei que é apenas a necessidade que ele evoca no meu corpo. Meu anseio por ele é tudo que consome, roubando toda a razão e senso comum. Eu quero que ele me abrace e me toque, que me leve e me possua. Quero a parte sombria dele e seu amor invertido e, acima de tudo, eu quero *ele*.

Eu quero tudo dele, não importa o quanto isso me aterrorize.

Ele está te coagindo a isso. É uma voz baixa de sanidade sussurrando na minha mente, lembrando-me que estou fazendo isso para que Peter não me impeça de contatar meus pais, que eu me abri para ele pela mesma razão. Meu carrasco é perceptivo; ele saberia se eu mentisse para ele ou fingisse sentimentos que não tenho. A verdade, com toda sua complexidade patológica, foi minha melhor aposta, não posso mais impedir que isso continue acontecendo, não posso cobrir sua feiura com um véu opaco de negação.

É verdade que não tenho escolha, mas estaria mentindo se dissesse que não gosto disso.

A camisa de Peter é retirada primeiro e olho com ansiedade quando os músculos do seu abdômen se flexionam quando ele coloca a mão no zíper do seu jeans. Ele tem um corpo de guerreiro, esbelto e firme, com músculos poderosos e claramente definidos e tatuagens cobrindo seu braço esquerdo do ombro ao pulso. Como a pequena cicatriz dividindo sua sobrancelha esquerda, a maioria das cicatrizes no seu torso está desaparecida, mas aquela no seu estômago é nova; é onde ele foi esfaqueado algumas semanas atrás no trabalho no México. Essas cicatrizes são uma lembrança do que ele faz, ou do que ele *é* e meu coração se aperta quando eu reflito novamente no fato de que estou dormindo com um assassino.

O assassino do meu marido.

Ele está te chantageando para isso.

Essa é a verdade e ela, de algum jeito, me faz sentir melhor quando ele sai do seu jeans e vem para mim nu, seu pau longo e grosso curvando-se até o umbigo. É foda, mas eu não quero ter escolha nisso, não quando o desejo me incinerando é uma traição contra tudo que valorizo. Como isso, eu não posso dizer que estou fazendo isso por uma razão... que eu não estou completamente perdida.

— Você é linda demais — Ele sussurra roucamente, curvando-se sobre mim e eu fecho meus olhos, incapaz de aguentar a intensidade nos seus olhos metálicos quando ele me despe. O toque das suas mãos, tão forte e, mesmo assim, tão suaves, faz meu corpo pulsar de necessidade, mesmo com meu coração sangrando por tudo que perdi, por tudo que essas mãos cruéis tiraram de mim. As lágrimas que segurei vazam, escorrendo pela minha têmpora e eu tremo quando ele as beija, seus lábios macios e quentes na minha pele molhada.

Ele beija meus lábios a seguir, a parte macia atrás da minha orelha e a coluna sensível do meu pescoço. Só quando sua boca viaja para os meus seios que vejo que já estou nua, minhas roupas retiradas quando eu batalhava os pensamentos confusos. Seus lábios se fecham nos meus mamilos, a sucção quente e molhada fazendo-me arquear para fora da cama e vejo que minhas mãos estão enterradas nos seus cabelos macios e grossos enquanto meus quadris balançam contra ele, buscando alívio da tensão que cresce por dentro.

Pare. Por favor, pare.

O grito desesperado reverbera na minha mente, mas eu não o vocalizo. Não posso. Não porque ele não ouviria, mas porque eu não aguentaria se ele o fizesse. Talvez se eu não tivesse cedido antes seria mais fácil. Se eu não soubesse como é tê-lo dentro de mim. Eu poderia ter a força de vontade para resistir. Mas eu realmente sei e meu corpo luta com a mente, minando meus esforços de controlar minha resposta, de me conter mesmo se eu der tudo para ele.

— Sim, desse jeito — Ele respira nos meus mamilos quando seus dedos partem minhas dobras me encontrando molhada e inchada, tão excitada que quase não aguento mais. — Deixe-me possuí-la, ptichka. Deixe-me te dar o que você precisa. — Seu polegar calejado circula meu clitóris quando seu dedo do meio empurra dentro de mim e eu gemo quando meus músculos internos se apertam em volta do dedo, meu corpo ansiando mais da invasão.

Peter obriga, empurrando um segundo dedo e o gemido se transforma num grito ofegante quando ele recomeça a chupar meu mamilo, o estímulo duplo fazendo minha espinha curvar-se e meu coração disparar no peito. Estou perto do orgasmo, e posso sentir isso, e quando a tensão finalmente chega ao máximo, eu gozo tão forte que paro de respirar por alguns segundos escurendo a visão. Todo meu corpo tremendo pelo alívio, a explosão de prazer indo até meus dedos dos pés quando o dedo de Peter se move para dentro e para fora, me esticando, preparando-me para o que está por vir.

Ainda estou no meio do tremor orgásmico quando ele sobe, seus joelhos abrindo minhas coxas, ele entrelaça meus dedos aos seus, prendendo minhas mãos perto dos meus ombros.

— Olhe para mim — Ele ordena roucamente e eu obedeço tonta, abrindo meus olhos para ver seu olhar em chamas. Seu grande peso pressiona-me para baixo, seu cheiro masculino enchendo minhas narinas quando seu pau esfrega no meio da minha coxa, duro e massivamente grosso. Com minhas mãos presas na cama, estou impotente, completamente entregue à vontade dele e existe algo perversamente excitante nisso, algo tão sombrio quanto a necessidade fervendo no meu âmago.

— Diga-me que você não quer isso. — Seu tom é forte, sua expressão quase violenta. — Minta para mim e pararei.

Meu peito sobe convulsivamente quando olho nos olhos dele, meus pulmões fazendo esforço extra. Eu não sei por que ele está falando isso, mas eu realmente sei o que quero e não tem nada a ver com ser capaz de ligar para os meus pais.

— Não pare. Por favor, não pare.

Eu não sei se digo as palavras em voz alta, ou se eu

meramente as balbucio, mas as narinas de Peter se inflam, suas feições altamente belas se revirando com fome feroz. Seus dedos se apertam entre os meus, quase que esmagando com a força e meus olhos se apertam fechados quando ele abaixa a cabeça, exigindo meus lábios num beijo possessivo. Ao mesmo tempo, a cabeça grande do seu pau empurra para dentro do canal entre minhas pernas, deslizando entre minhas dobras até que ache a entrada molhada e pulsante do meu âmago.

Ele me penetra com uma estocada profunda, seu comprimento grosso esticando-me à beira da dor e minha ofegada é engolida pelos seus lábios quando sua língua entra em minha boca, enchendo-me, devorando-me, cercando-me com seu odor e gosto e sentido. Sua possessão é áspera, sua fome quase incontrolável e quando ele define um ritmo duro, a tensão dentro de mim sobe novamente, indo em direção a um novo ápice. É demasiado, por demais esmagador e passo minhas pernas em volta do seu quadril, precisando ter algum controle, mas não há nenhum sobrando.

Existe apenas Peter e a necessidade violenta nos consumindo.

Eu não sei quem goza primeiro, ou se chegamos lá juntos. Tudo que sei é que quando o inchaço me invade, ele está gemendo meu nome, sua pélvis roçando contra a minha e seu pau gozando dentro de mim. O prazer parece continuar para sempre, passando pelas minhas terminações nervosas, e quando termina, ele rola saindo de mim, segurando-me nos seus braços enquanto eu desmorono e choro, tremendo pela intensidade disso tudo... e a culpa que me abala.

Mais uma vez, eu cedi ao homem que destruiu minha vida.

Apenas mais tarde, quando minhas lágrimas param e Peter está prazerosamente acariciando minhas costas, que algo me ocorre, fazendo meu sangue congelar nas minhas veias.

Pela segunda vez nós não usamos preservativo.

Sei o exato momento que Sara nota a falta da camisinha. Todo o seu corpo enrijece e ela levanta a cabeça do seu lugar de descanso no meu ombro, seus olhos arregalados com horror quando encontram os meus.

— Nós não...

— Eu sei.

É a segunda vez – a primeira foi na noite que a roubei – e apesar de omitir a proteção de propósito em ambas as vezes, não posso pedir desculpas. O pensamento de Sara ficando redonda com meu filho não me assusta ou repele; de fato, enche meu peito de felicidade, um tipo que apenas conheci uma vez antes.

Com Pasha, meu filho.

Uma dor familiar atinge meu peito, a dor da perda tão aguda como sempre. A imagem do corpo de Pasha, seu pequeno punho segurando seu carrinho, está encravada na minha mente com uma precisão brutal de uma lâmina de uma assassino. Por anos, isso era a primeira coisa que eu pensava a cada manhã e a última de cada noite. Era o pesadelo que me acordava de noite e o fantasma que me atormentava durante o dia. Vingar Tamila, minha esposa, e ele, que foram assassinados no mesmo massacre, era minha razão de viver e apenas quando encontrei Sara que achei um novo propósito de vida.

Ela .

Meu pequeno pássaro cantor, que é meu tudo agora.

Ante minha admissão sobre o preservativo, Sara parece mais horrorizada. Segurando um lenço, ela se afasta na cama e esfrega freneticamente entre suas pernas antes de colocar o cobertor sobre os seios. Seus olhos de avelã são grandes nas suas feições pálidas quando ela diz com voz presa: — Você está *tentando* me engravidar?

— Não. — Levanto-me antes que fique tentado a fodê-la novamente. Mesmo com meu corpo pulsando com o relaxamento pós-orgasmo, a ideia de Sara grávida está me fazendo ficar duro novamente e tenho alguns emails urgentes para responder antes do jantar.

— Só aconteceu. Não houve muito raciocínio envolvido. Mas te disse antes, eu não me importaria...

não que seja possível nessa época do mês para você. Certo?

Sara assente, mas sua pegada mortal no cobertor não concorda. — Não é provável, mas tampouco impossível — Diz ela num tom um pouco mais calmo. — Muitas coisas podem bagunçar o ciclo de uma mulher, então, você não pode achar que é seguro basear-se apenas no calendário. Além do mais, meu ciclo está no lado mais curto e meu período terminou dois dias atrás. — Ela respira e diz bruscamente: — Preciso da pílula do dia seguinte. Você pode conseguir para mim?

Eu olho para ela, impressionado pela noção. — Talvez — Digo vagarosamente. — Que tipo de pílula é essa e onde posso conseguir?

Sei o que ela está falando, claro, mas fingi ignorância para dar-me um momento para pensar. Apesar de não ter conscientemente pretendido que isso acontecesse, agora que aconteceu, tudo dentro de mim se rebela ante a ideia de reduzir as possibilidades da gravidez de Sara.

É um novo nível de problema, mas, neste momento, vejo que eu *realmente* quero um filho com ela. Quero ligá-la a mim de todos os modos possíveis, fazê-la minha tão completamente que ela nunca será capaz de partir.

— Tem muitas marcas vendidas nos Estados Unidos — Diz Sara. — *Plan B, Next Choice, My Way, Ella...* eu não sei qual está disponível no Japão, mas tenho certeza que deve haver algo. Essas pílulas funcionam por parar a liberação do óvulo, prevenindo a fertilização ou parando a implantação no útero. Então, não é uma pílula do aborto; é apenas uma contracepção de emergência. Tenho certeza de que se você for a qualquer farmácia no Japão e explicar o que precisa, eles darão isso para você.

Ela está olhando para mim com uma esperança tão desesperada que eu não consigo falar não.

— Tudo bem — Digo, fazendo meu melhor para esconder minha relutância. —, deixe-me ver se consigo falar com Anton antes que ele comece a voltar. Talvez eles sejam capazes de pegar no caminho.

Todo o semblante de Sara se ilumina. — Sim, por favor. Quanto antes for tomado, mais efetivo é. No período de cinco a vinte e quatro horas é o melhor e se eu tomar esta noite, ainda estaremos na janela das setenta e duas horas da última vez.

— Entendi — Vou ligar para eles tão logo chegue lá embaixo.

EU CUMPRO MINHA PROMESSA E LIGO PARA ANTON, procrastinando apenas pelo tempo que leva para responder um email urgente dos nossos hackers. Eles localizaram um amigo da família Henderson que comprou passagem para a Croácia e está pedindo um pagamento para seguir a pista mais além. Eu transfiro outros quinhentos na conta acertada nas Ilhas Cayman, e contato Anton pelo nosso telefone via satélite seguro.

Para meu alívio, eles estão apenas a uns minutos perto do nosso esconderijo na montanha. — O que você precisa? — Pergunta Anton, suas palavras quase não discerníveis no barulho de fundo do helicóptero. — O fuso horário está acabando comigo, mas se for algo urgente, podemos retornar e ir pegar.

— Não, está ok — Digo, suprimindo uma pontada não desejada de culpa. — Na hora que você voltar lá, todas as farmácias estarão fechadas de qualquer modo. — Ou, pelo menos, é isso que direi a Sara e espero que não ocorra a ela que uma porta fechada não é obstáculo para a minha equipe.

Podemos obter qualquer coisa a qualquer hora, travas e legalidade que se danem.

— Tudo bem. — Anton deve realmente estar cansado, porque ele não reage diante da minha declaração estranha. — Te vemos em dez.

Ele desliga e vou para cima dar as más notícias a Sara.

Vou comprar essa pílula para ela, mas não hoje.

Amanhã será rápido o bastante.

SARA RECEBE BEM A NOTÍCIA, PROVAVELMENTE PORQUE A informei na mesma hora que temos o que precisamos para fazer a ligação segura para os seus pais. Enquanto Ilya e Yan preparam as coisas, eu instruo Sara no que falar.

— Nem uma palavra da nossa localização ou de quanto somos — Falo para ela quando a levo escada abaixo. — Nada de quanto tempo levou para chegarmos aqui ou como chegamos aqui. E se você tentar dar uma pista sobre sushi ou montanhas ou helicópteros ou plantar qualquer outra pista, eu saberei, e esta será a última vez que você contatará sua família. Entendeu?

O rosto de Sara fica pálido, mas ela assente. — O que eu *posso* falar, então?

— Você pode falar com seus pais que está comigo – os federais já sabem disso. Você pode falar que está feliz e apaixonada e eles não vão se preocupar contigo. Fale rápido; a ideia não é responder as perguntas deles mas confortá-los mostrando que você está viva e bem. Quanto menos você falar, melhor para todos os interessados.

— Ok. — Parando na base da escada, ela respira e coloca os ombros para trás. — Estou pronta.

A CHAMADA PASSA POR DUAS DÚZIAS DE CONEXÕES, saltando em satélites e torres de celulares pelo mundo antes de mostrar como bloqueado o número de Sara no celular da mãe. Eu tenho certeza que todos os ligados aos pais de Sara estão grampeados pelo FBI, mas isso não importa. Não tem como eles conseguirem localizar a chamada. O maior perigo é Sara dizer algo que não deveria, mas esperançosamente, ela é esperta o bastante para evitar isso.

Eu não blefo quando faço ameaças.

A mãe de Sara, Lorna Weisman, atende rapidamente o celular. — Alô — Sua voz tensa quando sai na caixa de som.

— Oi, mãe — Diz Sara. Ela está sentada no sofá perto de mim, o telefone na caixa de som no seu colo para que eu possa ouvir a conversa. —, sou eu, Sara.

— Sara! Oh, graças a Deus! Onde você está? Você está bem? O que está acontecendo? O FBI veio aqui e...

— Estou bem, mãe. — O tom de Sara é calmo e confortante, apesar do brilho excessivo nos seus olhos. — Por favor, não se preocupe. Estou com Peter, e tudo está bem. Eu sei que as coisas provavelmente estão confusas, mas estou bem e tudo com a gente está muito bem. Te falo mais quando chegar em casa, por enquanto, eu só quis ligar porque achei que vocês estivessem preocupados.

— Sara, querida, ouça-me. — Lorna soa como se estivesse quase chorando. — O FBI disse que ele é um criminoso, um dos mais procurados. Você tem que se afastar dele. Onde você está? Por favor, querida, me diga e enviaremos alguém para você. Ele não é um bom homem, Sara. Ele é perigoso; pode te ferir. Você tem que...

— Mamãe, não seja ridícula. — A voz de Sara fica mais forte. — Estou perfeitamente bem e Peter é maravilhoso comigo. Olha, eu não posso falar por muito tempo, mas o que quer que seja que eles falaram para você, não acredite neles. Ele *é* um bom homem e estamos muito felizes juntos. Ele me ama e... Bem, eu acho que posso estar apaixonada por ele também.

Ela olha para mim e assinto em aprovação, ignorando a dor irracional no meu peito. Ela está representando exatamente do jeito que falei para ela e não há motivos para eu querer que isso seja real, que ela está realmente apaixonada por mim.

— Mas, Sara...

— Mãe, tenho que correr. Vou ligar novamente em breve. Enquanto isso, por favor, não se preocupe comigo e diz para papai não se preocupar também. — Sua voz fica grossa, como se fosse chorar também. — Amo vocês dois e falo com vocês em breve, ok?

— Espere, Sara...

Mas ela desliga, seus ombros esbeltos tremendo com soluços quando ela fica em pé rapidamente e corre escada acima, deixando-me com o telefone.

EU NÃO SEI POR QUANTO TEMPO CHOREI ANTES DA PARTE da cama perto de mim afundar e Peter me pegar nos braços, colocando-me no seu colo como se eu fosse uma criança desamparada. Sua mão grande acaricia minhas costas quando coloco meus braços em volta do seu pescoço, escondendo meu rosto molhado contra seu ombro, e faz bem, seu toque, seu calor. Sinto que isso é necessário, apesar de odiá-lo neste exato momento... apesar da dor na voz da minha mãe estar insuportavelmente clara na minha mente.

— Eles ficarão bem, ptichka — Diz ele calmamente quando meus soluços diminuem. — Estamos de olho neles e eles estão lidando com tudo muito bem. E agora que você ligou, eles sabem que você está bem também.

— Bem? Eles acham que fiquei louca, desaparecendo com um criminoso procurado desse jeito. — Minha voz treme, minha visão embaçada com lágrimas quando me empurro dos seus ombros, levantando a cabeça para fitá-lo. — E o FBI nos procurando...

— Eu sei. — Seus olhos cinza são calorosos quando ele gentilmente limpa a umidade caindo das minhas bochechas. — Não é perfeito, mas é o melhor que podemos fazer por agora.

— Certo. — Eu finalmente encontro forças para sair do seu colo e ficar de pé. Meus olhos doendo após tanto choro e tenho dor de cabeça, mas estou determinada a recuperar o controle. Não posso continuar procurando conforto no homem que tirou tudo de mim, não posso continuar chorando e me amparando no meu sequestrador.

Sou mais forte do que isso.

Tenho que ser.

— Você está com fome? — Pergunta Peter, levantando-se também. — Vou fazer o jantar para nós.

Eu limpo o restante das lágrimas com a parte de trás da minha mão e assinto. — Posso comer.

— Bom. — Seu sorriso é tão claro que quase me cega. — Te vejo lá em baixo em uma hora.

Eu esperava que os homens de Peter se juntassem a nós para o jantar, como fizeram no café da manhã, mas eles estavam visivelmente ausentes. Quando perguntei a Peter sobre isso, ele explicou que estavam treinando do lado de fora e comeriam mais tarde.

— Por que você não se juntou a eles? — Pergunto, pegando um pedaço de salmão. Estamos comendo comida tipo Japonesa hoje – peixe e arroz branco, com legumes em conserva. — Vocês não treinam juntos?

Peter sorri. — Geralmente sim, mas eu queria passar um tempo com você esta noite.

— Porque eu fui uma excelente companhia hoje?

Seu sorriso se abre. — Tivemos nossos momentos.

Luto para não ficar vermelha, sabendo que ele está se referindo ao sexo de mais cedo. Tenho feito o máximo para não pensar nisso, apesar de o meu corpo ainda sentir-se dolorido pela sua possessão forte. É estúpido ficar constrangida quando já dormimos juntos nas últimas várias semanas, mas não consigo evitar. Essa coisa entre nós é por demais confusa, muito fodida. E, então, o caso da falta de camisinha...

Não, não posso pensar nisso. Peter me prometeu a pílula para amanhã e tenho que acreditar que ele manterá sua promessa. Mesmo se, por uma razão bizarra, ele não se importasse de eu ficar grávida, ele tem que ver que um filho sob essas circunstâncias seria um desastre por tudo que está envolvido. Ele é um homem procurado, um assassino em fuga. Que tipo de vida teria essa criança? Peter é muito esperto para não entender isso.

Ele também é obcecado por você.

Sufoco aquele sussurro assustador e passo a comer.

Não tem motivo de me preocupar com isso hoje à noite; amanhã, se Peter trouxer a pílula, ainda dará tempo. De qualquer modo, estou tão cansada que quase não consigo levantar o garfo, muito menos ficar estressada sobre uma gravidez em potencial. Já deve ser manhã lá em casa e apesar de ter dormido de manhã, estou sentindo os efeitos do fuso horário, combinado com os resultados do estresse extremo. Tão logo termino de comer, vou desmaiar e espero que minha cabeça fique mais clara amanhã.

Precisa estar, para que eu possa planejar a fuga.

— Esqueci de te falar — Diz Peter quando termino meu salmão. — Yan te trouxe um monte de roupas. Estão ali. — Ele aponta na direção da entrada, onde, pela primeira vez, vejo várias bolsas de compras.

— Oh, obrigada. — Segurando um bocejo, empurro meu prato vazio e levanto-me. Não tenho intenção de estar aqui tempo o bastante para precisar de tantas roupas, mas preciso de calçados e roupas quentes para a fuga. — Vou vê-las agora mesmo.

Peter levanta-se e começa a retirar as coisas da mesa enquanto eu olho as coisas que Yan comprou. Todas as etiquetas mostram tamanhos maiores do que estou acostumada a usar, mas as roupas parecem que irão servir, então, eu devo ser um tamanho médio ou grande entre as pequenas mulheres japonesas. Os sapatos também são do tamanho certo. Eu visto um na hora, excitada por achar um par de tênis confortável e botas quentes, além de sandálias menos práticas e sapatos de salto alto.

— Seu colega acha que irei a um clube? — Pergunto a Peter enquanto olho o resto das bolsas e acho alguns vestidos igualmente desnecessários, além de calças de yoga atendendo a um bom senso, jeans, suéteres e camisetas. Também tem roupa íntima, a maioria bonita e de renda, e duas camisolas de seda – a ideia de um homem do que uma mulher deve usar na cama.

— Yan é bom com roupas, então, eu pedi a ele que comprasse o que achasse que fosse bom. — Diz Peter, com um sorriso aberto quando seguro o top que não ficaria mal numa praia no verão —, eu acho que ele exagerou um pouco em alguns itens.

— Aham. — Eu coloco tudo dentro das bolsas e pego algumas, ia colocá-las no closet lá em cima quando Peter vem e as pega das minhas mãos.

— Eu levo — Diz ele, pegando o resto e fico olhando, pasma, quando ele carrega todas as bolsas para cima.

Este é outro exemplo da sua extrema solicitude, concluo quando o sigo. Em casa, não apenas Peter me livrava de todas as tarefas quando estava cansada, mas também não me deixava carregar nada mais pesado do que um prato de comida quando ele estava por perto. Não sei se ele acha que sou incapaz de levantar uma bolsa de compras, ou se alguém o ensinou a carregar coisas para mulheres, mas isso definitivamente ajuda na ideia de que ele está me mimando.

Quando não está me drogando, sequestrando ou ameaçando, claro.

— Isso era parte da sua educação no orfanato? —

Pergunto, seguindo-o para o closet do quarto, onde ele coloca as bolsas no chão e começa a pendurar minhas roupas perto das dele. — Quando você era um menino, alguém o instruiu em como ser um cavalheiro ou algo parecido?

Peter para e olha para mim, sobrancelha levantada. — Você está brincando, certo?

Eu franzo a testa e alcanço uma das bolsas, pegando o suéter para dobrá-lo. — Não, por quê?

Ele sorri de modo sombrio. — Ptichka, você tem ideia de como são os orfanatos na Rússia?

Mordo meu lábio quando coloco o suéter na prateleira perto de mim. — Não, na verdade não. Imagino que não muito bons?

Ele continua pendurando as roupas. — Digamos apenas que cavalheirismo não era uma prioridade alta quando eu era uma criança.

— Entendo. — Eu deveria estar ajudando Peter, mas tudo que faço é olhar para ele, imaginando o quão pouco sei sobre o homem que tomou minha vida totalmente. Sei que cresceu como órfão – ele falou-me que acabou num campo de prisão juvenil depois de matar o diretor do orfanato – mas foi o máximo que consegui e, de repente, isso não é o bastante.

Eu quero saber mais sobre Peter Sokolov.

Quero entendê-lo.

— O que aconteceu com sua família? — Pergunto, recostando-me na ombreira da porta do closet. — Você chegou a conhecer seus pais?

— Não. — Ele não para de esvaziar as bolsas

metodicamente. — Fui deixado na porta do orfanato recém-nascido. Eles acharam que eu tinha três ou quatro dias na época. O melhor palpite deles era de que minha mãe veio de uma das vilas próximas. Ela devia ter sido uma garota em idade escolar que foi na conversa de alguém e ficou grávida ou algo assim. Eu não tinha nenhum sinal de síndrome de álcool em feto e o teste de drogas em mim deu negativo, então, isso excluía prostitutas e esses tipos de pessoas.

— E ninguém nunca voltou para te reclamar? — Pergunto, tentando ignorar a dor apertando meu peito. Não sei por que, mas olhando esse homem perigoso como um recém-nascido abandonado me faz querer chorar.

Peter abaixa o cabide que está segurando e me dá um olhar surpreso. — Me reclamar? Não, claro que não. Ninguém reclama crianças nesses lugares – é por isso que são chamados de órfãos. Bem, hoje em dia, estrangeiros ricos gostam de aparecer e adotar um ou dois bebês se não podem ter suas pestinhas por conta própria, mas esse não era o caso quando eu cresci.

Eu engulo, a dor no meu peito aumentando. — Você já tentou saber sobre sua mãe? Achá-la, ou seu pai? Quero dizer, você tem recursos agora...

As mandíbulas de Peter flexionam e ele vira-se para me encarar. — Por que eu perderia meu tempo procurando alguém que me abandonou? — Seus olhos brilham com uma luz dura e sinistra. — Só existe uma coisa que gostaria de fazer se eu a achasse, e até *eu* não ultrapasso os limites do matricídio.

Ele vira-se, continuando a dobrar e pendurar minhas roupas e eu me forço a juntar-me a ele na tarefa apesar das minhas mãos tremendo e o nó no meu estômago. Sua revelação tanto me aterroriza quanto me enche de uma pena esmagadora. É óbvio para mim agora que o ódio em Peter vai mais fundo do que a tragédia que recaiu sobre sua mulher e filho, que ele foi moldado por forças que eu quase não compreendo.

Que seu foco na família – e sua obsessão comigo – podem ter raízes retrocedendo até sua infância sombria.

S*ara*

EU DURMO NO ABRAÇO DE PETER TÃO LOGO NOS deitamos e acordo um tempo depois sentindo que ele está escorregando dentro de mim por trás, seu abraço musculoso em volta do meu tórax para manter-me sem me mover. Ainda não estou molhada o bastante e a primeira investida queima, mas sua mão move-se para meu sexo, achando o clitóris e meu corpo relaxa, derretendo-se para ele quando o fogo me acende novamente.

Leva poucos minutos para eu gozar e ele goza logo depois, seu pau ejaculando dentro de mim quando ele chega ao ápice com um gemido abafado. Ele me segura, não se preocupando em sair e eu volto a dormir desse jeito, com ele ainda enterrado no meu corpo. Nos meus sonhos, ele beija minha têmpora e me fala o quanto me ama, mas quando acordo de manhã, estou sozinha na cama, com a luz forte entrando pelas janelas que vão do teto ao piso.

Quando tomo banho, acho traços de sêmen seco nas minhas coxas – evidência de que ele não usou proteção novamente. Lavo-me rapidamente, tentando não ceder ao pânico borbulhando dentro de mim e me visto para procurar Peter.

Ele tem que conseguir aquela pílula.

Ele tem que manter sua promessa.

Para a minha surpresa, ele não está em nenhum lugar em baixo. Nem nenhum dos homens.

Meu pulso pula, inicia um ritmo rápido. Poderia ser? Poderiam eles ter me deixado sozinha e ido cuidar de algum negócio? Antes de me permitir ficar muito excitada, pego minhas botas e saio para checar se eles podem estar treinando lá fora.

Nada.

Todos se foram assim como o helicóptero.

— Eles voltarão de tarde — Diz uma voz masculina atrás de mim e eu pulo com um gritinho de espanto.

Virando-me, vejo Ilya, que está saindo da casa atrás de mim. Ele deve ter estado num dos quartos de hóspedes lá em cima – o único lugar que não verifiquei.

Respirando para normalizar meu pulso, pergunto:
— Peter também foi?

O russo grande assente, seu crânio tatuado brilhando na luz do sol quando ele se encosta na ombreira da porta. — Ele deixou café no fogão para você.

— Oh, ok. Obrigada.

Ele entra e eu o sigo, tremendo do vento frio. Eu definitivamente terei que vestir uma roupa quente quando for escapar, com camadas e tudo. E devo de ter a chance antes do que esperava.

Com um pouco de sorte, Ilya não vai ficar me vigiando de perto hoje.

Acertando, ele não se junta a mim para o café da manhã. Em vez disso, ele desaparece no seu quarto de cima enquanto eu me entupo do mingau de aveia que Peter deixou para mim e limpo tudo. Enquanto Ilya ainda não volta alguns minutos depois, eu quietamente vou para cima, coloco dois suéteres e uma jaqueta grossa com capuz, pego um chapéu e continuando em silêncio, desço. Eu ainda não conheço a área, mas não posso perder esse tipo de oportunidade. Passando pela cozinha, pego uma garrafa d'água, um pacote de amendoins e uma maçã e coloco tudo numa sacola plástica que coloco dentro da minha jaqueta.

Minhas botas estão na porta da frente, então, eu as coloco e saio da casa, com cuidado para não fazer nenhum barulho quando fecho a porta atrás de mim.

EU NÃO RESPIRO FUNDO ATÉ QUE A CASA ESTEJA FORA DE vista e acho a trilha que vi no lado oeste ontem. Eu continuo ao lado dela, pronta para entrar fundo na floresta à primeira visão de perseguição, mas ninguém parece estar vindo.

Talvez minha sorte continue e Ilya não notará que parti até que passe algum tempo.

O ar está frio e claro quando meio andei/meio corri na trilha. Eu não sou boa o bastante em exercícios cardio para continuar nesse passo por muito tempo, mas meu objetivo é chegar o mais longe lá embaixo da montanha o quanto possa antes que alguém descubra que não estou em casa. Eu não me iludo de que possa fugir de uma equipe de ex-soldados da Spetsnaz sem alguma vantagem, mas vale a pena tentar.

Talvez eu possa pelo menos chegar a um telefone antes que eles me peguem.

Eu me esforço pela manhã toda, parando apenas por cinco minutos para banheiro e bebida perto do meio-dia. Então, volto ao meu passo rápido, ignorando os músculos queimando das minhas pernas e meus pulmões. Quando o sol está num ângulo de início de tarde no céu, sou forçada a diminuir o passo para uma caminhada. É uma sorte estar andando montanha *abaixo,* ou eu não teria durado tanto tempo. Apesar de a trilha ser larga o bastante para um carro, parece que não tem sido usada nos anos recentes e está cheia de obstáculos que tenho que dar a volta, tudo desde troncos caídos a enormes buracos e valas, cheios de água. Deve ter sido por causa daquele deslizamento que Ilya mencionou. Eu terei que dar a volta, pela floresta, quando chegar àquele ponto, mas por enquanto, a trilha é mais fácil, mesmo com todos os obstáculos.

Só mais um pouquinho, digo a mim mesma enquanto escalo outra árvore caída e escorrego numa parte íngreme da trilha, quase batendo numa rocha quando luto para ficar em pé. Em breve, pararei para beber novamente e comer um lanche, não agora.

Tenho que chegar mais longe antes que eles comecem a me procurar.

Eu me forço a continuar andando por mais uma hora, feito isso, me jogo no chão, exausta. Pelos últimos vinte minutos, tive a sensação inquietante de estar sendo seguida, mas tenho total certeza de que apenas estou ficando paranoica.

Meus sequestradores não se incomodariam em me seguir, eles apenas me pegariam e me levariam de volta.

Mesmo assim, eu inspeciono ao redor cuidadosamente, pronta para pular e correr a qualquer momento. Como suspeitei, tudo está quieto, as árvores de cedro gigantes dançando calmamente na brisa fria. Relaxando, eu abro minha jaqueta e pego o saco plástico que coloquei ali. Abrindo a garrafa d'água, tomo o restante da água que tenho e como os amendoins e a maçã que trouxe comigo.

Não é muito, mas será o suficiente.

Sentindo-me levemente melhor, levanto-me e pela segunda vez hoje, pulo com um grito de espanto.

Um macaco cinza, com cara rosada, está me olhando das árvores.

Ou mais precisamente, está olhando para mim e o

centro da maçã que deixei no chão, seu olhar passando de mim para o alimento em potencial.

Eu dou uma gargalhada, tanto pela expressão do macaco como pela minha própria reação. Minha pele pinicando com a onda de adrenalina e meu coração está martelando como se eu tivesse acabado de ser atacada por um urso, mas estou tão aliviada que poderia dar um beijo no pequeno rosto cor-de-rosa.

Um macaco da montanha esteve me espionando, não um mercenário russo.

— Você pode pegar isso — Digo ao macaco, apontando para os restos da maçã quando finalmente paro de rir. — É todo seu.

— Quanta generosidade sua, ptichka — Uma voz familiar sai de trás de mim e eu congelo, minha pulsação indo às alturas novamente.

Eu estava errada em não confiar nos meus instintos.

Com um sentimento desolado, viro-me e encaro o homem de quem fugi.

Peter Sokolov está encostado nas árvores, seus lábios sensuais curvando-se num sorriso sarcástico.

 eter

Ilya enviou-me uma mensagem tão logo Sara saiu de casa e eu lhe disse para segui-la. Não porque eu estava com medo de perdê-la – Yan havia colocado chip de rastreamento em todos os calçados que comprou para ela – mas porque eu não a queria andando só. Minha pequena doutora está acostumada a ambientes de cidade, não florestas montanhosas, e eu não queria arriscar que ela se machucasse. Eu já estava voltando, então, tão logo Anton me colocou no chão, eu segui o sinal de GPS das botas de Sara. Levou apenas uma hora para eu chegar a Ilya e, a partir daí, fiquei com o trabalho de seguir Sara – meu passatempo favorito nos meses recentes.

— Como você me achou? — Pergunta ela, recobrando-se do choque de me ver. Sua voz presa e um toque de falta de ar, mas ela mantém seu queixo alto, encarando-me sem tremer. — Por quanto tempo você estava me seguindo?

— Desde o final da manhã — Digo, me afastando da árvore. — Você tem mais resistência do que pensei. Eu esperaria que você fizesse um intervalo bem antes de agora.

Seus olhos de avelã se estreitam. — É por isso que você me deixou chegar tão longe? Para me mostrar o quão fraca sou e quão rápido você pode me pegar?

— Não, ptichka. — Vou em direção a ela. — Para te mostrar outra coisa.

Ela dá um passo atrás, então, fica parada, provavelmente vendo a inutilidade de correr. E é. Eu conseguiria pegá-la num segundo. Daí, eu a puniria, como demanda o monstro dentro de mim.

Eu me certificaria de que ela nunca fugisse de mim novamente.

Preciso de toda a minha força de vontade para resistir a vontade, segurar-me para não ceder ao desejo sombrio. Faz todo o sentido para Sara tentar escapar, tentar retornar para a vida que sempre conheceu. Ela não seria quem é se não tentasse e eu sei disso. Eu aceito isso – racionalmente, pelo menos.

Num nível mais visceral, eu quero subjugá-la e fazê-la me amar, prender suas asas para que ela nunca, jamais saia.

— Vem — Digo, esticando meu braço para pegar sua mão fria e trêmula quando paro em frente a ela. — É só um pouco à frente neste caminho.

E aprisionando a ira fervente em mim, desço a trilha com ela.

A EXPRESSÃO DE PETER É ILEGÍVEL QUANDO DESCEMOS juntos a trilha, mesmo assim, sinto raiva dentro dele, a volatilidade letal que é como se fosse uma parte dele com os olhos cinza de aço. Apesar disso, sua pegada na minha mão é suave, sua mão grande cobrindo minha palma do ar frio e me prevenindo de escapar.

— Como você me achou tão rápido? — Pergunto, escondendo minha ansiedade. Neste ponto, estou quase certa de que Peter não me feriria fisicamente, mas isso ainda deixa alguns modos que ele pode fazer-me pagar.

— Ilya te seguiu — Diz ele, olhando para mim. A brisa gelada avermelhou as maçãs do seu rosto e a ponta do seu nariz, e com a jaqueta esporte que ele está usando, ele se parece com aqueles atletas *hardcore* que escalam o Monte Everest por diversão. — Você achou que ele não saberia que você saiu de casa?

Claro. Eu deveria saber que foi fácil demais.

— Por que ele não me parou então? Por que ele me seguiu?

— Porque eu falei para ele.

Eu paro, forçando-o parar. — Por quê? Você está tentando me ensinar uma lição? É isso?

— Não, Sara, embora isso seja um bônus. — Um brilho de diversão aparece nos seus olhos.

— O que, então? — Exijo. — Por que deixar-me ir tão longe?

— Para que possa te mostrar isso — Diz ele e aperta sua pegada na minha mão, ele me leva para um caminho estreito de árvores um pouco mais adiante trilha abaixo.

Eu tenho andado cuidadosamente todo esse tempo, mas ainda quase não vi o desaparecimento repentino do chão sob nossos pés. Se não tivesse sido puxada para parar, eu talvez tivesse tropeçado.

Ofegando, dou um passo atrás, segurando na mão de Peter com toda a minha força quando olho de boca aberta à descida livre embaixo de nós. Por algum acaso da natureza, as árvores vão até a beirada do penhasco, algumas raízes até se estendendo além dele. Isso dá a ilusão de que há chão firme onde não tem nada e lembro-me de Ilya falando deste fenômeno ontem, quando ele mencionou o deslizamento.

— Isso foi por causa do terremoto? — Pergunto quando recupero-me do choque.

— Sim. — Peter me puxa de volta, longe da beirada do penhasco. Quando estamos suficientemente longe, ele larga minha mão e diz: — Era isso que eu queria que você visse. Sei que Ilya te falou ontem que esta montanha é toda de penhascos, mas você não deve ter acreditado nele, então, eu quis que você visse com seus próprios olhos. Este era o único lado inclinado o bastante para andar ou dirigir antes do terremoto, e não é mais útil. O único jeito de sair desta montanha é de helicóptero, ptichka. — Ele sorri, seus olhos brilhando como prata polida.

Eu olho para ele, minha barriga cheia de gelo. Acho que me desliguei quando Ilya estava falando comigo, porque não me lembro mesmo de ele ter mencionado isso. Não me admiro dos sequestradores estarem tão despreocupados com minha fuga; eles sabiam que eu não tinha aonde ir.

— Toda esta montanha é rodeada de penhascos? Em todos os lados?

Eu devo parecer tão abatida quanto estou me sentindo, porque a expressão de Peter se suaviza. — Sim, meu amor. Você não entendeu isso ontem?

Eu balanço minha cabeça desapontada. — Eu não devia estar prestando atenção.

Ele não fala nada, só pega na minha mão e andamos juntos trilha acima, de volta para a casa. Meus passos são vagarosos, a exaustão da minha caminhada de manhã me atingindo como uma bola de destruição de prédios. E não é apenas cansaço físico. Emocionalmente estou desgastada, tão cansada que me sinto dormente por dentro.

Eu não sei por que coloquei tantas esperanças nesta fuga. Mesmo quando estava em casa, com minha família e o FBI a apenas uma ligação, sabia que não havia nenhum lugar que eu pudesse correr para escapar do alcance de Peter. Eu era sua prisioneira então, como sou agora, e não sei o que me fez achar que escapando deste topo da montanha iria melhorar as coisas.

Por que eu imaginei que seria livre se conseguisse chegar lá embaixo.

Peter teria vindo atrás de mim. Mesmo se, por algum milagre, eu escapasse e chegasse à suposta segurança da proteção do FBI, eu nunca estaria verdadeiramente segura. Eu teria que olhar sobre meus ombros a cada hora, cada dia e, eventualmente, ele estaria lá, em pé com aquele sorriso cruel nas suas belas feições.

Não existe escapatória para mim e, no meu pânico, esqueci-me disso.

Desespero é uma força esmagadora no meu peito, apertando minha respiração e colorindo o mundo em minha volta de cinza. Eu sei que preciso reagrupar, formular um novo plano, mas a falta de esperança da minha situação envolve muitas coisas, é por demais absoluta. Minhas pernas parecem chumbo ao dar cada passo e o frio dentro de mim está se espalhando, a friagem me enrolando como corrente em volta do meu coração.

Simplesmente não há uma saída.

— Não tem que ser assim, Sara — Diz Peter baixo e olho para ele me observando, seu olhar estranhamente solidário. É como se ele entendesse, como se tivesse empatia de algum nível. Exceto, se tivesse ele não faria isso.

Ele não destruiria minha vida para satisfazer sua obsessão.

— Não tem? — Pergunto secamente, parando em frente a uma árvore caída. Precisamos subir nela e falta-me energia para fazer isso. — Então, como? Como você vê isso funcionando?

Seus lábios se viram quando ele solta minha mão e vira-se para me encarar. — Você pode apenas concordar, ptichka. Aceitar o que há entre nós.

— E o que é isso?

— Isso. — Ele levanta sua mão e toca minha bochecha e me vejo curvando ao seu toque, procurando o calor magnético dos seus dedos.

Sentindo a necessidade perversa pulsando no meu interior.

Eu deveria me afastar, sair do seu alcance, mas estou muito cansada para me mover. Muito cansada para protestar quando ele abaixa a cabeça e pressiona seus lábios nos meus, seu beijo macio e suave, tão terno que me faz querer chorar.

Ele me beija como se eu fosse algo precioso, algo raro

e belo. Como se ele me desejasse mais do que a própria vida. Meus olhos se fecham e minhas mãos sobem, segurando seus ombros quando ele afunda o beijo, inalando meu ar e alimentando minha necessidade.

E se você concordar?

Não parece tão errado agora. Não quando estou cansada e perdida, tão completamente desprovida de esperança. Ele é a causa do meu desespero, mesmo assim, tudo é mais quente e claro com seu toque, mais suportável com sua afeição.

E se você aceitar?

A pergunta circula minha mente, insultando-me, implicando com minhas possibilidades. Como seria se eu parasse de lutar? Se eu deixasse minha velha vida abraçar minha nova? Porque neste momento, não parece tão louco que ele possa me amar, que pudéssemos compartilhar algo significativo e real.

Isso se eu me permitir esquecer das coisas que ele fez, eu poderia talvez amá-lo também.

— Sara — Ele respira, levantando sua cabeça e em seu olhar quente, eu vejo o futuro que poderíamos ter. Um em que não somos inimigos, onde o passado não pinta nosso presente em sombras negras.

Eu vejo isso e eu quero isso – e isso me horroriza mais.

— Deixe-me ir. — Em algum lugar, eu acho forças para me soltar, rejeitar a sedução sombria da sua afeição. — Por favor, Peter, para.

Seu olhar se esfria e endurece, prata derretida transformando-se em aço frio. Sem outra palavra, ele pega a minha mão e volta a guiar-me montanha acima, de volta para a minha prisão.

De volta à nossa casa.

SUBIMOS A TRILHA POR OUTRA HORA E MEIA ANTES DE EU começar a tropeçar em cada raiz e pedra, minhas pernas tão pesadas pela exaustão que eu literalmente não posso levantar meu pé. Subir é dez vezes mais difícil do que descer e depois de me levar ao limite mais cedo, não consigo continuar mais.

Engolindo ar congelado, eu me jogo numa pedra. — Eu preciso... de um descanso — Eu chio, dobrando-me ao meio. Tem um dor forte no meu lado e meus pulmões queimam como se eu tivesse corrido quinze quilômetros. — Só alguns minutos.

— Aqui, beba. — Peter senta-se ao meu lado, parecendo tão descansado e refrescado como se estivéssemos caminhando felizes o tempo todo. Abrindo sua jaqueta, ele me dá uma nova garrafa d'água e diz: — Sei que você está cansada, mas não podemos diminuir o passo. Uma tempestade é esperada para esta noite e precisamos estar em casa antes dela.

Eu engulo a maior parte da água antes de devolver-lhe a garrafa. — Uma tempestade?

— Chuva e granizo, misturada com neve em altas altitudes. — Ele termina a garrafa e coloca de volta na jaqueta. — Nós não queremos ser pegos dentro dela.

— Ok. — Eu ainda não estou respirando normal, mas me forço a ficar de pé. — Vamos.

Peter fica de pé, me estudando com uma leve franzida. Então, ele se vira e diz: — Suba nas minhas costas.

Uma risada incrédula sai da minha garganta. — O quê?

— Eu disse, 'suba nas minhas costas'. Vou te carregar.

Eu balanço a cabeça. — Não seja ridículo. Você não pode me carregar nessa distância. Ainda temos umas sólidas três horas de caminhada – talvez quatro ou cinco, visto estarmos indo morro acima.

— Pare de argumentar e suba nas minhas costas. — Ele dá um olhar duro para mim por sobre seu ombro. — Você está muito cansada para andar e esse é o modo mais fácil de te carregar.

Eu hesito, então, decido fazer como ele diz. Se ele quer ficar exausto por carregar-me nas costas, quem sou eu para argumentar? — Ok. — Com minhas últimas forças, subo na pedra e de lá nas suas largas costas, segurando nos seus ombros quando circulo sua cintura com minhas pernas.

— Segure firme — Diz ele e enrosca seus braços sob meus joelhos, começa a andar, cobrindo o chão com passos longos e firmes.

18

*P*eter

DOU PASSADAS FORTES, DETERMINADO A CHEGAR RÁPIDO em casa. Agora o céu está escurecendo no horizonte, o ar esfriando e engrossando. A tempestade está vindo mais rápido do que foi predito; temos talvez duas horas antes de ela chegar e não posso bipar os caras para nos pegar. Depois de ter me deixado, Anton levou o helicóptero para pegar alguns suprimentos em Tóquio, e não voltaria a tempo.

Eu deveria ter escolhido outro dia para esta demonstração.

Oh, bem. Não adianta me preocupar agora. Quando chegamos a uma parte lisa da trilha, aumento a passada e Sara muda sua pegada em mim, rodeando seus braços no meu pescoço quando eu tombo para frente.

— Está bom assim? — Murmura ela no meu ouvido e eu assinto.

— Bom. Só não me enforque — Digo.

— Você tem certeza que não quer me colocar no chão? Porque já descansei e posso andar...

— Você vai nos atrasar.

Minha voz é dura, mas não estou inclinado a desperdiçar fôlego falando. Não porque meu passarinho seja pesada – com quase cinquenta quilos, ela pesa menos que os pesos que carrego quando treino – mas porque não posso correr o risco de ir mais devagar. O vento está aumentando, nos atacando com frio gelado e apesar de estarmos ambos com roupas quentes, quero que Sara esteja em casa antes que o tempo piore.

Os primeiros pingos da chuva gelada chegam quando estamos a menos de meia hora de casa. — Ponha-me no chão — Exige Sara e, desta vez, ouço. Estou carregando-a por mais de três horas e agora ela *está* suficientemente descansada. Iremos mais rápido se ela estiver nos seus próprios pés.

Segurando sua mão, começo a correr, puxando-a atrás de mim quando o céu se abre e o vento começa a jogar água gelada nos nossos rostos.

— Oh, obrigada, Deus — Sara ofega quando a casa aparece na vista. O granizo está misturado com neve e o vento parece cortar até nossos ossos. Meu jeans está ensopado, minhas pernas dormentes com o frio e não sinto mais meu rosto. Só posso imaginar o quão miserável Sara deve estar. Diferente de mim, ela nunca foi treinada para separar dor e desconforto, nunca soube o que é focar apenas na sobrevivência. Se eu pudesse protegê-la da tempestade com meu corpo, faria, mas a coisa mais importante agora é entrar, onde está quente e seco.

Mais uma hora disso e correríamos o risco de hipotermia.

Quando estamos a menos de trinta metros da casa, Sara tropeça, caindo sobre um galho e eu a pego, carregando-a no meu peito enquanto cubro a distância restante. Chegando dentro de casa, bato na porta com minhas botas e tão logo Yan abre a porta, eu carrego meu fardo parcialmente congelada direto para o banheiro escada acima.

Colocando-a no chão, ligo o chuveiro, certificando-me que a água esteja quente mas não tão quente e, então, tiro nossa roupa, removendo as roupas molhadas e geladas antes de colocá-la sob o jato. Os lábios de Sara estão azuis, e ela está tremendo tanto que quase não consegue ficar em pé. Eu não estou muito melhor, então, passo meu braço nela num abraço de corpo todo e por uns minutos apenas ficamos em pé sob a água, tremendo enquanto seu calor molha nossas peles congeladas.

— Nós p-poderíamos ter morrido. — Os dentes de Sara ainda batem quando ela se afasta e me olha. Seus olhos de avelã estão quase negros no seu rosto branco, seus cílios negros pontudos com a água. — P-Peter, poderíamos ter morrido lá fora.

— Sim. — Aperto meus braços em volta dela

novamente, pressionando-a contra mim até que possa sentir cada respirada rasa que ela dá. — Sim, ptichka, poderíamos.

Outra hora ou duas naquela tempestade e ela não teria resistido. Eu não me deixei pensar nisso antes, não me deixei perder o foco da tarefa de chegar em casa, mas agora que estamos aqui – agora que ela está segura – a realização de que ela poderia ter morrido pressiona meu estômago e envolve meu coração com gelo. Apenas conheci medo deste jeito uma vez antes, quando vi aqueles cabeça de meta a ameaçando com facas. Naquela vez, eu podia eliminar a ameaça – e fiz – mas eu não poderia protegê-la desta tempestade.

Se esta tivesse vindo duas horas mais cedo, eu poderia tê-la perdido.

O pensamento é aterrador, insuportável. Quando eu perdi Pasha e Tamila, parecia que meu mundo tinha acabado, como se eu nunca mais conhecesse nada além de ódio e agonia novamente. A fúria que me guiava era absoluta – porque esse era o único modo que eu poderia passar cada dia, e o único jeito que eu podia comer e beber e funcionar.

O único jeito de eu viver o bastante para achar aqueles responsáveis e fazê-los pagar.

Apenas quando encontrei Sara que comecei a viver novamente, querer algo mais do que vingança brutal. Ela tornou-se meu novo foco, minha nova razão para existir.

Não posso perdê-la.

Não vou perdê-la.

— Você nunca mais fará isso de novo. — Minha voz é baixa e dura quando seguro os ombros dela e a empurro para que me olhe, o medo dentro de mim inundado pela determinação feroz. — Não vai fugir de mim, Sara. Nunca. Não tem ninguém lá fora que possa te ajudar, nenhum lugar que possa se esconder de mim. E se tentar essa loucura fútil novamente, você se arrependerá – te dou minha palavra. Acha que sabe do que sou capaz, mas nem chegou a arranhar a superfície. Você não tem ideia de até onde eu vou, ptichka, nem imagina do que sou capaz de fazer para tê-la. Você é minha e vai ficar sendo minha – agora e pelo tempo que ambos estivermos vivos.

Posso sentir seus músculos tensionarem enquanto falo e sei que a estou amedrontando. Não é o que quero, mas tenho que preveni-la dessas tentativas de fuga.

Tenho que mantê-la em segurança.

— Peter, por favor... — Seus olhos de avelã singelos se enchem de lágrimas, suas palmas pressionando meu peito. — Não faça isso. Isso não é amor. Até você deve ver isso. Sinto muito por tudo que você perdeu, pelo que George fez com sua família. E eu sei... — Ela engole, continuando a me fitar. — Sei que há algo entre nós, algo que não deveria estar lá... algo que não faz nenhum sentido. Você sente isso e eu sinto também. Mas isso não torna as coisas certas. Você não pode forçar alguém a te amar, não pode intimidá-la para que se importe com você. Pelo tempo que você está me mantendo aqui, sou sua prisioneira, não importa o que você me faça dizer... não importa a coerção que você me faça. Se eu fugir ou não, não sou sua – e nunca serei. Não deste modo.

Cada palavra que ela fala é como uma faca furando meu fígado. — Como então? —Minhas palavras saem duras e desesperadas, violentas na sua intensidade. — Me diz, Sara. Como posso ter você? De que outro modo podemos estar juntos se sou um homem procurado?

Seu olhar espelha meu sofrimento. — Não podemos — Ela ofega, suas unhas delicadas arranhando minha pele quando suas mãos se fecham num punho contra meu peito. — Isso não é para acontecer, Peter. *Nós não somos* para acontecer. Não com o passado que compartilhamos – não com o que e quem somos.

— Não. — Minha rejeição é visceral, intuitiva. — Não, você está errada.

Vendo que estou apertando seus ombros com força demasiada, eu a largo e dou um passo atrás, viro-me para desligar o chuveiro, usando a pequena tarefa para recobrar algum controle. Agora que não estou mais congelando, meu corpo está começando a responder à sua nudez, minha fome por ela é aguda e sombria, agravada pela porção volátil de ira e desejo frustrado. Se não me acalmar, a possuirei e a machucarei.

Vou fodê-la até que ela ceda e admita que pertence a mim.

Ela está chorando quando me viro e olho para ela, as lágrimas misturadas com a água nas suas bochechas. — Peter, por favor... — Ela estica o braço para segurar minha mão, seus dedos finos agarrados à minha palma implorando. — Por favor, apenas deixe-me ir. Isso não é o que você quer, realmente não. Eu não posso ser sua família. Eu não posso ser a substituta deles. Você não consegue ver isso? Isso simplesmente não devia estar acontecendo. O que você quer não é...

— *Você* é o que eu quero. — Puxando minha mão da sua pegada, eu a fecho nos cabelos dela e passo meu braço pela sua cintura, moldando-a contra mim. Ela inspira numa respirada forte, seus mamilos intumescidos esfregando contra o meu peito e meu pau pulsa, duro e pronto contra a sua barriga quando eu digo pesadamente: — Você, Sara, é tudo o que quero. Não dou a mínima para o passado, ou pelo que deve ou não deve ser. Fazemos nossa própria sorte – escolhemos nosso próprio destino – e eu escolhi você. Não me importo se o mundo todo acha que isso é errado, se eu tiver que lutar contra um exército para ficar com você. Eu te achei, eu te peguei e estou te mantendo – e nunca vou te libertar.

19

S*ara*

Eu espero que Peter me foda, ali mesmo no chuveiro, mas ele me solta e sai do boxe, pegando uma toalha do suporte e enrolando em mim enquanto o sigo. Ele me seca com movimentos rápidos, depois, pega uma toalha para ele próprio. Seus movimentos são ríspidos, irregulares, seus olhos brilhando com uma certa sobriedade quando ele termina de se enxugar e joga nossas toalhas no suporte.

Ele está com raiva ou machucado ou uma combinação de ambos, nenhum dos dois me parece bom.

Segurando no meu cotovelo, ele me leva para o quarto e quando chegamos na cama, eu caio nela, minhas pernas se recusando a suportar-me por mais um segundo. Uma onda de tontura me varre, meu estômago uivando com o vazio e vejo que não comi nada desde os amendoins na trilha.

Peter deve ter visto isso também, porque ele para e me olha com uma franzida sombria. — Você quer jantar?

Eu assinto e me forço a sentar, enxugando as lágrimas do meu rosto com as costas da minha mão. — Por favor.

— Tudo bem. — Ele vai para o closet, pega um roupão e joga em mim colocando um ele próprio. — Vamos comer.

ENQUANTO CONSUMIMOS A STIR-FRY QUE PETER preparou rapidamente, luto contra a sensação de desconforto de que estou apenas esperando a guilhotina cair. Meu sequestrador não disse uma palavra desde que perguntou se eu queria jantar e não tenho ideia do que está se passando na cabeça dele. Apesar de que, o que quer que seja, ele está me olhando de forma intensa e com toda a atenção e isso me amedronta.

O jantar retardou o que quer que ele fosse fazer comigo, mas ele ainda planeja fazer.

É possivelmente a pior hora de todas, mas não posso protelar mais. O tempo está passando na minha

cabeça, cada hora que passa aumenta minha ansiedade.
— Peter... — Coloco o garfo na mesa, tentando não parecer tão nervosa quanto estou. — Você trouxe a pílula?

Suas mandíbulas se apertam e, por um segundo, convenço-me de que dirá não. Mas ele apenas se levanta e vai ao balcão, onde um saco de papel branco está perto do laptop.

Pegando, ele traz para mim e eu ansiosamente pego dele. Dentro está uma caixa branca brilhante com escrita japonesa nele. Apenas o nome do fabricante está em inglês, mas tenho certeza de que é a pílula que preciso.

Rasgando a caixa, pego a pílula e engulo com meio copo d'água. Com um pouco de sorte ainda estamos na zona de segurança e a pílula fará seu trabalho. Não que importe, dado o que Peter disse.

Com ou sem filho, ele nunca me deixará voltar para casa.

O desespero ameaça me sobrecarregar novamente e só consigo falar com ele num tom meio normal: — Obrigada. Gostei muito.

Não importa o quão ruim as coisas estejam entre nós, tenho que ter em mente que ele não tinha que ter me dado a pílula – que ele poderia ter forçado sua vontade em mim nesse assunto, também.

Peter assente secamente e começa a retirar os pratos da mesa. Ainda estou morta de cansada, mas me ponho a levantar e ajudá-lo quando Ilya e Yan descem as escadas, discutindo algo em russo. Yan está rindo e Ilya parece furioso, fazendo-me imaginar se os dois irmãos estão brigando.

Peter grita algo para eles e Yan olha para mim antes de responder rapidamente em russo.

Ilya parece que vai explodir, mas ele apenas pega uma maçã da tigela na mesa e volta com passos fortes para a escada.

— O que vocês estavam falando? — Pergunto, franzindo quando o russo de cabelos castanhos senta-se atrás do balcão e abre o laptop que está lá. Estive olhando aquele computador enquanto comia, imaginando como pôr as mãos nele e fico desapontada por ver uma tela protegida por senha antes que Yan vire a tela contra mim.

— Só estou falando com meu irmão que ele precisa encontrar uma garota legal — Explica Yan em inglês, seu sorriso aberto crescendo quando Peter fecha a porta da lavadora de pratos com força desnecessária. — Você sabe, como Peter fez com você.

— Oh, entendo. — Dada a reação de Peter, eu suspeito que a linguagem que Yan usou com seu irmão foi um pouco mais temperada, mas não estou disposta a ir além.

Eu não gostaria de saber o que esse bando de assassinos pensa realmente de mim.

Yan se ocupa com o computador e eu passo o pano na mesa e tiro as coisas do balcão, sentindo-me na necessidade de fazer algo apesar de achar que vou colapsar. Não sei o que me espera lá em cima hoje à noite, mas me sinto particularmente no limite, meus instintos gritando de que estou em perigo. Talvez seja a expressão dura e fechada nas feições de Peter ou os seus movimentos quase fora do controle, mas isso lembrou-me de nosso encontro no Starbucks, várias semanas atrás, lá quando meu sequestrador não era nada mais do que um estranho letal que torturou e matou George.

Lá, quando eu não sabia o quão perigoso ele poderia ser.

Lá fora a tempestade está forte, o vento jogando gelo e chuva nas nossas janelas. Eu tremo, lembrando-me como me senti por estar lá fora, e aperto o roupão forte no meu corpo.

— Com frio? — Pergunta Yan e viro-me para vê-lo olhando para mim com um meio sorriso. Diferente de mim e Peter, ele está totalmente vestido, suas calças e camisa de botão com estilo demasiadamente formal para ficar em casa. Acho, contudo, que ele não se importa – tanto sobre se suas roupas são apropriadas ou quase tudo em geral. Mesmo quando ele está sorrindo ou gargalhando, tem uma qualidade fria e distante sobre Yan Ivanov, como se ele não sentisse as emoções que está transparecendo.

Eu não ficaria surpresa se o irmão de maneiras tranquilas de Ilya fosse um psicopata, no sentido clínico da palavra.

— Estou bem — Digo e olho para Peter, que acabou de jogar o resto no lixo e agora está me olhando com olhos semicerrados, seus braços poderosos cruzados no peito.

— Você já terminou? — Ele pergunta com voz firme e meu coração desaba quando vejo que não posso adiar mais o que quer que esteja para acontecer.

Cometi um erro e está na hora de pagar o preço.

Sara

QUANDO CHEGAMOS NO NOSSO QUARTO, PETER LEVA-ME para a cama. Parando em frente a ela, ele retira o roupão, deixando-o cair no piso e abre o meu e o retira pelos meus ombros, deixando-me nua. Ele parece totalmente no controle, a ira volátil presa por enquanto e, apesar do nervosismo, minhas pernas se apertam com a chegada de calor quando ele esfrega suas juntas sobre a pele sensível em cima dos meus seios antes de colocar a mão em cima de cada seio e gentilmente esfregar seus polegares nos meus mamilos.

— Você parece com medo — Observa ele, seu olhar de prata duro e opaco —, está com medo de que eu te machuque? — Seus dedos se fecham nos meus mamilos, beliscando-os com força espantosa e eu ofego, minhas mãos voando para segurar seus pulsos.

— Diga-me, Sara. — Ele belisca meus mamilos com mais força, a pressão quase dolorosa. — Você acha que vou te machucar?

— Eu... — Engulo, meu coração martelando quando puxo seu pulso sem efeito. — Eu não sei.

— Eu *poderia* te machucar. — Sua boca esculpida se vira quando ele larga meus mamilos, deixando-os ereto pulsando quando suas mãos deslizam meu corpo para segurar meu quadril. — E às vezes quero. Você sabe disso, não sabe, ptichka? Você sente isso. — Seu pau pressiona minha barriga, duro e insistente e minha respiração chega na garganta, minhas entranhas se apertando com o pulsar quente apesar do frio se espalhando nas minhas veias.

— Sim. — Não consigo mentir, apesar de que isso seria mais inteligente, poderia apaziguar o monstro olhando para mim pelos olhos sombrios e metálicos de Peter. — Sim, eu sei.

— Oh, ptichka...— Sua voz cheia de simpatia simulada quando ele dá um empurrão forte. — Claro que sabe.

Assustada, eu caio para trás na cama, mas em vez de subir em mim, Peter curva-se e fica em pé um momento depois, com a tira de amarrar do meu roupão nas suas mãos. Ansiedade me perfura quando compreendo suas intenções e reajo instintivamente, rolando para longe quando ele sobe na cama perto de mim.

Ele me pega antes que possa rolar para fora da cama, me vejo com o rosto para baixo no colchão, a parte inferior do meu corpo presa pelo seu peso e meus braços forçados para trás quando ele amarra a tira nos meus pulsos. Seus movimentos rápidos e seguros, implacáveis na eficiência e segundos se passam antes que minhas mãos estejam totalmente presas, o tecido felpudo em volta dos meus pulsos segurando de forma macia mas que não solta.

Eu me mexo contra as amarras, ofegando no colchão, mas o laço não cede, não tem como eu me libertar. — O que você está fazendo? — Meu pânico aumenta quando o sinto saindo de mim. — Peter, por favor... o que você está fazendo?

— Shhh. — Segurando meu cotovelo, ele me puxa de joelhos e me vira para olhar para ele. Suas feições firmes com desejo, seus olhos brilhando de forma sombria quando diz: — Estou dando a você uma prova do que significa ser minha prisioneira. Porque é isso que você quer, não é? Correr para que eu te pegue? Para que eu faça isso, desse modo pode estar livre de culpa?

Eu abro minha boca para negar, mas antes que possa dizer uma palavra, Peter fica em pé na cama. Fechando suas mãos nos meus cabelos, ele puxa minha cabeça para trás, levando meu rosto para a sua virilha e eu ofego, me mexendo contra as amarras dos meus pulsos quando seu pau grosso bate na minha bochecha. Seu cheiro macho almiscarado enche minhas narinas, seu saco esfregando na minha mandíbula e minha respiração se apressa quando vejo no que ele está se preparando para fazer.

— Peter, por favor... — Eu começo, então, fecho minha boca apertada quando a cabeça do seu pau pressiona minha boca. Com sua mão nos meus cabelos e meus braços amarrados nas costas, eu não posso virar a cabeça, não posso me mover mais que poucos centímetros. Nas semanas desde que Peter invadiu minha vida, ele já me possuiu mais vezes que possa contar, me dando prazer com sua boca, mãos e pau, mas ele nunca me fez dar prazer para *ele* antes. E pela primeira vez, vejo que foi uma bondade... uma pequena escolha que ele deixou para mim.

Uma escolha que ele está descartando agora.

— Abra a boca. — Sua voz vibra com desejo sombrio quando ele bate o pau contra minha bochecha novamente. — Abra a porra da sua boca, Sara.

Continuo com meus lábios fortemente selados mesmo quando meu coração pula numa zona anaeróbica. É estúpido lutar contra um boquete quando já se foi fodida dezenas de vezes, mas não consigo evitar pensar que por fazer isso, eu cederia mais... perdendo o último resquício de mim que ainda pertence a George. Não o alcoólatra ou o espião que mentiu para mim, mas o homem por quem me apaixonei lá na faculdade, o que foi meu primeiro tudo.

As feições de Peter se apertam, seus olhos se estreitando quando brilham. — Você quer fazer isso do jeito mais difícil? Tudo bem. — Com sua mão livre, ele fecha minhas narinas, cortando meu ar, e quando eu abro a boca para dar uma respirada, ele empurra seu pau nela, até o final, na minha garganta.

Eu sufoco, meus olhos enchendo de água quando tenho um reflexo de vômito, mas ele é rigoroso quando começa a empurrar, fodendo minha boca num ritmo forte e implacável. Eu não tenho nenhuma chance de morder; com seus dedos fechando meu nariz, todo o meu foco está em conseguir ar o bastante e tentar não vomitar. Em pânico, eu instintivamente dou um puxão nas minhas amarras, meus olhos comprimidos fechados quando a saliva desce pelo meu queixo, mas seu membro duro age como pistão para dentro e para fora e não tem nada que eu possa fazer, nenhum lugar que possa escapar.

Eu não sei por quanto tempo que ele impiedosamente usa minha boca, mas consigo me sentir ficando tonta, a falta de ar combinando com minha exaustão e uma letargia igual a um sonho toma conta de mim. Eu nunca me senti tão impotente, tão completamente sob o domínio do meu carrasco e quando Peter continua fodendo a minha boca, faço a única coisa que posso.

Eu paro de lutar e entrego-me a ele.

As enfiadas punitivas não param e ele não solta meu nariz, mas meu pânico diminui quando meu corpo fica mole e flexível na sua pegada. Sou uma boneca de retalhos, um brinquedo para ser levada e jogada e há paz nisso, um tipo de aceitação trocada. Minha garganta relaxa, o deixando entrar e o sentimento de vômito para quando aceito o ritmo. Cada vez que ele retrocede, eu tomo fôlego e o ar me sustenta quando ele empurra fundo, enchendo minha garganta, controlando-me tão completamente que toda a minha vida está nas suas mãos.

— Sim, assim mesmo. Isso é tão bom... Exatamente assim, meu amor... — Seu gemido cheio de desejo passa vibrando em mim e abro minhas pálpebras bem pouquinho, olhando para ele com olhos lacrimosos. Êxtase selvagem está cotorcendo suas feições, os tendões aparecendo para fora do seu pescoço musculoso e quando seu olhar encontra o meu, sinto algo dentro de mim trocando, mudando de algum jeito fundamental.

Sou sua, meu corpo fala para ele, aceitando tudo o que ele tem que dar. É uma rendição completa de mim mesma e, mesmo assim, parece certo, parece confortante e pacífico. Neste momento, eu quero pertencer a ele, ficar aninhada na sua força gigantesca.

Aceitar e deixá-lo me ter.

Todos os medos desaparecem, todos os pensamentos sobre o futuro desaparecendo. Sinto como se estivesse acima e além de mim mesma. Se ainda há desconforto, eu não sinto, mesmo assim, meus sentidos estão aumentados, meu sexo molhado e pulsando com excitação. É falta de oxigênio, meu conhecimento médico me diz, mas a razão não importa.

Nada importa além de Peter e seu prazer.

Continuo fitando-o quando o clímax toma conta dele, mantendo a conexão quando sua semente jorra na minha garganta. Olhos fluindo, engulo todo o líquido salgado e apenas quando seus dedos soltam meu cabelo que o sentimento estranho desaparece e a realidade volta.

Tremendo, eu colapso para o lado, sentindo-me como despedaçada quando ele solta minhas mãos das amarras. Meus olhos estão molhados, mas não estou chorando mais. Não posso. O mergulho no desespero foi muito rápido, muito aterrador e profundo. E sob todas as coisas, tem a excitação doentia, uma fome que queima bem dentro de mim.

— Tudo bem, meu amor — Murmura ele, tomando-me no seu abraço e minha tremedeira aumenta quando sua mão entra entre minhas coxas, dois dedos ásperos entrando em mim quando seu polegar pressiona meu clitóris. — Você vai ficar bem. Isso é normal. Deixe-me tomar conta de você, ptichka, e você vai ficar bem.

Mas não ficarei. Eu sei disso, e ele sabe disso também.

Leva alguns segundos para eu gozar, para convulsionar nos seus braços com prazer arrasador. E quando ele me segura, acariciando o meu cabelo, eu sei que acabou.

A gaiola que ele me prometeu é aqui.

PARTE II

Sara

AS DUAS PRIMEIRAS SEMANAS SÃO AS MAIS DIFÍCEIS. Eu choro quase que todos os dias, minha raiva e desespero tão intensos que quero gritar e atirar coisas. Mas não faço. Em vez disso, ando ao redor de Peter como pisando em ovos, determinada a evitar mais punição – para certificar-me que meu sequestrador me deixe manter contato com meus pais.

Eu ainda não entendo o que aconteceu naquela noite, como aquele sexo oral me quebrou tão inteiramente. Sexo com Peter sempre teve um elemento sombrio, mas achava que eu poderia lidar com isso, que estava acostumada à montanha-russa do medo, da vergonha e da necessidade. Mas aquela noite foi algo diferente, algo mais perverso... algo que me despedaçou e abriu e me virou de dentro para fora.

Naquela noite, eu dancei com o monstro interno de Peter e, no processo, descobri um em mim.

Desde então ele não me tocou daquele jeito, apesar de que, cada vez que fazemos sexo, sinto o desejo nele, a necessidade de dominar e atormentar. Está lá não importa o que ele faça, não importa o quão gentil ele é comigo. É parte dele, essa que é sombria, essa necessidade de punir e se vingar. Ele pode lutar contra isso, mas está lá – porque apesar do que Peter diz, o passado realmente influencia nosso presente.

Ele nunca esquecerá o papel do meu marido no massacre da sua família e eu nunca suplantarei o que ele fez com George.

A boa notícia é que voltamos a usar preservativos. Eu não sei se Peter viu a sabedoria de evitar mais complicação neste estágio na nossa relação fodida, ou se ele está realmente respeitando minhas opiniões, mas apesar da quantidade de sexo que estamos fazendo diariamente, não houve nenhum deslize negativo. Contudo, eu ansiosamente conto os dias até minha menstruação e quando ela chega, duas semanas e meia depois em meu cativeiro, soluço com alívio, pela primeira vez grata pelas cólicas e desconforto. Peter não parece nem um pouco satisfeito, mas quando recomeçamos a fazer sexo depois que o pior dos meus sintomas termina, ele continua usando proteção.

Outra coisa positiva é que minha tentativa falha de fuga não me fez perder nenhum dos privilégios de contato com o mundo lá fora. Todas as tardes, Peter me deixa assistir as gravações na casa dos meus pais e a cada dois dias ele me deixa ligar para eles. As ligações são sempre rápidas, tanto como precaução extra contra o FBI localizá-las como por eu não ter muito o que falar. Até onde meus pais sabem, estou viajando pelo mundo com meu amor, feliz e não sabendo dos perigos que ele representa para mim e das minhas responsabilidades em casa. O máximo que posso falar durante as ligações é assegurar a meus pais que estou bem e perguntar como eles estão, desligando rapidamente para evitar perguntas e súplicas intermináveis.

— Você sabe que pode melhorar um pouco nosso romance — Diz Peter depois de ouvir as chamadas por cerca de uma semana. —, colocar um pouco de cor nele para fazê-lo mais autêntico.

— Verdade? Eu deveria dizer com que frequência você me fode, ou descrever quão grande é seu pau?

Peter sorri abertamente ante o sarcasmo – o pouco do desafio que ele não liga de vez em quando. — Ou você pode dizer que faço café da manhã para você todos os dias. Não sou um conhecedor de pais, mas isso parece algo que eles apreciariam mais.

Retruco com outra observação sarcástica e faço como ele sugeriu nas próximas ligações, falando aos meus pais sobre as pequenas coisas que Peter faz para mim. Não pode ser nada que indique nossa localização, então, eu me atenho a coisas mais pessoais, como o fato de ele ser um excelente cozinheiro e suas massagens nas costas serem maravilhosas. Nenhum dos dois é mentira; agora que nos fixamos no novo local, Peter voltou a fazer comidas fabulosas para mim e estou mais do que sendo mimada com as massagens diárias. Acho que é porque ele não consegue manter suas mãos longe de mim, e como não podemos fazer sexo vinte e quatro horas por sete dias da semana, ele aceita ficar me tocando de outros modos, usando cada oportunidade para me acariciar e me massagear dos pés à cabeça. Especialmente os dedos dos pés. Estou começando a suspeitar que meu sequestrador deve ter um pequeno fetiche por pé, dado ao fato de ele me fazer a melhor massagem de pé da minha vida.

Não falo sobre as massagens nos pés com meus pais – apesar das minhas perguntas sarcásticas, não me sinto confortável em discutir qualquer coisa remotamente sexual com eles – e também fico quieta sobre os modos mais íntimos em que ele cuida de mim, como pentear meu cabelo e me lavar no chuveiro. É como se eu fosse sua boneca humana, algo entre uma criança e um brinquedo sexual. Ele também fazia isso em casa, mas eu trabalhava tanto que era uma coisa mais esporádica. Agora, contudo, é um acontecimento diário e apesar de eu provavelmente achar esse tipo de atenção desconcertante, gosto demais para me opor.

Fui autossuficiente e independente por tanto tempo que me sinto bem em ter Peter me tratando como um bebê.

Claro que nenhum tipo de mimo pode compensar por eu ter perdido minha vida e o trabalho que me definia. Eu fui de trabalhar até oitenta horas por semana ao total descanso e não tenho ideia de como preencher esse tempo extra. Peter preenche parte dele – agora que sempre estou ao seu alcance, ele me fode duas ou três vezes ao dia – e com o ar fresco da montanha, eu durmo mais, pelo menos de nove a dez horas por noite. Eu também compartilho refeições prazerosas com Peter e seus homens, vou a caminhadas com ele ou quem quer que ele indique para cuidar de mim.

Não é uma rotina ruim e também temos livros e filmes, mais três semanas disso e estou pronta para subir pelas paredes.

— *Você* não se sente enclausurado? — Pergunto a Peter durante uma das nossas caminhadas matinais. O ar é frio, mas felizmente, não está nem chovendo nem com vento, como foi o caso nos últimos poucos dias – outra razão das minhas dificuldades. — Quero dizer, sei que você trabalha no seu laptop, mas ainda...

Peter dá com ombros largos. — Estou aproveitando essa folga. É rara, então, meus homens e eu aproveitamos enquanto podemos. Temos um trabalho grande se aproximando, não descansaremos por um bom tempo.

— Que tipo de trabalho? — Pergunto, levada por uma curiosidade mórbida. — Outro assassinato?

Ele para e me dá um olhar normal. — Você realmente quer saber?

Eu hesito, mas assinto. — Sim. Quero. — Não é que eu não saiba o que Peter é ou faz. Eu experimentei suas habilidades letais na primeira noite que nos encontramos. Se algum lorde das drogas pagar a sua equipe uma quantia obscena para apagar outro criminoso perigoso, eu devo também saber tudo sobre isso.

Pelo menos pode me entreter, como um thriller horror/James Bond.

— Tem um banqueiro na Nigéria que pisou nuns calos — Diz Peter, esticando o braço para pegar a minha mão quando voltamos a andar. — Um desses calos nos contratou para cuidarmos do problema.

— Um banqueiro? Não parece alguém que requeira seu particular conjunto de habilidades. — Ou como o lorde do crime impiedoso que imaginei. Não que eu me iluda que o trabalho de Peter seja algo nobre. Mesmo assim, uma parte ingênua em mim deve ter esperado que a maioria dos seus alvos seja, pelo menos, algo que mereça o que recebe.

— Este banqueiro em particular tem um pequeno exército e praticamente é dono da cidade onde mora, assim como a maioria das autoridades legais local — Explica Peter quando vamos em direção a uma trilha estreita que nunca tinha notado antes. — Pelo que tudo indica, ele é um dos homens mais ricos na Nigéria e não se tornou assim praticando empréstimos para carro.

— Oh. — Ajusto minha imagem mental do homem. — Então, ele não é um cara do bem?

Um sorriso aberto sem graça cruza as feições de Peter. — Pode-se dizer isso. Na última contagem, ele matou mais de uma dúzia dos seus inimigos e torturou ou mutilou pelo menos cinquenta mais, sem contar suas famílias. O homem que nos contratou é um primo de uma das vítimas; sua filha foi estuprada por uma gangue para ensinar uma lição à sua família.

O terror fecha minha garganta e eu, de repente, estou de uma forma selvagem feliz que Peter vai atrás do monstro.

Feliz e irracionalmente preocupada, porque isso é muito mais perigoso do que eu achava.

— Como você vai...? — Paro, não sabendo como formular a pergunta.

— Pegá-lo?

Eu assinto, olhando o rosto divertido dele. — Sim.

— O jeito de sempre. Descobriremos tudo que pudermos sobre sua segurança, aprendendo sua rotina e quando chegar a hora certa, atacamos.

Espanto o medo irracional no meu peito. Peter e seus homens são altamente treinados, e de qualquer modo, é estupidez me preocupar com a segurança do assassino que me sequestrou. Em vez disso, foco no que é mais relevante na minha situação. — Então, você vai embora por um tempo?

— Não, a não ser que algo saia errado. Anton e Yan voarão para lá semana que vem para reconhecimento, mas Ilya e eu só nos envolveremos nos estágios finais da operação. Acho que isso se dará daqui uma semana ou duas e não devo ficar fora por mais do que poucos dias.

Mordo a parte interna da minha bochecha. — E eu? Você vai me deixar aqui quando estiver na Nigéria?

— Yan ficará com você — Diz Peter, saindo da trilha para uma clareira quando tento esconder o desapontamento. Apesar do que ele me disse no dia da tempestade, ainda não desisti completamente da ideia de fugir. Sim, ele me mostrou aquele penhasco e durante nossas caminhadas, eu vi outras trilhas, mas isso não significa que toda montanha é intransponível. Deve ter um caminho para baixo que Peter não quer que eu saiba e com tempo e liberdade, poderia achá-lo. O que eu faria depois – como poderia ficar fora das garras de Peter mesmo se conseguisse chegar em casa – é um assunto diferente, mas eu preciso focar num problema por vez.

— Você não precisa da equipe toda? — Pergunto, fazendo o máximo para soar pouco interessada. — Achei que vocês agissem como uma unidade.

— Agimos, mas vamos nos ajustar. — Peter me lança um olhar sarcástico quando entramos na clareira. — Não se preocupe, ptichka. Não vamos deixá-la vagando por aqui sozinha.

Não respondo, porque não tem motivo – e porque chegamos ao nosso destino: um penhasco com uma vista magnífica do lago abaixo.

— Uau. — Expiro, vendo o cenário fabuloso quando paramos a alguns poucos metros da beirada do penhasco. — Bonito demais.

Depois da chuva dos últimos dias, o ar está claro como cristal e o céu está perfeitamente azul claro, sem uma nuvem à vista. Sem vento, o lago abaixo de nós fica tão parado que parece como um espelho gigante, refletindo as majestosas montanhas em volta dele.

Se eu não estivesse aqui contra minha vontade, acharia que este é o lugar mais bonito da Terra.

— Sim, maravilhoso — Concorda Peter, sua voz incomumente rouca quando sua mão aperta a minha e eu me viro para ver seu olhar metálico queimando com fome. Meu coração dá um pulo quando como resposta o calor passa pelo meu corpo, expulsando o frio da altitude.

É sempre assim agora. Um olhar, um toque e tudo desaba. Mesmo quando estamos apenas de mãos dadas, meu coração bate um pouco mais rápido e quando ele olha para mim, meus ossos amolecem como líquido, meu corpo aumentando o tesão.

Ruborizando, eu retiro minha mão da sua pegada e dou um passo atrás para evitar me desequilibrar na direção dele. Fizemos sexo menos de duas horas atrás, e ainda estou ardida. É estressante o quanto o desejo e o pouco controle que tenho sobre minha reação. A química entre nós sempre foi explosiva, mas desde o sexo oral, tem algo de diferente sobre o meu desejo, algo que parece arraigado na parte errada de tudo isso.

Não. Afasto o pensamento com força, recusando-me a ceder. Peter estava errado. Eu não queria ser sua prisioneira. Isso não é um jogo sexual que estamos jogando; é minha vida, meu futuro. Tudo que pelo o que trabalhei se foi, roubado pelo homem olhando para mim com seus olhos prateados em chamas. Qualquer que seja o desejo estranho que ele desperta em mim, nunca estarei de bem com esse relacionamento forçado.

Não pode ser assim.

Mesmo assim ele me pega e me puxa para ele, eu não resisto. Não luto quando ele abaixa sua cabeça e esmaga seus lábios contra os meus. O fogo varrendo pelas minhas veias incinerando a razão, toda a moralidade e senso comum. Meus dedos enlaçam seus cabelos, meu corpo moldando contra o dele e quando ele me põe contra uma árvore, eu cedo e abraço o lado sombrio, deixando meu próprio monstro interno libertar-se.

*P*eter

COM OS PREPARATIVOS PARA O SERVIÇO NA NIGÉRIA SE acelerando, encontro-me procurando Sara de forma mais desesperada, minha necessidade por ela fora de controle. Quando não estou treinando com meus homens ou trabalhando na logística para a missão, estou ou com ela ou pensando nela. É como um vício, esse desejo que nunca vai embora e a pior parte é que não importa o que faça, não consigo fazer Sara aceitar.

Não consigo fazê-la aceitar sua vida comigo.

Não que ela lute comigo fisicamente. Ao contrário, ela responde sempre que a toco e nos seus olhos, vejo a mesma fome, a necessidade que me queima vivo. Ela pode negar, mas gosta quando sou duro na cama, até mais do que quando sou gentil. Quando fico no controle, isso a liberta, diminuindo o tormento da sua culpa e fechando seu cérebro super ativo. Nossos desejos complementam um ao outro, nossa conexão soando com calor sinistro, mesmo assim, quando seu corpo abraça o meu, eu sinto o frio da sua distância mental, as tentativas de manter-se longe de mim.

Em certo nível, eu entendo isso. Eu a tomei da sua vida, da sua família e do trabalho que amava. Isso me aborrece, a última parte, porque eu sei o quanto a identidade de Sara estava ligada a ser uma médica de sucesso. A música deve ter sido sua paixão e medicina a escolha pragmática aprovada pelos pais, mas ela ainda gostava do seu trabalho. Eu via isso toda vez que ela chegava em casa, cansada, mas mesmo assim feliz pelo desafio de trazer vida a este mundo e curar as enfermidades dos pacientes. Agora, ela parece perdida, quebrada de um modo que não se pode definir, e eu odeio isso.

Minha ptichka adora ajudar as pessoas e eu tirei isso dela.

Para fazê-la feliz, eu decido trazer alguns instrumentos musicais e um equipamento de gravação na próxima viagem, assim Sara pode gravar ela mesma cantando as suas músicas pop favoritas. Eu também recruto Ilya para me ajudar a alterar parte da área da sala de estar de baixo num estúdio de dança, no caso de Sara querer retomar salsa ou balé novamente.

— O que você está fazendo? — Pergunta Sara quando ela me vê levantando a parede e explico minha ideia para ela. Ela não parece super empolgada, mas como com tudo ultimamente, ela raramente se empolga.

É como se parte do seu brilho interno se fosse e eu não sei como trazer de volta.

— Isso está foda, cara — Murmura Ilya quando Sara sobe depois de outra ligação para os pais, seu ombro enrijecido e seus olhos de avelã cheios de lágrimas. — Sério, essa garota não merece isso.

Lanço um olhar sombrio a ele e ele se cala, mas sei que está certo.

Estou destruindo a mulher que amo e não consigo evitar.

Não importa o que aconteça, não posso deixá-la ir.

QUANDO ANTON E YAN VOLTAM DA SUA MISSÃO DE reconhecimento, o estúdio de dança precisa apenas de espelhos e decido comprá-los quando voltarmos da Nigéria, junto com os instrumentos musicais e o equipamento de gravação. Eu também fiz o download de milhares de vídeos de músicas populares no iPad desabilitado da internet e dei para Sara – coisa que ela me agradeceu, mas, novamente sem entusiasmo.

Está chegando ao ponto de que eu quase gostaria que ela lutasse contra mim, como nos primeiros dias depois que a possuí.

Não pela primeira vez que penso na pílula do dia seguinte que dei para ela e dos preservativos que continuamos a usar. Talvez tenha sido um erro ouvir o restante da minha consciência e ceder aos pedidos da Sara neste assunto. Quando sua menstruação veio duas semanas atrás, senti como se tivesse perdido algo e não importa o quanto me esforço de tirar de minha mente a ideia de Sara com um filho, não consigo parar de pensar nisso.

Eu não consigo parar de querer isso.

Meu passarinho, grávida. Eu posso visualizar isso tão claramente quando olho para ela – a barriga inchada e cheia, seios preparados, a luz da vida se desenvolvendo dentro dela... Seus mamilos lindos ficariam extrassensíveis, seu corpo esbelto belo e macio e quando o filho nascesse ela o amaria.

Ela tomaria conta do nosso filho, do jeito que minha mãe biológica nunca cuidou de mim.

É tentador e o desejo me consome mais a cada dia. Aqui, Sara está completamente sob meu controle. Se eu não usasse o preservativo, não haveria nada que ela pudesse fazer, nenhuma pílula do dia seguinte que ela pudesse conseguir sozinha. Ela teria meu filho e o amaria e, então, algum dia, ela me amaria também.

Seríamos uma família e eu a teria verdadeiramente.

Ela seria minha e nunca iria querer ir embora.

Na noite antes de Ilya e eu sairmos para Nigéria, faço um jantar especial para Sara e a equipe, agradando cada um com seu prato preferido junto com duas receitas japonesas que estava doido para tentar.

— Por que não comemos assim todos os dias? — Queixa-se Anton, pegando outra rodada de *vinegret* – uma salada russa à base de beterraba. — Sério, cara, você tem que ver isso. Tudo que tivemos ontem foi arroz e peixe.

Mostro o dedo para ele e os irmãos Ivanov riem mergulhando nos seus pratos preferidos – kebobs de carneiro à moda georgiana, junto com uma pasta apimentada de acompanhamento. Até Sara sorri quando coloca um pouco de tudo no seu prato, incluindo minha tentativa de fazer tempura de vegetais.

Enquanto comemos, os homens e eu discutimos parte da logística do trabalho e Sara ouve em silêncio, como é seu costume durante as refeições. A distância que mantém de mim se estende aos meus homens; ela raramente fala com eles, pelo menos quando estou por perto. O único que ela parece gostar é Ilya e até com ele ela é reservada, suas maneiras educadas, mas longe de calorosas. Acho que ela se sente desconfortável no meio dos meus colegas de equipe; ou isso, ou ela os odeia por serem meus cúmplices.

Não me preocupo com sua atitude para com eles. De fato, eu prefiro assim. Nas últimas seis semanas peguei todos os três olhando Sara com graus diferentes de interesse e fiquei perto de abrir suas gargantas. Sei que eles não têm nenhuma intenção por olhar – qualquer macho com sangue nas veias apreciaria a beleza esbelta e graciosa de Sara – mas ainda assim fico tentado a matá-los.

Ela é minha e não compartilho. Nunca.

De qualquer modo fico feliz de que seja Yan a ficar para trás. Dos quatro de nós, ele é o que tem mais a cabeça no lugar e apesar de confiar nos meus três colegas, tenho mais confiança no autocontrole de Yan. Ele não tocaria em Sara, não importa a tentação e é precisamente isso que preciso.

Preciso saber que ela está seguramente vigiada, para que eu possa focar no trabalho.

— E o pessoal da cidade? — Pergunta Yan quando Ilya explica nossa rota de fuga depois do ataque. Todos estamos falando inglês em respeito a Sara e para minha surpresa vejo que seu rosto fica branco quando explico as bombas que estamos planejando explodir como distração.

Se não soubesse melhor, acharia que ela está preocupada conosco.

Falamos mais sobre a logística das bombas e ficamos no meio da discussão dos planos de contingência quando Sara se levanta abruptamente, sua cadeira raspando no piso.

— Por favor, me deem licença — Diz ela com voz trêmula e antes de eu poder pará-la, ela corre para a escada e desaparece lá em cima.

# Sara

SSINTO ENJOO, LITERALMENTE DOENTE COM ANSIEDADE. Minha barriga dói e parece que um caminhão passou em cima do meu peito. Desde que Peter me contou sobre o banqueiro da Nigéria, tenho tentado não pensar no perigo, mas esta noite, ouvindo os homens falarem sobre a segurança doentia da fortaleza do banqueiro e o que farão em caso de eles ficarem machucados ou morrerem, não pude mais ignorar.

Amanhã Peter e sua equipe investirão contra o monstro e seu covil fortemente protegido e não existe garantia de que voltarão vivos.

Trancando-me no banheiro, corro para a pia e jogo água fria no meu rosto, tentando respirar através da minha garganta sufocada. Parece um ataque de pânico, só que o medo que estou sentindo não tem nada a ver com minha própria situação – uma situação que poderia, de fato, ser resolvida pela morte de Peter.

Uma bala no cérebro ou coração – isso foi o que uma vez ele me disse que o faria deixar-me. E sei que é verdade. Pelo tempo que meu carrasco viver, nunca ficarei livre dele. Mesmo se eu de alguma forma conseguisse escapar, ele viria atrás de mim. Daí, eu deveria esperar que ele fosse morto – à bala ou explodido por aquelas bombas. Então, seus colegas deveriam me devolver para casa e minha velha vida poderia continuar.

Eu poderia ter tudo de volta se ele fosse morto.

É isso que eu deveria querer, mas, em vez disso, medo e ansiedade me consomem. A visão de Peter ferido é de algum modo insuportável, até mesmo pior do que na noite em que ele me roubou. Pelas últimas seis semanas, fiz de tudo que pude para controlar minhas emoções, responder a ele apenas de forma física, mas com certeza falhei.

Quaisquer que sejam os sentimentos bagunçados que desenvolvi sobre o assassino do meu marido ainda estão lá; se aconteceu algo, eles cresceram durante meu cativeiro.

Sentindo-me incrivelmente mal, pego uma toalha e esfrego no meu rosto molhado. Minha barriga é um nó gigante e consigo sentir o sangue pulsando nas minhas têmporas quando inspiro com dificuldade com meu tórax. O rosto refletido no espelho do banheiro é branco como giz, com riscos vermelhos onde esfreguei a toalha com muita força.

Amanhã Peter poderia ser morto.

— Sara? — Uma batida na porta me assusta e deixo a toalha cair, virando para olhar a porta.

— Ptichka, você está bem? — A voz aguda de Peter traz um tom de preocupação.

Meus pulmões ainda não funcionam propriamente, mas consigo inspirar e ofegar — Estou bem. Só um minuto.

Pegando a toalha do piso com mãos trêmulas, jogo na cesta de roupas no canto e passo minha mão pelos cabelos, tentando me acalmar. Meus ataques de pânico diminuíram nas últimas semanas e eu não quero que Peter saiba que recomeçaram apenas por ouvir o perigo que ele irá passar.

Respirando várias vezes, vou para a porta e a destravo. Peter entra imediatamente, uma franzida de preocupação na testa quando seu olhar me cobre procurando por ferimentos.

— O que aconteceu? Você está bem?

— Sim, desculpe-me. Apenas uma dor de estômago — Digo com voz quase normal —, mas estou bem.

A franzida de Peter aumenta. — É aquele período do mês?

— Não, só... — Eu paro para fazer uns cálculos mentais. Para minha surpresa, ele está certo. Minha última menstruação foi há quase quatro semanas – o que realmente explica parte do que estou sentindo.

— Na verdade, sim — Digo, aliviada por ter a desculpa. —, eu não notei, mas sim, deve ser.

Parte da tensão deixa as feições de Peter. — Minha pobre ptichka. Vem aqui. —Esticando o braço, ele me puxa para seu abraço e eu passo meus braços na sua cintura, respirando seu cheiro quente enquanto ele acaricia meus cabelos. O pior do meu pânico alivia, o sentimento do seu corpo sólido e musculoso diminuindo minha ansiedade, mas o medo de amanhã se recusa a ir embora.

E se ele for morto?

— Você quer deitar? — Murmura Peter depois de um momento, se afastando e olhando para mim e eu balanço a cabeça. Meu peito ainda está muito apertado e meu estômago dói de verdade, mas ficar só com minha preocupação só pioraria a situação.

Saindo da sua pegada, consigo dar um leve sorriso. — Estou bem. Desculpe se arruinei seu jantar. Tudo estava delicioso.

Ainda vejo traços de preocupação no seu olhar, mas ele assente, aceitando minhas palavras prontamente. — Você quer um pouco de sobremesa? — Ele pergunta. — É torta de maçã. Eu posso trazer aqui para você, se não estiver se sentindo bem para...

— Não, vou descer. Tenho que tomar um Advil de qualquer modo.

E respirando fundo, saio do banheiro, determinada a fazer o que for necessário para me distrair dos pensamentos de amanhã.

QUANDO CHEGAMOS À COZINHA, A ATITUDE DE SARA muda tão rapidamente que é como se mexesse num interruptor, ligando uma personalidade diferente. Um tipo de energia frenética parece tomar conta dela e depois que toma dois Advils, ela começa a se apressar pela cozinha, jogando os restos fora e pegando pratos limpos para a sobremesa com a velocidade de alguém correndo para pegar o trem.

— Eu faço isso, ptichka. Apenas relaxe — falo para ela, levando-a para sua cadeira quando ela tenta pegar a torta sem luvas. — Você não está se sentindo bem, apenas se acalme.

— Estou bem — Protesta ela, mas a ignoro,

cuidadosamente tirando a torta do forno e carregando-a para a mesa enquanto os homens assistem tudo perplexos.

Sara se senta parada por alguns momentos deixando-me cortar a torta em cinco pedaços e, então, ela fica em pé novamente. — Aqui, deixe-me servi-la — Diz ela, pegando o prato de Ilya. Daí, aparentemente vendo que não tem os talheres certos, ela corre para a gaveta de talheres da cozinha e volta com uma espátula.

Desta vez, eu a deixo fazer isso, apesar de não ter ideia do que deu nela. Seus olha estão brilhando muito, fervendo com algum tipo de excitação e seu rosto ainda está muito pálido. Talvez esteja ficando doente? Mas, então, ela deveria estar cansada, não correndo pela casa freneticamente.

— Aqui — Diz ela, empurrando a torta para Ilya —, você quer mais alguma coisa? Como creme batido?

— Hm, não, obrigado. — Meu companheiro pisca para Sara. — Estou satisfeito.

Ela dá um sorriso diferentemente iluminado e depois pega o prato de Anton. Colocando uma fatia da torta nele, ela dá o prato para ele e faz a mesma coisa para Yan e eu, antes de pegar um pedaço para si mesma.

Sentando-se, ela espeta o garfo na sua fatia e olha para os outros, inspecionando nossos rostos confusos.

— Então — Diz ela com uma voz tão alegre que mal consegui reconhecer —, vocês também têm torta de maçã na Rússia, ou isso é mais uma coisa americana?

Você sabe, tipo 'tão americano como uma torta de maçã' e coisas do tipo?

Yan se recupera primeiro. — Nós temos torta de maçã — Diz ele com um sorriso aberto e se divertindo —, não se parece muito com essa, mas fazemos tortas e pequenas tortas – *pirozhki* – recheadas com maçãs e cerejas, também com carne, batata, cogumelo, repolho, cebolinha e ovos.

— Repolho, cebolinha e ovos? — Sara torce o nariz. — Verdade?

— Bem, não junto — Esclarece Yan. — É ovos e cebolinha, ou repolho. Oh, e cogumelo pode também vir com cebolinha e queijo.

Sara inclina a cabeça, mostrando interesse. — Oh sim? Que outras pratos os russos gostam?

— Oh, tem muitos — Diz Anton, entrando na conversa. Sem querer, Sara tocou na maior fraqueza dos meus amigos – doces e coisas assadas – e Ilya e eu trocamos olhares acirrados quando ele se lança numa longa lista dos seus bolos e pastéis favoritos, descrevendo cada um com detalhes de dar água na boca.

— Uau — Diz Sara quando ele para tomando fôlego. — Peter, você sabe como fazer todos eles?

— Alguns — Digo, largando o garfo. — Se você quiser, posso tentar o Napoleão quando voltarmos – essa é a versão russa do *mille-feuille*, creme multicamadas que Anton estava falando.

— Sim, por favor — Retruca Anton, apesar de eu

não ter falado para ele. —Como os americanos chamam isso? Por favor, com uma cereja em cima?

Ilya e Anton riem, mas o rosto de Sara endurece por uma fração de segundo. No próximo momento, ela se junta à risada e penso se foi imaginação minha. Não que importe – seu comportamento está estranho o bastante assim.

Enquanto comemos a sobremesa e bebemos chá – uma tradição russa que os caras contam tudo para Sara – eu fico olhando-a, tentando imaginar a razão para sua animação repentina. É como se uma pessoa diferente se apossasse do corpo de Sara. Ela está brincando e fazendo piadas com meus homens, como se não se importasse com o mundo. Mesmo assim, sob a mesa, ela está se mexendo na cadeira e mantendo o braço em volta da barriga – um claro sinal das dores que está sentindo.

Isso me incomoda, esse enigma, e quando toda torta termina, eu digo aos caras para cuidarem da limpeza. Sara se levanta rápido e os ajuda, mas eu pego no seu pulso antes que ela comece a se apressar novamente.

— Vem — digo —, é hora de ir para a cama.

Ela não se recusa, apesar de ser antes das nove e quando chegamos ao quarto, ela começa a se despir sem que eu indique, seus olhos brilhando com uma luz febril.

Minha resposta física é instantânea. E tão logo ela tira a camisa e abre o sutiã, meu pau fica duro como pedra e picadas de calor correm minha pele. E quando ela deixa o sutiã cair no piso antes de se rebolar para fora do jeans, meu coração começa a martelar no meu tórax. Mas, o que mais me excita, é que ela fica olhando para mim o tempo todo, o brilho febril nas profundezas de avelã se transformando num brilho sedutor de desejos.

Sua tanga fica por último e, então, ela vem para mim, seu quadril estreito dançando com graça inconsciente.

Impossivelmente, eu fico até mais duro e preciso de toda força para não pegá-la quando ela para na minha frente, suas mãos finas pegando o botão de cima da minha camisa.

— Achei que você não estivesse se sentindo bem. — Minha voz rouca, cheia de desejo passando por mim em ondas selvagens. — Ptichka, você não tem que...

— Shhh. — Levantando o braço, ela pressiona um dedo delicado nos meus lábios. — Eu não quero falar.

As batidas do meu coração fortes nos meus ouvidos quando ela abaixa a mão e começa a desabotoar minha camisa. É a primeira vez que Sara toma a iniciativa no sexo comigo e eu gosto disso, e quando seus dedos esfregam minha pele, o calor dentro de mim fica vulcânico, o desejo de fodê-la tão forte que minhas mãos se fecham em punho. Ela está agindo com total concentração, seu lábio inferior preso entre os dentes quando seus cabelos caem em ondas grossas e brilhantes no seu rosto e eu literalmente tremo com vontade de pegá-la, possuí-la mais e mais.

Mesmo assim eu não me movo. Não posso. Seu toque de desejo é um presente que eu não esperava esta noite, nem mesmo ousava ter uma esperança dessa. Eu não sei o que está se passando na sua cabeça ou por que ela está fazendo isso, mas não tenho interesse de protestar.

Terminando com os botões, Sara retira a camisa pelos meus ombros e olhando para mim pelos cílios negros, coloca a mão no zíper do meu jeans.

Seu toque é mais hesitante agora, quase desconfiado, mas não importa. O sangue correndo minhas veias parece lava. Seu corpo nu está tão perto que posso sentir seu cheiro, senti-la... tudo menos sentir sua doçura na minha língua. Seus mamilos estão apertados e duros, os globos pálidos dos seus seios dançando suavemente enquanto ela luta com a fivela do meu cinto e um gemido escapa da minha garganta quando ela libera meu pau pulsante e se ajoelha na minha frente.

— Sara... — Quase não consigo falar quando ela segura minhas bolas nas suas mãos macias e envolve a outra no meu pau. Curvando-se, ela lambe delicadamente do início à ponta, enviando um calor como um foguete subindo e descendo minha espinha. Minhas bolas sobem e se espremem em cima e eu sei que estou a segundos de gozar. Inspirando, eu tento pensar em algo, algo para retardar o aumento explosivo da tensão, mas ela coloca seus lábios em volta de mim, levando-me para dentro da sua boca molhada e macia e eu perco todo o sinal de controle.

Gemendo, eu seguro sua cabeça, enfiando meus dedos nos seus cabelos quando enfio tudo para dentro, fazendo-a engasgar e ter sensação de vômito quando atinjo sua garganta. Não é o que eu queria, não é o que eu pretendia fazer esta noite, mas o desejo em mim é muito violento, muito potente para resistir. Ajoelhada, com suas ondas castanhas descendo pelas suas costas delgadas e seus olhos lacrimejantes quando a fodo, Sara é a coisa mais sexy que já vi. E sabendo que ela está lá por escolha própria...

— Caralho! — A explosão sai de mim quando suas mãos se apertam nas minhas bolas e o orgasmo sai fervente, o prazer ficando fora de controle. Meus músculos se apertam, minha espinha curvando-se quando o êxtase pulsa pelas minhas veias e com um grito rouco, eu gozo minha semente jateando direto na sua garganta.

Ela engole cada gota, chupando meu pau até que amolece, e durante todo o tempo seu olhar de avelã se prende ao meu. É como se ela estivesse bebendo no meu prazer, se alimentando na minha necessidade por ela. Isso me lembra de quando a puni, só que hoje eu não vejo a mesma submissão apagada no seu olhar. Ela está fazendo isso porque quer, não porque eu a estou forçando, e quando o último prazer cortante termina, eu a levanto e a levo para a nossa cama, determinado a fazer isso de modo certo.

— Deite-se — Falo para ela, guiando-a para a cama e ela obedece, se esticando virada para cima. Seu olhar em sombra, suas pálpebras semicerradas quando ela me olha subindo nela e sei que ainda está tomada pelo o que quer que tenha acontecido a ela esta noite.

O mistério disso me consome, mas agora não é hora de tentar descobrir. Ainda estou respirando forte com os choques do prazer posterior ao gozo, mas eu quero mais. Quero prová-la enquanto ela goza, sentir seus braços finos em volta de mim. Mais do que necessidade sexual, isso é compulsão.

Com Sara, eu nunca consigo o bastante.

Então, eu me dou ao prazer. Com minha fome mais urgente satisfeita, uso o tempo brincando com seu corpo, beijando e acariciando cada centímetro da sua carne quente e com cheiro doce. Ela é deliciosa, minha Sara, sua pele pálida lisa e brilhante, suas delicadas curvas macias, contudo, firmes ao toque. Seus gemidos, suas pequenas ofegadas, seus pulos quando a lambo – eu daria o mundo para ficar assim para sempre, para continuar a ouvir seus gritos quando ela se abre na minha língua.

Dois orgasmos, três, quatro... Eu perco a conta depois de um tempo, consumido por ela, viciado no seu prazer. Eu a faço chegar ao clímax com meus dedos, minha boca e, depois, a possuo suavemente, sabendo do seu desconforto antes de sua menstruação. Ela não recusa, segurando-se a mim enquanto eu vou para frente e para trás e depois que gozo, eu volto para ela mais uma vez, provando nossos corpos juntamente molhados quando chupo seu clitóris. Seus dedos agarrados nos meus cabelos, sua respiração ofegante e gemidos implorando – é como uma overdose de drogas, me excedendo no seu cheiro, gosto e sentimentos. E quando ela está deitada lá, consumida, brilhando e exausta, a pego nos meus braços, sentindo sua batida do coração contra a minha enquanto caímos no sono.

Eu acordo com uma mistura particular de bem-estar e sentimento de que algo está errado e leva um sólido minuto para me lembrar por quê.

Peter.

Ele foi para Nigéria esta manhã depois de fazer amor comigo a noite toda.

Parece surreal agora, como se eu estivesse acordando de um sonho. Eu não acredito que me atirei nele daquele jeito e, então, o que se seguiu... Gemendo, eu rolo no meu lado e coloco as pernas para fora da cama. Minha barriga está doendo muito e quando chego ao banheiro, não estou surpresa ao saber que minha menstruação está começando. O que realmente me choca é que novamente nos esquecemos da camisinha ontem à noite e nenhum alarme soou na minha mente.

É como um desejo subconsciente de ficar grávida.

Não. Eu expulso o pensamento horrível. Eu definitivamente *não* quero um filho desse modo. Eu apenas não estava pensando com clareza ontem à noite. Depois de ouvir os homens falando dos perigos que irão encontrar, eu estava tão enjoada pela preocupação e tão desesperada para me distrair, eu simplesmente ataquei Peter, seduzindo-o apesar do quão ruim estava me sentindo. Eu tenho quase certeza de que ele me deixaria em paz ontem – ele sempre tem consideração quando estou doente – mas eu precisava de uma distração e foi exatamente isso que consegui. No meu segundo orgasmo, eu esqueci tudo sobre Nigéria *e* de não estar me sentindo bem e já no quarto, quase não me lembrava do meu nome.

Estou desesperada por um banho, então, ignoro o desconforto no meu estômago e entro no boxe para me lavar dos pés à cabeça. Me seco, escovo os dentes e volto para o quarto para me vestir. Para a minha surpresa, encontro um copo d'água e Advil na penteadeira – Peter deve tê-los deixado para mim de manhã.

Sentindo-me pateticamente grata, engulo o remédio e deito-me, esperando que o pior do desconforto passe. É estúpido, mas eu já sinto falta do meu sequestrador... sinto falta da sua atenção e cuidado. Sei que é apenas porque estou me sentindo deprimida, mas eu o quero aqui para esfregar minha barriga, para segurar-me e fazer-me sentir com se eu fosse o centro do seu mundo.

Eu o quero aqui e não a meio mundo de distância, onde balas voam e bombas explodem.

Não. Não, não, não. Eu aperto meus olhos fechados, mas é tarde demais. A ansiedade que senti volta com um estrondo tóxico, o pânico apertando meu peito e garganta. É estúpido, totalmente irracional, mas eu não quero ver meu carrasco morto. Não posso nem imaginar isso. Seu impacto na minha vida é tão absoluto, tão todo abrangente, que eu não posso imaginá-la sem ele.

Eu não quero imaginar isso.

Meu peito se aperta ainda mais e eu foco na minha respiração, tentando relaxar meus músculos tensos e diminuir as batidas selvagens do meu pulso. Digo a mim mesma que Peter ficará bem, que ele pode lidar com qualquer coisa no seu caminho. O perigo é sua zona de conforto, assasinato é sua profissão escolhida. Não há razão para eu pensar que algo vai dar errado, nenhuma razão para imaginar que ele não voltará.

Exceto que ele se machucou naquele trabalho no México.

Não. Respirando fundo, eu forço a lembrança insidiosa. É estúpido me preocupar apenas por causa de uma deslizada. Por anos, Peter tem feito muitos trabalhos perigosos sem se ferir.

De fato, ele matou meu marido e seus três guardas sem um arranhão.

Meu estômago se revira, piorando minhas dores e minha garganta se enche com bile ante a lembrança.

Como pude esquecer, até mesmo por um instante, que tipo de homem é Peter e o que ele já fez? Aqui mesmo na montanha, minha velha vida pode parecer menos real, mas isso não significa que não aconteceu.

Não significa que o marido que amei não existiu.

Fechando meus olhos, eu foco em George e nas memórias felizes que tivemos juntos. Foram tantas: nosso primeiros encontros, a viagem a Disney World, os churrascos na casa dos meus pais... Meus pais o adoravam, pensavam o mundo dele e por anos, eu também. Nós rimos e choramos juntos, saímos e ficamos em casa. Ele estava lá na minha formatura e eu estava lá na dele. Então, as coisas ficaram difíceis: minha escola de medicina e minha residência, suas viagens infindáveis ao exterior. E, mesmo assim, estávamos juntos, nosso amor assegurado pelo fato de que nossas vidas estavam apenas começando, que éramos jovens e podíamos aguentar tudo.

Claro que isso foi antes da bebida e das crises de humor... antes que seus segredos destruíssem nosso casamento e trouxesse Peter à nossa porta.

Abrindo meus olhos, eu olho para o teto, sentindo a agora familiar dor da traição. Eu gostaria de poder esquecer essa parte, fingir que tudo que Peter me disse é mentira, mas eu não posso negar os fatos.

O garoto que encontrei na faculdade não foi o homem com quem me casei e por anos eu não tinha ideia do porquê.

Espião, não jornalista. Isso ainda parece tão impossível de acreditar. Será que George me falaria algum dia? Se a tragédia em Daryevo e todas as coisas que se seguiram não tivessem acontecido, será que eu algum dia saberia seu real trabalho? Ou teria ele me mantido na escuridão por toda nossa vida, mentindo para mim com um sorriso?

Vendo que meu pensamento está mudando para um sentimento amargo, eu tento focar nos momentos felizes, mas é inútil. O que George e eu tivemos pode ter sido bom no início, mas não foi no final e eu não consigo esquecer isso. Eu não consigo apagar a dor e a culpa, a vergonha e o desespero que lutei enquanto nosso casamento se desmoronava, esmagado pelo peso do seu vício. Eu perdi meu marido muito antes do acidente que quebrou seu crânio, antes de Peter aparecer com seus planos mortais de vingança.

Eu o perdi quando Peter perdeu sua família; eu apenas não sabia disso naquela época.

Meu estômago ainda dói, mas o remédio está começando a fazer efeito, então, eu me levanto e começo a me vestir. Eu não consigo pensar em George por mais tempo, porque mesmo as memórias felizes estão agora manchadas por eu saber que era tudo mentira, que eu nunca conheci realmente o homem com quem me casei.

O homem do qual seu assassino eu estou me preocupando agora.

Desesperada para vencer uma nova onda de ansiedade, pego o iPad que Peter me deu e ligo um vídeo de música, cantando junto com Ariana Grande enquanto ponho minhas roupas e penteio o cabelo. A música melhora um pouco meu humor e quando desço, consigo cumprimentar Yan, que está sentado atrás do balcão com um laptop, soando normalmente: — Bom dia.

— Bom dia — Responde ele, olhando do monitor quando começo a preparar meu café. Como sempre, o irmão de Ilya está vestido como se fosse trabalhar numa firma de investimentos, seus cabelos castanhos estão bem cortados e seu rosto bem barbeado. Ele está sorrindo para mim, mas seu olhar verde continua frio quando diz: — Peter deixou mingau para você no fogão.

— Oh, obrigada. — Meu peito se aperta com um calor desconcertante quando vou para o fogão e coloco o mingau numa tigela. Eu já deveria ter me acostumado com isso agora, mas ainda fico pasma de como Peter nunca parece se cansar de cuidar de mim. Esta manhã, dentre todos os dias, ele deve ter tido tantas coisas importantes na sua mente, e, mesmo assim, ele pensou em mim, deixando-me o Advil e, agora, o café da manhã.

— Alguma novidade? — Pergunto a Yan quando me sento à mesa. — Você soube alguma coisa deles?

O russo balança a cabeça. — Ainda falta mais de oito horas antes de eles aterrissarem. — Seu tom é leve, mas vejo uma nota de tensão por baixo.

Do seu próprio jeito psicopata, ele está preocupado.

Minha ansiedade volta, meu apetite desaparecendo, mas eu me forço a comer quando Yan volta sua atenção ao computador. Peter deve ficar fora por um par de dias ou mais e eu não posso me matar de fome apenas porque estou doente de preocupação. Nem faz sentido para mim me preocupar com um homem que eu deveria odiar, mas estou desistindo dessa batalha.

Tolice ou não, eu não quero ver Peter ferido ou morto.

Terminando minha refeição, eu subo e me distraio lendo e vendo vídeos de música que Peter baixou no iPad para mim. Entre isso a algumas tarefas leve da casa, me ocupo até o almoço, que a essa hora eu desço novamente.

Yan não está em nenhum lugar, ele deve estar ou no seu quarto ou treinando em algum lugar lá fora. Por um segundo, estou tentada a repetir minha tentativa de fugir – o tempo está bem mais quente agora e até onde eu sei, nenhuma tempestade está a caminho – mas eu decido contra essa ideia. Ainda não estou familiarizada o bastante com a topografia desta montanha e tropeçar cegamente pelos penhascos não parece um boa ideia, especialmente quando estou mal por causa da minha menstruação.

Pelo menos é o que falo a mim mesma para explicar por que retiro todos os pensamentos de fuga da minha mente e tomo outro Advil antes de preparar um sanduíche.

Quando desço novamente para o jantar Yan está lá, terminando uma tigela de sobras do mingau de aveia e montando o que parece um equipamento de gravação – um par de fones de ouvido grande com um microfone ligado que pluga no computador.

— Alguma coisa? — Pergunto, indo à geladeira depois de tomar outro Advil, e Yan balança a cabeça.

— A qualquer momento, no entanto — Diz ele antes de engolir o restante do chá. —, te falo quando eles aterrissarem.

— Obrigada — Digo e começo a preparar uma stir-fry vegetariana. Eu posso sentir a tensão aumentando entre minhas clavículas, a ansiedade que batalho todos os dias voltando enquanto pico e corto os vegetais antes de temperá-los com bastante molho de soja.

— Quer um pouco? — Pergunto a Yan quando ele olha o que estou fazendo e ele recusa educadamente, colocando os fones de ouvido para o que parece ser um teste de recepção de áudio. Ele ainda parece normalmente tenso, sua expressão séria focada enquanto seus dedos voam pelo teclado do laptop.

Quando a stir-fry está pronta, sento-me para comer e secretamente observo Yan, meu desconforto aumentando com cada mordida. Pelos meus cálculos, já se passaram oito horas desde o café da manhã e a tensão irradiando do normalmente calmo russo não ajuda.

— Você geralmente fica em contato com eles durante a missão? — Pergunto quando não consigo aguentar mais o silêncio. — Ou espera que eles te contatem?

Yan olha para mim do computador e remove os

fones de ouvido. — Eu geralmente estou com eles — Diz, virando-se no banco para olhar para mim e vejo por que ele está tão nervoso.

Ele costumava estar lá, no calor das coisas, não assistindo de longe.

— Sinto muito que você tenha que servir de babá para mim — Digo, empurrando meu prato pela metade. Eu devo tentar conhecer meus carcereiros restantes em vez de ficar obcecada pelo que possa acontecer com Peter —, tenho certeza que você deve estar ansioso pelo seu irmão.

Yan dá de ombros, uma expressão de divertimento frio encobrindo suas feições tensas. — Ilya sabe se virar sozinho.

— Sim, tenho certeza. — Pegando meu próprio copo de chá, pergunto: — Ele é seu irmão mais novo ou mais velho?

Seu divertimento parece aumentar. — Mais velho em três minutos.

— Oh. — Pisco. — Ele é seu gêmeo?

Ele assente. — Idêntico, se você pode acreditar nisso.

— Uau. Vocês dois não se parecem nada um com o outro. — Tomando um gole do chá, eu estudo suas feições limpas e vagamente aristocráticas. Agora que olho de mais perto, vejo similaridades com a estrutura óssea de Ilya, algumas diferenças também. O nariz de Yan é mais reto e a curva da sua mandíbula mais proporcional - não tão bem acabada quanto a de Peter, mas ainda forte e belamente definida. A maior diferença, contudo, é o cabelo.

Yan tem cabelo completo, sem traço de tatuagens.

— Meu irmão não teve sorte em algumas lutas — Explica ele, notando meu escrutínio. — Ele teve o nariz quebrado e seu rosto bastante socado. Também, ele usou esteroides quando éramos jovens e estúpidos – queria pegar corpo.

— Entendo. — Os esteroides devem ser culpados por algumas diferenças, incluindo o tamanho. Não que o homem sentado à minha frente seja de alguma forma pequeno. Ele é quase do tamanho de Peter e com tantos músculos quanto ele. Seu irmão gêmeo, contudo, é massivo, tão grande quanto qualquer praticante de musculação que já vi.

— Ele é seu único irmão? — Pergunto e Yan assente.

— Sim, somos apenas nós dois.

Eu coloco minha xícara na mesa. — Você tem alguma outra família?

— Não. — Sua expressão não muda; não tem nada que indique dor ou arrependimento. Ele poderia estar respondendo igualmente se tem um par extra de meias.

Eu quero cavar mais fundo nisso, mas tem outro assunto que me interessa mais. — Quando você conheceu Peter? — Pergunto, tombando para frente nos meus cotovelos. — Vocês trabalharam juntos antes, certo?

— Trabalhamos. — Yan fecha o laptop, virando o banco para me olhar de frente. — Ilya e eu éramos parte da sua equipe por três anos antes de Daryevo.

A menção da vila lembra-me das imagens horríveis no telefone de Peter e a comida se revolta em meu estômago. — Você os conhecia? — Pergunto, tentando manter minha voz normal. — Sua mulher e filho, quero dizer?

— Não. — Os olhos verdes do russo estão claros como gemas e igualmente frios. — Anton é o único que os conheceu. O resto de nós não sabia que Peter tinha uma família até que ela foi assassinada.

— Oh. — Eu não sei o que falar. Claramente Peter não confiava no homem sentado à minha frente – pelo menos para expor seu mais precioso segredo. Mesmo assim, aqui estão, trabalhando juntos novamente.

— Se eu fosse ele, eu também teria mantido isso em segredo — Diz Yan, um sorriso duro no seu rosto e vejo que ele notou meu desconforto. — Não construímos famílias e fazemos filhos no nosso mundo.

— Verdade? — Então, isso não era um caso de confiança tanto quanto um desvio do estilo de vida aceitável por parte de Peter. — Imagino que nenhum de vocês já foi casado?

— Só Peter — Confirma Yan —, e você sabe do resultado.

Engulo o bolo na minha garganta e pego o chá novamente. — Sim. Eu sei.

Yan me olha beber o resto do chá antes de falar calmamente. — Isso não vai durar também, você sabe.

Abaixo a xícara. — O que você quer dizer?

— Isso. — Ele gesticula, indicando nosso ambiente em volta. — O que quer que isso seja, não vai durar.

Olho para ele, confusa. — Você quer dizer... ele vai me deixar ir?

— Não. — O olhar do russo é frio novamente, totalmente ilegível. — Isso ele não vai fazer. Ele é um homem obsessivo e você é sua obsessão. Ele nunca a deixará ir, Sara. A não ser que um ou ambos estejam mortos.

Eu inspiro forte, mas antes que possa responder, algo soa e Yan se vira, olhando o laptop.

— Eles aterrissaram — Diz ele, colocando o fone de ouvido. — Agora a brincadeira pode começar.

A PRIMEIRA PARTE DA OPERAÇÃO FOI TRANQUILA. Tão tranquila, de fato, que eu fiquei nervoso. Nunca é um bom sinal quando tudo acontece como planejado. Sempre tem um problema para se resolver, um tipo de entrave que tem que ser superado. Obstáculos imprevistos são esperados, porque nada é cem por cento previsível e pensando que é – acreditando que o plano, não importa o quão flexível, contempla todas as variáveis – é o meio mais rápido de ser morto.

Então, quando chegamos ao complexo do banqueiro e quietamente eliminamos o exato número de guardas que havíamos planejado, eu começo a me sentir desconfortável. E quando tomamos controle de todas as câmeras, dando acesso remoto para Yan e vamos para a suíte do banqueiro sem encontrarmos um único empregado saindo da rotina dele ou dela, minha contagem de nível de perigo entra em alerta total – e não sou o único.

— Você sente no ar, certo? — Murmura Anton quando paramos na frente do quarto.

— Sente o quê? — Sussurra Ilya, cheirando o ar com uma franzida.

— A merda vai bater no ventilador — Digo com voz baixa. — Está muito fácil. Muito como planejamos.

O entendimento ilumina o olhar de Ilya. — Caralho.

Nenhum de nós é supersticioso, mas temos um respeito saudável pela sorte e todos sabemos que muita boa sorte pode ser tão mortal quanto uma pitada de má sorte. Um caminho com pequenos obstáculos mantém as mentes e reflexos afiados, enquanto quando se veleja tranquilamente você é levado a um senso enganoso de segurança. Não que fiquemos relaxados no trabalho – os níveis de adrenalina asseguram que fiquemos alerta – mas tem uma diferença entre ficar alerta numa batalha e a super-alta conscientização que vem de lutarmos pelas nossas vidas.

O trabalho foi uma navegação tranquila até agora e quando chegarmos à parte difícil – que chegaremos, porque sorte é uma porra inconstante – vai ser bem mais difícil.

Contudo, não tem nada que possamos fazer nesse caso, quase abortando a missão, indico a Anton para se preparar e Ilya fica em frente à porta.

Um chute forte do seu pé massivo e a porta voa das

dobradiças, quebrando no piso. Dentro, tem um grito de pânico e nós três nos apressamos para dentro do quarto, vemos nosso alvo no chão, suas dobras gordas se agitando enquanto sua parceira nua se esconde atrás da cama.

Os pequenos olhos como os de porco do banqueiro estão brancos de terror, sua forma redonda tremendo enquanto ele cobre seu pau flácido com um travesseiro. — Parem! Por favor, posso te pagar. Eu juro, eu posso pagar. Cobrirei o que quer que eles estejam te pagando. O que você quer? Cem mil euros? Meio milhão de dólares? Eu tenho. Eu tenho dinheiro, eu juro! — Vendo que não estamos parando, ele muda de inglês para uma mistura com sotaque de francês e alemão, então, um dialeto hauçá, freneticamente repetindo a oferta até que Anton o esfaqueia na garganta para calá-lo.

— O primo de Omuya manda lembranças — Digo em inglês, vendo o homem debater-se enquanto se engasta na poça de sangue saindo do seu pescoço. Leva pouco tempo para ele morrer – uma morte fácil, se for considerado tudo.

A parceira do filho da puta soluça convulsivamente atrás da cama. Ignorando o barulho, tiro uma foto do corpo como prova para nosso cliente e digo para Ilya em russo: — Amarre-a e vamos. — Geralmente eliminaríamos a mulher também, mas quero uma testemunha desta vez.

Quero que as autoridades nos procurem na África, bem longe de Sara e do Japão.

Colocando a tira do seu M16 no ombro, Ilya contorna a cama e pega a mulher chorando. Imaginando que ele pode lidar com isso, vou para a porta, meus instintos de que vai dar merda ainda no alerta máximo.

De repente, ouço um tiro.

Eu me viro, meus ouvidos zunindo do estampido, mas é tarde demais.

Ilya está no chão, uma poça vermelha escura saindo da sua cabeça.

*S*ara

Fico andando no segundo piso, indo de quarto em quarto enquanto luto contra a minha ansiedade. Na hora que a equipe pousa, Yan me pede para deixá-lo só para que ele possa focar em monitorar o complexo do banqueiro remotamente para o caso de problemas inesperados. E ele não estava apenas tentando se livrar de mim. Quando saio da cozinha, vejo várias câmeras de segurança na tela do seu computador e o que parece com uma vista de um drone aéreo.

Para me distrair, eu tentei ler novamente, daí, assisti alguns vídeos de música, cantando junto com alguns dos meus artistas favoritos. Eu até fui para o estúdio de dança não terminado e tentei uns passos de balé que aprendi quando era criança, junto com um pouco de alongamento na barra para diminuir a rigidez nas minhas costas induzida pela menstruação. Nada disso prendeu minha atenção por mais do que quinze minutos, agora estou distraidamente indo de janela em janela, como se olhando a escuridão do lado de fora pudesse fazer o helicóptero aparecer.

Depois de quase duas horas, minhas dores pioram e sou puro nervos; desço para a cozinha para tomar um Advil. Yan ainda está atrás do balcão com seu computador, os fones cobrindo seus ouvidos, mas não tem nada tranquilo na sua expressão agora. Ele está bem pálido e linhas de tensão cobrem sua boca com os lábios apertados enquanto ele fala rapidamente em russo no microfone.

Meu coração para, então, eu entro num pânico galopante.

Algo deu errado.

Um temor gelado passa pelo meu corpo, minha barriga se revira com uma premonição desesperada e eu quase não consigo me controlar para não exigir saber o que aconteceu. Isso não ajudaria, e não quero distrair Yan do que ele está fazendo. Em vez disso, corro pela cozinha e paro atrás dele, freneticamente olhando a tela sobre seus ombros.

Ele não presta atenção em mim, toda sua atenção no computador quando ele grita o que parecem ser instruções. No início não consigo saber o que está acontecendo, mas então, numa câmera, eu vejo.

Dois corpos estirados perto de uma cama.

Um homem obeso de pele negra, seu peso nu

nadando numa poça vermelha e o no outro lado da cama está uma mulher nua. Olhando mais de perto, vejo sangue respingado nela também.

Ambos estão mortos.

Náusea sobe minha garganta e coloco a mão na minha boca, tentando ficar em silêncio. Yan ainda fala em tom urgente e na outra câmera dois homens de traje igual a SWAT aparecem no hall. Eles estão andando rápido e carregando um homem grande pelos seus braços e pernas.

São Peter e Anton carregando Ilya, eu os reconheço com uma mistura de terror e alívio. A cabeça de Ilya está coberta com o que parece uma fronha de travesseiro, mas posso ver o sangue manchado.

O gêmeo de Yan está severamente ferido, talvez até morto.

Quase não ousando respirar, eu mordo minha palma enquanto vejo-os contornarem um canto. Em outra câmera, uma dúzia de homens armados corre por outro hall e vejo o medo furioso nos seus rostos quando eles tropeçam em mais corpos. Os outros guardas, talvez? De qualquer modo eles reagrupam rapidamente, continuando a descer o hall enquanto Yan fala até mais rapidamente no microfone.

Peter e Anton desaparecem da vista da câmera, reaparecem um momento depois na outra câmera e vejo que se aproximam de uma sala com uma porta dando para uma garagem grande. Eles estão correndo agora, o corpo de Ilya balançando como numa rede entre eles e com um sentimento arrasador vejo o motivo da urgência deles.

O hall com os guardas armados leva à mesma sala.

É uma corrida com os riscos mais mortais – e os guardas parecem estar ganhando.

Eu devo ter feito um som, porque Yan olha pelo ombro, suas mandíbulas apertadas quando seus olhos travam nos meus. Mas ele não diz nada, apenas volta a olhar para o computador e continua assistindo, incapaz de tirar os olhos do horror se desdobrando meio mundo longe.

Nas imagens da câmera do drone, duas explosões cortam a pequena estrutura perto da casa principal e os param antes de se dividirem em dois grupos. Um grupo continua para a sala enquanto uns poucos guardas voltam rápido – em direção às bombas que a equipe deve ter deixado como distração.

Mesmo assim, a atraso não é o bastante. Os guardas chegam à sala dois segundos antes de Peter e sua equipe.

Os russos parecem estar prontos. Ainda correndo, eles levantam Ilya mais alto e Peter se curva no meio, deixando a barriga de Ilya pousar nos seus ombros enquanto Anton larga o homem inconsciente e pega seu rifle de assalto. Fazendo uma careta de esforço, Peter se endireita, segurando o peso massivo de Ilya sobre o seus ombros e eu assisto, atordoada, quando ele continua a correr, segurando o corpo de Ilya com uma mão enquanto pega uma granada do seu bolso com a outra.

Com todos os sons passando pelo fone de Yan, eu não consigo ouvir os barulhos do fogo cruzado automático, mas vejo as balas cortando as paredes quando os russos entram na sala com os guardas. Dois guardas são abatidos pelos tiros de Anton, mas o restante se protege atrás de uma coluna e eu seguro um grito quando Peter tropeça, Ilya quase caindo dos seus ombros. No próximo instante, contudo, ele se recupera, segurando seu fardo humano e vejo a determinação selvagem nas suas feições quando ele pega uma granada e retira o pino com seus dentes.

Bum! Um flash claro e imagens de duas câmeras escurecem. Não estou tocando Yan, mas sinto-o pular, como se tivesse sido atingido. Uma onda de russo frenético sai da sua boca quando ele bate no teclado, trazendo mais imagens de câmeras, apenas quando vejo o movimento na visão aérea do drone que respiro e noto que estou chorando, as lágrimas deixando um rastro quente na minha pele gelada.

Yan deve ter visto o mesmo movimento que eu, porque ele dá um zoom na câmera do drone quando um SUV grande passa por uma porta de garagem se abrindo devagar, tirando um pedaço do painel da porta enquanto voa para o portão duplo.

Um soluço passa pelos meus dentes e mordo minha palma novamente.

Pelo menos um deles está vivo e bem o bastante para dirigir.

Tremendo, assisto o SUV rasgar o portão de ferro no meio de uma chuva de balas, então, zunir por uma rua estreita com dois SUVs em perseguição. O drone segue a uma distância o bastante para mostrar um SUV em perseguição sair da estrada, como se eles tivessem atirado nos pneus, mas depois de alguns segundos, os carros desaparecem pela distância, deixando o drone para trás.

Yan resmunga o que parece um palavrão russo e novamente mexe furiosamente no seu teclado. Um novo vídeo aparece, esse com gráfico e vejo que deve estar se conectando a algum tipo de rádio digital. Certamente, pois, um minuto mais tarde ele volta a falar russo e exalo uma respiração trêmula.

Alguém naquele SUV deve estar vivo.

É Peter? Eles estão feridos? A que distância estão do avião? Ilya ainda está vivo? Peter está ferido?

As perguntas ameaçam explodir, mas enfio minhas unhas nas minhas palmas e continuo em silêncio, não ousando distrair Yan quando ele pega um mapa e dita instruções em russo rápido. Sua postura é sempre tensa, sua atenção focada como laser na tela e sei que eles ainda estão em perigo.

Se todos estiverem vivos, só isso.

Respirando, tento me acalmar, para parar as lágrimas de escorrerem no meu rosto congelado, mas o medo é muito forte. Estou enjoada, envenenada pelo excesso de adrenalina. Eu nunca conheci esse tipo de preocupação debilitante pelo outro. Meu coração martelando violentamente no meu tórax, cada batida marcando mais um segundo de espera dolorosa.

Peter tem que estar bem. Ele tem que estar.

Um minuto, dois, três, dez... Olho no relógio pequeno no canto da tela quando Yan fica em silêncio, juntando-se a mim na espera.

Doze minutos.

Quinze.

Dezoito.

Eu não me movo. Quase nem respiro.

Vinte.

Vinte e dois.

A postura de Yan muda, ficando num novo jeito de alerta. Segurando o microfone, ele fala algumas frases sucintas em russo, então, retira o fone e se vira para me encarar.

Sinais de estresse ainda marcam suas feições, mas a tensão que vi mais cedo se foi. — Terminou — Diz ele. — Eles estão no ar, a caminho do Egito. Uma bala arranhou o crânio de Ilya, mas eles pararam o sangramento e ele já acordou por um instante. Com um pouco de sorte, ele ficará bem.

Seguro o balcão, me preparando. — E Peter?

— Arranhado e com um pouco de sangue, mas não ferido. O mesmo para Anton.

Eu expiro, tonta com o alívio e passo as costas da minha mão trêmula na umidade das minhas bochechas.

Peter está vivo.

Arranhado e com sangue, mas vivo.

Eu quero me jogar no chão, a queda abrupta da adrenalina me atingindo como uma bala, mas me seguro contra o balcão, forçando meu cérebro sobrecarregado a funcionar. — Então, por que... —

Limpo minha garganta, retirando a rouquidão da minha voz — Por que eles estão indo para o Egito?

— Ilya ainda precisa de atenção médica e tem uma clínica — Explica Yan, então, me dá um olhar embargado.

— O quê? — Pergunto, as batidas do meu coração acelerando.

— Você é médica — Diz ele, inclinando a cabeça —, não?

— Eu... sim. — Ele não sabe disso? — Sou obstetra e ginecologista licenciada.

— Você sabe como dar pontos num ferimento?

Começo a ver onde isso está levando. — Sim, claro. Eu também fiz estágio na emergência durante minha residência, mas...

— Espere. — Ele se vira para o laptop e coloca o fone de ouvido.

— Espere, Yan. Ele precisa de um hospital — Eu protesto, mas ele já está falando no microfone em russo.

Frustrada, eu espero ele acabar e quando ele se vira para me encarar novamente, eu digo firmemente: — Essa é uma péssima ideia. Seu irmão poderia ter uma concussão ou sangramento interno. Ele precisa de uma tomografia, antibióticos, equipamento médico apropriado... Ele...

— Ele sobreviveu a coisas piores, acredite em mim — Interrompe Yan, suas feições decididas. — O que ele precisa é repouso e tempo para se recuperar e não podemos dar isso a ele na clínica – não com as autoridades prontas para varrer o continente Africano em nosso encalço. Temos antibióticos e suprimentos médicos básicos aqui – estocamos isso em todos os nossos esconderijos – e agora temos uma médica também.

Eu franzo. — Não, ouça. Mesmo assim isso não...

— Você deveria dormir um pouco, Sara — Recomenda Yan, pegando o fone de ouvido. — Você parece cansada e precisamos de você em forma e descansada quando eles aterrissarem.

SARA ESTÁ EM PÉ NO HELIPONTO QUANDO POUSAMOS, SUA figura magra pequena e frágil perto da sólida estrutura de Yan. Meu peito se aperta quando a vejo, meu desejo por ela dolorosamente forte e é tudo que posso fazer para não agarrá-la tão logo o trem de pouso do nosso helicóptero toca o chão. Em vez disso, a primeira coisa que faço ao pular para fora do helicóptero é ajudar Ilya a sair. O ferimento onde a bala raspou não sangra mais, mas ele ainda está fraco pela perda de sangue e com sintomas de mais do que uma pequena concussão.

Se a amante tivesse usado algo além de um revólver com punho de pérola .22 e tivesse uma mira melhor, o estaríamos trazendo para casa num saco.

Meus ombros sobrecarregados e ferimentos nas

costelas doem quando Ilya se debruça em mim – meu colete à prova de balas parou dois projéteis durante a fuga – mas eu não me queixo. Tenho sorte. Porra, todos nós três somos sortudos. A merda definitivamente pegou no ventilador e foi espetacularmente fedida. Entre a amante do banqueiro ter achado o revólver embaixo do colchão e um vigia ter ouvido o tiro, nosso caminho para fora do composto foi tão difícil quanto a entrada foi tranquila.

Numa escala de um a dez, este trabalho acabou com um sete – não tão ruim quanto alguns, mas definitivamente pior do que outros.

— Aqui, peguei ele — Diz Yan, aproximando-se para segurar Ilya, e dou um passo para o lado, deixando-o ajudar o irmão. Anton está saindo do helicóptero atrás de mim, mas não presto atenção nele. Ele levou alguns estilhaços de granada no seu braço e ombro, mas sei que ficará bem. Em vez disso, foco na pessoa que não consigo viver sem.

Sara.

Meu belo passarinho cantor.

O vento está jogando seus cabelos castanhos no seu rosto, o sol acentuando tons de vermelho entre as ondas marrons ricas. Seu olhar é solene quando olha para mim, suas feições sem nenhuma expressão. Mesmo assim, sinto seu desejo, sinto bem dentro dos meus ossos.

Ela pode não admitir, mas ela precisa de mim.

Ela também sente nossa conexão.

Cinco longos passos e eu a pego, levantando-a nos

meus braços quando eu esmago minha boca na dela. Atrás de nós, Anton solta um assovio de lobo, mas eu o ignoro. Não dou a mínima para o que os caras pensam, não me importo que vejam minha fraqueza. Nada importa, só o jeito que seus braços finos se dobram em volta de mim e o gosto doce quente dos seus lábios. O cheiro de menta da sua respiração, o deslizar pegajoso da sua língua, seu odor quente de Sara – eu absorvo tudo isso, enchendo o vazio dentro de mim, jogando longe a escuridão do meu mundo.

Eu não a mereço, mas a tenho.

Ela é minha para amar e cuidar, minha para manter.

Não sei por quanto tempo a beijei, mas quando levanto a cabeça, os outros já estão entrando na casa. Relutantemente, abaixo Sara, mas não consigo parar de segurá-la.

— Você sentiu minha falta, ptichka? — Pergunto calmamente, minhas mãos na sua cintura maleável. — Você ficou preocupada quando parti?

O sol mostra os raios esverdeados no seu olhar calmo de avelã, aumentando o alvoroço dentro deles. — Eu... — Ela lambe seus lábios inchados pelo beijo. — eu não queria te ver morto.

— Isso você já disse. Mas você sentiu minha falta?

Ela me dá um olhar torturado, então, empurra meu peito, saindo da minha pegada. — Tenho que ir — Diz ela com firmeza. — A cabeça de Ilya não vai se costurar sozinha.

Virando-se, ela corre para dentro da casa e eu a sigo, desapontado e encorajado.

Ela ainda não está pronta para admitir, mas cedo ou tarde, vou dobrá-la.

Farei-a me amar, não importa o que precise.

Sara segue os gêmeos Ivanov para o quarto de Ilya e vou para o meu quarto para tomar um banho antes que desfaleça. Eu tomei um banho no avião, mas ainda sinto a necessidade de me esfregar tirando toda a violência e morte.

Eu não quero que a feiura do meu mundo macule Sara de nenhum jeito.

Eu levo mais de vinte minutos para me lavar e trocar de roupa – com os efeitos dormentes da adrenalina diminuindo, meus músculos e costelas doloridos presentes em cada movimento – e quando chego ao quarto de Ilya, Sara já fez metade dos pontos. Paro na porta e a vejo trabalhar, apreciando a pequena franzida de concentração no seu rosto. Eu tinha câmeras instaladas no seu consultório no hospital, sou intimamente familiarizado com essa expressão. Ela geralmente tinha essa expressão quando tomava notas dos seus pacientes ou lendo algum novo estudo que saía do seu campo.

— Me passe a gaze — Ela diz a Yan quando termina e eu dou um sorriso aberto ao seu tom autoritário. Meu pequeno pássaro está no seu ninho e pela primeira vez em semanas eu vejo sinal da sua chama. Yan estava certo em sugerir isso; não apenas ter Sara cuidando dos ferimentos de Ilya ser infinitamente mais seguro para nós, como é bom para o humor dela também.

Seus movimentos são rápidos e eficientes quando faz o curativo na cabeça de Ilya e meu parceiro fecha seus olhos, parecendo muito feliz quando o analgésico que demos mais cedo para ele faz efeito.

— Algum outro ferimento? — Pergunta Sara, olhando por sobre seus ombros para mim e Yan.

— Acho que não, mas vou verificar — Diz Yan. — Sei que Anton recebeu alguns estilhaços, então, você deve querer dar uma olhada nele. Acho que ele está no quarto.

Ela assente e se levanta. — E você, Peter?

Eu quero suas mãos em mim, então, dou de ombros e prontamente faço uma cara pelo movimento. — Só alguns arranhões e hematomas — Digo, fazendo meu melhor para parecer estoico, mas com dor.

Yan, que já me viu andando normalmente com ossos quebrados sem dar um pio, me dá um olhar do tipo 'que porra de jogo é esse?' mas é esperto o bastante para não dizer nada quando Sara franze e vem na minha direção.

— Mostre-me — Ordena ela, colocando a mão na minha camisa, mas eu pego seus pulsos finos antes que ela possa começar um exame naquela hora e ali mesmo.

— E se formos para o nosso quarto onde posso me sentar? — Sugiro, ignorando os olhos abertos de Yan se revirarem. — Ficaremos mais confortáveis lá.

Sara franze a testa, aparentemente imaginando

minha intenção. — Eu ainda tenho que examinar Anton. Aqui, sente-se. — Rodando meu punho para se soltar da minha pegada, ela pega minha mão e me leva para uma cadeira no canto enquanto Yan – o bastardo empata-foda – ri baixinho.

— Deixe-me ver — Diz Sara, habilmente puxando minha camisa por sobre minha cabeça e pulo de verdade pela dor no meu ombro.

Mas valeu a pena, porque no próximo instante, as mãos gostosas e macias de Sara pressionam meu torso, cuidadosamente sentindo cada costela para ver se não estão quebradas. Seu toque deveria doer, mas seus dedos delicados deslizam pelos meus hematomas, tudo que sinto é calor junto com um pulsar apertando minha virilha.

— Dói? — Ela murmura quando suas mãos sobem para meu ombro e eu balanço a cabeça, fascinado pelas estrias verdes nos seus calmos olhos de avelã.

— É só... — Limpo a garganta. — Só músculo dolorido, eu acho.

— Hmmm. — Cuidadosamente, ela levanta meu braço e move em círculos. — Nenhuma dor assim?

— Não. — Eu inspiro seu odor doce. — Só um pouco dolorido.

— Tudo bem. — Ela abaixa meu braço suavemente, para meu desapontamento, dá um passo atrás. — Parece que você está bem... só alguns hematomas.

— Eu também arranhei minhas costas — Digo, virando-me para mostrar. —, deve precisar de curativo.

Sara curva-se, suas mãos passando pelos meus

ombros antes de ir para o meio das costas, onde sinto uma pequena pontada.

— Isso? — Pergunta ela, tocando levemente a área ferida e eu assinto, apesar da dor ser quase imperceptível.

— Parece que já está sarando, não precisa de curativo — Diz ela quando me viro para encará-la — Acredito que alguém já limpou?

— Anton limpou no avião — Admito chateado. Pela primeira vez, gostaria que minha equipe não fosse tão versada em primeiros socorros. — Você tem certeza que não precisa colocar um curativo nele?

— Não. Vai sarar mais rápido assim. Algo mais?

Eu levanto as mãos para mostrar os arranhões nas minhas palmas e Yan dá uma gargalhada.

— O que você quer que ela faça com isso? Beije e, assim, vai melhorar? — Diz ele em russo, ignorando meu olhar furioso. — Sério, cara, você quer começar o jogo médico-paciente, faz isso depois. Deixe-a terminar de tratar os ferimentos reais.

Sara franze para nós dois antes de perguntar a Yan: — O que você disse?

— Eu disse para ele que Anton precisa da sua atenção — Responde Yan, ainda com sorriso aberto —, e que ele não deveria te segurar com suas brincadeiras sexuais estranhas.

As feições de Sara ficam rosadas e ela se vira, pegando o kit de primeiros socorros para colocar a gaze e os outros suprimentos nele. — Vou dar uma olhada em Anton agora — Diz ela com firmeza e se apressa para fora do quarto sem olhar para nenhum de nós.

Eu me levanto e coloco a camisa. — Vou enfiar a porra da sua cara para dentro do seu crânio amanhã no treinamento — Digo a Yan bem sério. — Tão logo consiga dormir, você vai engolir seus próprios dentes.

O filho da mãe só ri quando saio do quarto, seguindo Sara e até Ilya parece ter um sorriso no rosto quando eu bato a porta atrás de mim.

É melhor que Anton não aprecie os curativos de Sara como eu.

Vou matar o filho da mãe se o fizer.

ANTON TEM ALGUNS ARRANHÕES PROFUNDOS E UMA perfuração rasa onde um estilhaço de granada pegou seus braços, mas tirando isso ele está bem. Eu troco seus curativos enquanto Peter está furioso do outro lado do quarto e dou algumas instruções de como cuidar dos ferimentos. Não que o colega de Peter precise deles; pelo que vi, esses homens são profissionais no tratamento de ferimentos básicos.

— Obrigado, Dra. Cobakis — Ele diz quando termino e sorrio para ele.

Até assassinos barbudos com aparência amedrontadora parecem respeitar a profissão de médico – pelo menos quando estão machucados.

Peter diz algo duro em russo e atravessa a sala

ficando em pé ao meu lado. — Terminou? — Pergunta ele irritado, olhando para mim com raiva e retruco sua franzida com a minha própria.

— Sim, por enquanto. — Não tenho ideia de qual é o problema dele, mas está agindo como um urso com um espinho na pata desde que entrou no quarto.

Se não fosse ridículo, eu acharia que ele está com ciúmes da minha atenção ao seu amigo ferido.

— Então vamos. — Segurando minha mão, ele me leva para fora e minha pulsação pula quando vejo que ele está me levando para o quarto.

— Peter... — estou ficando sem fôlego quando tento acompanhar seus passos longos. — O que você está fazendo? Você precisa descansar.

Ele me olha de lado, mas não para. Suas mandíbulas apertadas, sua pegada tão forte que quase dói. Puxando-me, ele entra no nosso quarto e fecha a porta intencionalmente.

— Peter... — Afasto-me quando ele solta a minha mão. — Você está ferido. Eu não sei o que você está pensando, mas precisa...

Minhas palavras acabam numa ofegada, porque Peter vem para mim, diminuindo a distância entre nós em poucos passos decisivos antes de me puxar contra o seu peito. Três segundos depois me vejo na cama, com noventa quilos de macho furioso e de pau duro em cima de mim.

— O que você ...

Sua boca inclina sobre a minha, firme e faminta e

suas mãos rasgam as minhas roupas, literalmente partindo a camisa ao meio. Eu fico tensa, espantada pela violência, mas ele não para, abaixando meu jeans até as pernas com movimentos ríspidos enquanto me devora com beijos brutais. Quando ele abaixa minha calcinha, eu penso nos lençóis e na droga do absorvente que estou usando, mas seus dedos se entrelaçaram com os meus, prendendo-os acima da minha cabeça e esqueço aquilo tudo, varrida na tempestade selvagem do seu desejo.

É esmagador, até amedrontador, mesmo assim, o desejo está lá, pairando sob o medo. Meus músculos instintivamente parecem rígidos mesmo com o calor escorregadio lubrificando meu sexo, a tensão aumentando meu tesão. Eu queimo por ele, desejando o perigo e a aspereza e ele entra em mim, eu grito pelo choque, pelo prazer sombrio e dor pungente.

Ele pausa, levantando a cabeça para olhar nos meus olhos e lembro de nossa primeira vez, o jeito que ele me possuiu, perdendo o controle. Ele também me feriu naquela ocasião, mas diferente daquela vez, não tem ódio no meu coração hoje, nenhuma amargura ou vergonha reprimida. A dor é boa, retirando os resquícios da minha preocupação, lembrando-me que ele está vivo.

Lembrando a nós dois que estamos vivos.

— Sara... — Meu nome é uma exalação rouca nos seus lábios, seu olhar prateado derretido aprisionando-me mesmo quando vibra dentro de mim, seu pau grosso esticando meus tecidos internos, enchendo-me até a borda até que eu sofra. — Ptichka, preciso tanto de você...

— E eu preciso de você. — As palavras parecem vir do centro do meu ser, arrancadas de mim pelo fogo impossível queimando as minhas veias. Não posso mais lutar contra isso, não posso fingir que odeio este homem belo e letal. Não é amor entre nós, nem qualquer coisa que se assemelhe a amizade, mas nossa conexão é inegável, a química profunda até os ossos nos ligando num espiral de necessidade sombria e atração violenta. Eu quero isso dele: a aspereza e a delicadeza, o medo e o calor que tudo consome.

Ele é tudo que eu nunca soube que precisava e seus olhos ficam sinistros ante minha confissão, vejo o que significa.

Eu *sou* dele, tão terrível quanto esse pensamento pareça.

Fechando meus olhos, circulo minhas pernas em volta dos seus quadris, recebendo-o mais profundamente e ele começa a estocar, seu traseiro musculoso se flexionando contra minhas panturrilhas, eu cedo ao inevitável.

Eu cedo a ele.

PARTE III

Sara

Quando o segundo mês da minha prisão transita para o terceiro, vejo meus ressentimentos diminuindo vagarosamente, o anseio desesperado pela minha antiga vida se transformando num tipo de dor agridoce. Continuo procurando oportunidades de escapar, mas tem sempre alguém em casa, me vigiando, e quando os dias passam, paro de me preocupar sobre a impossibilidade de fugir e começo a usufruir algumas partes da minha rotina de tempo livre. O tempo quente ajuda – estamos no mês mais quente do verão agora, tem muito mais coisa para fazer do lado de fora – e também pelo fato de, além de algumas saídas para comprar suprimentos, Peter tem passado praticamente todo o seu tempo comigo.

— Já faz tempo que você não tem trabalho — Comento quando descemos um riacho onde temos nadado nos dias quentes —, é por causa do que aconteceu com Ilya da última vez, ou você simplesmente não consegue clientes com tanta frequência?

— Somos contatados o tempo todo, mas somos seletivos nos trabalhos que pegamos — Diz Peter, levantando um galho baixo para que eu possa passar. — A relação risco/recompensa tem que ser boa, especialmente agora.

Ele não diz por que, mas não precisa. Pelo que ele me falou, e pelo que notei pelas conversas rápidas com meus pais, as autoridades estão intensificando sua caçada humana, colocando todos os seus recursos ao problema que é Peter. Parcialmente é por causa do meu sumiço; mesmo com minhas ligações duas vezes por semana, meus pais estão convencidos de que estou em perigo e passam os dias importunando o FBI por informações atualizadas. Mas o mais importante é que o último alvo da lista de Peter, um ex-general dos Estados Unidos, está se provando ser tão evasivo quanto Peter e sua equipe.

— Wally Henderson tem muitas ligações — Explicou-me Peter duas semanas atrás. — Ele viu o que estava acontecendo bem antes de qualquer um da lista e preparou um sumiço digno de Houdini. Até agora, todas as pistas que nossos hackers seguiram deram exatamente a lugar nenhum. Até onde podemos dizer, ele não está em contato com ninguém da sua vida anterior – nem amigos, nem colegas de trabalho nem parentes distantes – e ele não cometeu nenhum deslize. Nenhuma aparição em mídia social pelos seus filhos adolescentes, nenhum uso de cartão de crédito, nada. Muito do seu passado é tido como secreto, mas existem rumores de que ele era um agente da CIA até certo ponto, possivelmente um agente de campo trabalhando bem disfarçado. E enquanto não conseguimos descobrir especificamente como ele faz isso, parece que ele tem pressionado as autoridades para aumentar as buscas por mim de onde quer que esteja escondido.

— Você acha que ele sabe que é o último nome da sua lista? — Perguntei.

— Tenho certeza que sabe — Respondeu Peter. — Como disse, ele tem muitas conexões e não apenas em Washington D.C. Ele conhece todo mundo da comunidade de inteligência internacional e está usando isso para me tornar uma alta prioridade como qualquer líder da ISIS.

Eu tenho tentado não pensar nas implicações disso, mas é impossível. Não consigo retirar da minha mente minha preocupação com Peter. Pelo certo, eu deveria torcer pelo general e esperar que as autoridades achassem meu sequestrador, libertando-me no processo, mas raciocínio lógico parece estar para além de mim nesses dias.

— Por que você não para com todos esses serviços? — Pergunto agora que nos aproximamos do riacho. — Você já deve ter dinheiro o bastante.

Peter me olha de forma dúbia. — Não tem isso de

dinheiro o bastante quando você é um fugitivo — Ele fala e retira a camisa, expondo seu torso com músculos poderosos. — Aviões particulares e helicópteros não são baratos.

Eu viro o rosto para não ruborizar quando ele tira o calção – ele não usa cueca – e se encaminha para o riacho depois de chutar as botas. Eu o vejo nu o tempo todo, mas isso não diminui o impacto do seu corpo perfeitamente musculoso nos meus sentidos. A natureza abençoou meu sequestrador com um porte masculino perfeitamente proporcional – ombros largos, cintura fina, membros longos com ossos fortes – e um treinamento militar intenso deu a ele um físico que os atletas olímpicos invejariam. Mas não é a sua aparência que enche minhas veias com líquido quente; é saber que se eu ficar olhando muito para ele de certo modo, o fogo sombrio que sempre se acende entre nós torna-se uma chama fora de controle e eu acabo nos seus braços, gritando seu nome enquanto ele me possui contra as pedras escorregadias.

— Você sabe que não precisa de todos aqueles aviões e helicópteros se não se aventurasse tanto — Observo quando ele está coberto pela água. Minha voz mais baixa e rouca do que gostaria, mas pelo menos meu rosto não está tão reluzentemente vermelho —, você ficaria mais seguro e não teria que... você sabe.

— Matar pessoas? — Sugere ele friamente.

— Isso. — Me apresso em ficar de roupa de banho quando Peter vira-se para boiar de costas, prazerosamente movendo seus braços para compensar a corrente. Não gosto de pensar sobre a realidade tenebrosa da profissão de Peter, em nenhum tipo de profundidade, mas enquanto eu não estiver envolvida nela, é mais um conceito abstrato do que algo que esteja constantemente bem claro nos meus pensamentos.

Hoje, contudo, não consigo retirar isso dos meus pensamentos e quando ando para a parte mais profunda do rio perto de Peter, vejo-me perguntando: — Você gosta disso? É por isso que faz o que faz?

Eu espero que ele negue, que argumente necessidade ou resultado imposto pela escolha da sua carreira, mas ele se vira e fica em pé para me encarar, um sorriso sinistro curvando seus lábios quando ele responde: — Claro que gosto, ptichka. Você achava o contrário?

Olho para ele, minha pele pinicando com calafrios quando a corrente passa por mim, a água me cobrindo até os seios. A corrente que era fresca um momento atrás agora parece como água congelada, tão fria quanto aquela tempestade que nos pegou. — Você gosta de matar?

Ele assente, seus olhos prateados à luz do sol. — A morte, como a vida, tem seus próprios encantos — Diz ele calmamente, chegando-se mais perto para puxar-me contra seu corpo grande e quente. — É um encanto sinistro, mas está lá e cada soldado sabe disso. Como médica, você já deve ter visto isso algumas vezes: do jeito que a dor se transforma numa felicidade do nada, agonia na paz da não existência. A morte cessa todas as lutas, cura todos os ferimentos. E lidar com a morte.. não tem nada igual. Você sente: a sua vulnerabilidade em você mesmo e tudo à sua volta, mas também o poder. O controle. É viciante, uma vez que experimente isso... uma vez que você tenha a vida de alguém nas suas mãos e acabe com ela de propósito.

Suas palavras me cobrem como uma onda sinistra, horrorizando-me e fascinando-me ao mesmo tempo. Eu vi parte das coisas que ele está falando, até senti o poder que ele está descrevendo. Apenas no meu caso, era quando eu tinha que salvar uma vida, não tirá-la. Eu não posso imaginar a falta de empatia que se precisa para usar esse poder para destruir em vez de curar, tirar alguém da própria existência.

Eu estava certa de achar que ele é um monstro. Ele *é*, mesmo assim, deduzir isso não me causa a repulsa que deveria. Sua admissão, por tão horrenda que seja, não diminui o calor crescendo dentro de mim quando ele molda a parte inferior do seu corpo contra o meu, uma mão segurando meu quadril e a outra, subindo para meu rosto. Ele já está excitado, sua ereção rígida contra minha barriga, e quando ele se abaixa, seus lábios famintos pressionando contra os meus, fecho os olhos e passo meus braços pelo seu pescoço musculoso, deixando seu toque queimar o frio de saber o que ele é.

Estou na cama com o demônio e, neste momento, não existe outro lugar que eu gostaria de estar.

~

NAQUELA NOITE, JANTAMOS TODOS OS CINCO E COMO tem sido o caso desde o trabalho na Nigéria, os homens de Peter conversam comigo durante a refeição, me falando um número de histórias interessantes sobre a Rússia e algumas das antigas Repúblicas Soviéticas. Eu ainda não estou completamente confortável perto dos mercenários – estou totalmente ciente de que eles matariam a mim ou a qualquer outro sem hesitar se Peter ordenasse – mas eles têm sido excessivamente amigáveis desde que tratei os ferimentos de Ilya e Anton. É durante refeições como esta que aprendo os costumes do país dos meus sequestradores – eles realmente consideram educado retirar os sapatos quando se entra na casa de alguém – e até aprendi algumas palavras em russo.

— *Vkusno. V-koos-nah.* — Ilya repete a palavra para mim devagar, suavizando o 'v' soando como 'f'. — Isso significa delicioso ou saboroso. Então, se você quer dizer ao Peter que você gosta de algo, você pode apontar para aquele prato e dizer: 'Vkusno'.

— Vikusno — Eu tento, apontando para o frango assado que Peter preparou. — Fi-koos-nah.

— Não tem 'i' — Diz Yan, divertindo-se. — E não force muito a primeira consoante. Apenas pronuncie rapidamente, sem quebrá-la em três sílabas. *Vkusno.* Tente.

— Vkusno — Repito dando meu melhor e todos os caras, incluindo Peter, riem.

— Muito bom, ptichka — Diz ele, cortando mais

galinha para mim. — Eles ainda vão fazer você falar russo.

Abro um sorriso para ele, absurdamente lisonjeada e quando ele me pede para cantar para eles depois do jantar, o que ele geralmente faz sem sucesso, concordo de pronto e pego uma das minhas músicas favoritas de Beyoncé, a que tenho praticado no estúdio de gravação que ele montou para mim. Os homens de Peter ouvem, de boca aberta e quando termino, eles batem palmas e vibram tanto que os pratos pulam na mesa.

Esta é a melhor noite que tive em meses e quando Peter me leva para cima, eu o abraço voluntária, até desejosamente. Fazemos amor e, depois, eu não penso em George e no fato de que estou dormindo com um assassino. Eu nem mesmo penso nos meus pais.

Por essa noite, eu pertenço a Peter e ninguém mais.

Sara

NA MANHÃ SEGUINTE, VOLTO A LUTAR CONTRA MEUS sentimentos pelo meu sequestrador, mas conforme os dias passam, vejo que estou perdendo a batalha. Ele está me desgastando, fazendo-me esquecer por que eu sequer tento resistir. Ele não falou que me ama desde que viemos para cá – provavelmente porque eu joguei as palavras na cara dele assim que chegamos – mas não posso negar que do seu próprio jeito confuso, Peter se importa comigo.

Está na forma que ele olha para mim, que ele me toca e me abraça. Mesmo quando nosso sexo é forte, com o lado mais sinistro que ainda me espanta às vezes, ele sempre me tranquiliza depois, me acariciando e me abraçando até que eu me sinta segura e mimada, cuidada e adorada. Seu poder sobre mim é absoluto e tem algo estranhamente confortante nisso, algo que bate numa parte minha que nunca soube que estava lá.

Eu não estava insatisfeita com minha vida sexual com George. Ao longo dos anos, aprendemos a conhecer o corpo um do outro e sabíamos exatamente o que fazer para excitar um ao outro. Antes de ele começar a beber, fazíamos sexo regularmente, pelo menos uma ou duas vezes por semana, e apesar de não sermos particularmente aventureiros depois do primeiro ano, fazíamos alguns jogos sexuais em certas ocasiões, até usando alguns brinquedos. Contudo, isso era como deveria ser. Eu nunca imaginei o tipo de química sexual que tenho agora com Peter, eu nunca pensei que uma conexão física tão forte pudesse existir.

Ele me fode tanto que fico machucada na maioria dos dias, seu apetite nunca diminui. E eu atendo, apesar de ele com frequência me deixar exausta com suas exigências sexuais. Nunca conheci alguém com tanta energia. Pelas últimas poucas semanas, Peter e seus homens têm treinado forte a cada dia, fazendo horas de exercícios com peso, correndo pela floresta com mochilas cheias de pedra e praticando combates corpo a corpo que parecem tão mortais como suas armas, mesmo assim, ele ainda acha forças para fazer caminhadas comigo, nadar quando a temperatura permite, cozinhar para todos e, claro, fazer sexo comigo de duas a três vezes por dia.

— Você nunca se cansa? — Murmuro quando estou

deitada estirada no seu peito numa noite, meu coração ainda batendo forte com o orgasmo que acabei de ter. Normalmente eu desmaio logo depois do nosso sexo à noite, mas eu dormi esta tarde, então, por agora, eu posso ficar acordada por mais um pouco.

— Cansado? — Ele se mexe sob mim, colocando minha cabeça mais confortável no seu ombro. Seus dedos preguiçosos nos meus cabelos, suas batidas do coração fortes e estáveis no meu ouvido. — De quê?

— Apenas cansaço físico — Explico. — Às vezes você parece que não se cansa, como um ciborgue de algum tipo. Você nunca tem vontade de simplesmente ficar relaxado não fazendo nada? Ou relaxar e ficar sem treinar um dia com seus homens?

— Estou relaxando agora — ele aponta com diversão —, e tenho que treinar; de outro modo, corremos o risco de ser mortos.

Forço meu nariz contra seu pescoço, respirando seu odor quente e limpo. Com soneca ou não, estou ficando sonolenta, a carícia suave dos seus dedos no meu cabelo me induz a um estado de relaxamento quase hipnótico. Segurando o bocejo, eu murmuro no seu pescoço: — Não é isso que quero dizer. Você nunca simplesmente fica *cansado?* Como um ser humano normal? Você sabe, membros pesados, músculos doloridos, que não querem se mover?

Seu peito poderoso se levanta com uma risada. — Claro que fico. Eu só tenho uma maior tolerância à dor do que a maioria. Eu não teria sobrevivido até a idade adulta sem isso.

Ele diz isso de forma leve, seu tom ainda divertido, mas a revelação do meu Peter ativa um alerta geral em mim. Ele raramente fala da sua juventude – quase nunca de fato – então, quando tenho chance de saber algo novo, pego rapidamente, mesmo que isso me horrorize na maioria das vezes.

— Como foi? — Pergunto, meu sono se indo. Levantando minha cabeça do seu ombro, olho para ele na luz fraca do abajur na cabeceira. — Quero dizer, aquela prisão juvenil que você foi enviado.

As feições de Peter se fecham, todos os traços de divertimento desaparecendo quando ele me tira do seu peito, virando-se para deitar de lado olhando para mim. — Como o inferno — Responde bruscamente quando eu puxo um travesseiro sob minha cabeça. —, um inferno frio e imundo, habitado por demônios em forma de humanos. Bem parecido com o que você imaginaria de um campo de trabalho forçado na Sibéria.

Eu tremo, lembrando-me de um livro que li uma vez sobre campos de prisioneiros durante os tempos da União Soviética e pego um cobertor para me proteger do frio se espalhando na minha pele. — Era como um *gulag*?

— Não como — Um sorriso sinistro passa pelas suas feições. — *Era* um gulag até certo ponto, usado para punir e quietamente matar dissidentes e outros indesejados. Quando a União Soviética se desmoronou, o local não foi usado por um tempo, mas, então, alguém teve a feliz ideia de usar os locais com o propósito de campos de correção de delinquentes juvenis. E, desse modo, nasceu o Camp Larko.

Luto contra a vontade de olhar o brilho sinistro nos seus olhos. — Por quanto tempo você ficou lá?

— Até completar dezessete. Então, quase seis anos.

Seis anos começando quanto ele era apenas uma criança – quase todos os seus anos de adolescente. Minhas mãos se fecham em punho sob o cobertor, minhas unhas entrando na minha palma. — Por que eles te mandaram para lá? Não havia outra alternativa?

Sua boca se aperta com amargura. — Não na Rússia. Não para um órfão criminoso como eu.

— Mas você não tinha nem doze anos. — Não consigo imaginar que alguém fosse tão cruel para mandar uma criança para o inferno gelado que li naquele livro. — E escola? E...

— Oh, eles nos ensinavam. — Seus dentes mostram outro sorriso sem alegria. — Tínhamos exatamente duas horas de instrução a cada dia. As outras quatorze, contudo, eram reservadas para o trabalho – afinal, estávamos lá para isso.

Quatorze horas? Para alguém que era apenas uma criança? Engolindo o bolo formando na minha garganta, forço-me a perguntar: — Que tipo de trabalho?

— Trabalho em mina, na maioria das vezes. Também consertar estradas e assentamento de dutos. Um pouco de construção também, mas isso era apenas no nosso campo, para reparar a era Soviética que estava desabando ao nosso redor.

Olho para ele, não sabendo o que falar. Eu sabia que ele não tinha tido uma vida fácil, claro, mas, de alguma forma, eu nunca imaginei isso, nunca pensei que a maior parte dos seus anos de formação – um tempo quando outros meninos da sua idade jogavam vídeo games e desafiavam seus pais saindo depois da hora – eram gastos fazendo trabalho forçado sob condições infernais.

Tentando ignorar a dor afundando meu tórax, eu alcanço-o sob o cobertor e passo meus dedos nas suas tatuagens cobrindo seu braço e ombro esquerdo. — Foi onde você fez isso?

Peter olha, como se só agora lembrava-se da tinta que está lá. — A maioria, sim — Diz ele, colocando o outro braço sob a cabeça. — Duas fiz mais tarde, quando me juntei à unidade.

— O que elas todas significam? — Pergunto calmamente, passando meus dedos nos desenhos intrincados. A do seu ombro parece uma asa de pássaro e algumas outras parecem crânios demoníacos, mas as restantes são apenas linhas e formas abstratas.

O olhar de Peter fica opaco. — Nada. Era apenas algo para distrair, só isso.

— É muita tinta para ser apenas capricho.

Ele fica em silêncio por uns segundos. Até que diz baixo: — Eu tinha um amigo no campo. Andrey. Ele fazia esse tipo de coisa – um artista de fato, sabe. Depois que estávamos lá por alguns anos, ele ficou sem espaço na sua própria pele, então, eu o deixei praticar em mim.

Toda vez que algo acontecia conosco, bom ou ruim, ele queria comemorar com uma tatuagem e porque ele era tão bom, eu lhe dei liberdade nos desenhos.

— Oh. — Intrigada, eu fico sobre meu cotovelo. — O que aconteceu com esse amigo?

— Ele morreu. — Diz Peter casualmente, como se não importasse, mas ouço o eco sombrio de pesar escondido, a ira que não diminuiu com a passagem do tempo. O que quer que tenha acontecido com seu amigo, foi ruim o bastante para deixar uma cicatriz... tão ruim que, lembrar agora ainda tem o poder de feri-lo.

— Sinto muito — Murmuro, mas Peter não responde. Ao invés disso, ele desliga a luz, me puxa contra ele na nossa posição normal para dormir.

Eu fecho os olhos e foco na minha respiração, tentando me acalmar o bastante para dormir, mas é impossível. Mesmo o calor do corpo grande de Peter, não consegue retirar o frio latente das suas revelações. Minha mente zune como uma colmeia, as dúvidas se recusando a me deixar em paz. Ainda tem muita coisa que não sei sobre o homem que me abraça todas as noites, tantas coisas que não entendo sobre seu passado. Tudo sobre sua vida na Rússia é estranho para mim, tão estranho e misterioso como se ele tivesse vindo de outro planeta.

Finalmente, não aguento mais. Saindo do abraço de Peter, acendo o abajur e fico de lado para encará-lo. Como suspeitava, ele ainda não está dormindo também, seu olhar prateado coberto de memórias quando seus olhos encontram os meus.

— Você disse que foi recrutado daquele lugar direto para a sua unidade — Digo, ficando no cotovelo novamente. — Por quê? Eles normalmente fazem isso na Rússia?

Ele me olha em silêncio, então, se vira para cima, unindo as mãos sob a cabeça enquanto olha para o teto. — Não — Diz, depois de um momento. — Eles geralmente recrutam do exército. Mas, nesse caso, eles precisavam de alguém com um perfil psicológico específico.

Eu me sento, segurando o cobertor contra o meu peito. — Que tipo de perfil?

Ele vira os olhos para me fitar. — Sem vínculos familiares inconvenientes, sem escrúpulos e apenas com uma consciência mínima. Mas também jovem o bastante para ser treinado e moldado para o que eles precisavam.

— Que era o quê? — Pergunto, apesar de suspeitar que já sabia.

Peter senta-se, sua expressão neutra quando se recosta na cabeceira da cama. — Uma arma — Responde —, alguém que não recusaria nada. Veja só, os insurgentes estavam ficando impiedosos, mais fanáticos a cada ano. A bomba no metrô em Moscou foi a gota d'água. O governo Russo viu que não conseguiria pará-los com os métodos de combater terroristas civilizados e aprovados pela ONU; eles tinham que encará-los no mesmo nível, lutar contra eles usando cada ferramenta disponível. Então, eles formaram essa unidade Spetsnaz não oficial e quando não conseguiram achar soldados treinados o bastante no exército, eles decidiram ser criativos e procurar em outros lugares.

— No Camp Larko — Digo e Peter assente, seus olhos como aço polido.

— Aqueles de nós que duramos por um grande período de tempo tendíamos a ser fortes, capazes de lidar com longas horas de esforço físico sob condições extremas. Fome, sede, frio – podíamos resistir a isso tudo. E você pode imaginar, muitos de nós tínhamos o perfil que eles estavam procurando.

Um calafrio passa pela minha pele, fazendo-me puxar o cobertor para mais perto de mim. — Então, por que eles te escolheram em vez de os outros? — Pergunto, lutando para manter meu tom normal.

Seus lábios torcem num sorriso sinistro. — Porque um pouco antes de eles chegarem, eu matei um guarda — Diz ele calmamente. — Eu o segui para fora na neve e fi-lo admitir seus crimes antes de esfolá-lo como um coelho na frente de todo o campo. Meus métodos eram... Bem, digamos apenas que era exatamente o que eles estavam procurando. Então, em vez de ser punido pela morte do guarda, ganhei uma nova carreira, uma que casava bem com minhas inclinações e habilidades.

Minhas palmas ficam escorregadias onde estou segurando o cobertor. — Quais *eram* os crimes do guarda? — Pergunto, apesar de não ter certeza de querer saber.

O lado sombrio no olhar de Peter aumenta e, por um momento, temo ter ido longe demais, trazer tantas más memórias. Mas ele se recosta na cabeceira da cama e diz com naturalidade: — Ele gostava de cozinhar meninos vivo.

Eu paro de respirar e bile sobe à minha garganta. — O quê? — Ofego quando consigo respirar.

— Nos chuveiros, tínhamos água gelada ou escaldante, nada no meio termo — Diz Peter, suas feições se enrijecendo quando seu olhar fica distante. — Os canos escangalhavam constantemente, então, usávamos baldes para misturar as águas antes de nos banhar. Alguns guardas, contudo, puniam a gente por obrigar-nos a ficar em pé sob a água do jeito que saía, gelada para as infrações menores, escaldantes quando nos comportávamos muito mal. Um guarda em particular gostava da água quente como punição. Acho que ele se excitava com isso. Os outros faziam isso por apenas poucos segundos, talvez meio minuto no máximo, causando queimadura superficial nos garotos. Mas esse guarda, ele forçava. Um minuto, dois, três, cinco... Quando Andrey entrou na sua lista, ele já tinha matado dois de quinze anos cozinhando suas carnes até os ossos.

Sinto vômito na minha garganta. — Andrey... seu amigo Andrey? — Sussurro pelos meus lábios dormentes.

— Sim. — O rosto torneado de Peter fica com um olhar demoníaco de fúria. —Andrey, que nunca deveria estar naquela merda de lugar para começo de conversa.

Meu amigo que se recusava a deixar aquele bastardo fodê-lo e, em vez disso, morreu em agonia.

— Oh, Deus, Peter...— Pressiono meu punho tremendo na minha boca, então, toco sua mão, sentindo seus dedos se moverem com uma ira quase não contida enquanto ele luta para se conter. — Eu sinto, sinto muito.

Ele segura minha mão como se fosse uma linha da vida e fecha os olhos, respirando profundamente. Quando ele abre-os novamente, sua expressão é calma, mas eu sei a profundidade da dor e fúria que se passa sob essa máscara controlada.

Eu estava errada ao pensar que a morte da sua família o fez um monstro. Ele era um bem antes de Daryevo, os horrores que encontrou na sua longa luta pela sobrevivência retirando qualquer possibilidade de bondade que ele pudesse algum dia ter. Suas vítimas iniciais não eram anjos, mas quando ele iniciou o caminho sombrio da vingança, ele se tornou como eles, caçando culpados e inocentes igualmente.

Cuidadosamente, retirando meus dedos da sua pegada, volto ao meio da cama. — E aquele diretor? — Pergunto, olhando nos olhos dele. Eu já estou com vontade de vomitar, mas tenho que saber a profundidade do dano. — O que ele fez para que você o matasse?

Peter dá um sorriso sinistro. — Você ainda não teve o bastante por esta noite? Não? Tudo bem, se você quer saber, ele gostava de meninos. Quanto mais novo, melhor. Eu tive sorte, porque com onze, eu já era grande, quase como um adolescente. Muito velho para ele quando começou no orfanato. Mas os pequeninos... eu ficava deitado lá de noite e os ouvia gritar nos seus quartos quando ele vinha para eles. Cada noite, eu morria um pouco por dentro, porque não havia nada que pudesse fazer, ninguém que eu pudesse falar que ouviria. Os professores, a polícia – eles ou não se importavam ou não ousavam fazer barulho. Esse filho da mãe tinha conexões, entende? Ele era de uma família importante. Então, ninguém fazia nada, e chegou um novo menino, de dois anos. Quando o ouvi ir para a criança, eu não aguentei mais. Peguei uma das facas da cozinha, pulei nas costas dele e quando ele estava ocupado atacando a criança, eu cortei sua garganta.

Claro. Meu cavaleiro negro se vingando novamente. Fecho meus olhos contra as ferroadas das lágrimas quentes, meu coração partido por Peter e o menininho. Eu suspeitava que era algo desse tipo, apenas estava com medo que fosse o próprio Peter a vítima. Não que isso signifique que ele não foi. Abrindo os olhos, olho nos olhos dele. — E você? — Pergunto tremendo. — Você foi alguma vez....?

— Não. — Sua boca se aperta. — Pelo menos até onde saiba. Eu sempre fui bom em me defender, mesmo quando era pequeno. Eu não me lembro muito antes dos três anos, no entanto, suponho que seja possível – eu *era* uma criança bonita, segundo fotos antigas. De qualquer modo, quando estava no jardim de infância, eu sabia como usar punhos, dentes, pedras... qualquer tipo de arma que pudesse pôr as mãos. O filho da mãe que tentou alguma coisa quando eu tinha cinco anos, teve o dedo arrancado por uma mordida minha, depois disso, eu geralmente era deixado em paz.

Eu olho para ele, aliviada lutando com uma pena agonizante. E ódio. Sinto tanto ódio ante a crueldade do mundo que o moldou nesse sinistro homem atormentado que ele é hoje, nesse assassino implacável e sem moral que, apesar de tudo, deseja amor e família. Será que ele conseguiu descanso dos seus demônios quando teve Tamila e seu menininho? Seria por isso que ele aceitou sua gravidez com tanta facilidade, tornando-se marido e pai quando ele poderia simplesmente ter ido embora? Será que eles lhe devolveram pedaços da sua alma, apenas para que tudo fosse dilacerado com suas mortes brutais?

Se esse for o caso, não se admira que suas perdas fizeram a cabeça dele girar – e que a vingança fosse a resposta padrão.

Quando fico em silêncio por muito tempo, as feições de Peter se enrijecem mais; um sorriso zombeteiro curva seus lábios. — Demais para você, ptichka? Suponho que devesse ter inventado uma história mais leve, uma cheia de arco-íris, bichinhos e piñatas.

— Não, eu só... — Eu paro, minha garganta fechada pelas emoções. Recompondo-me, tento novamente. — Eu só gostaria que alguém estivesse lá por você, do jeito que você esteve para o menininho.

Ele pisca devagar e se afasta da cabeceira. — Acabei

de te falar, eu estava bem. Eu sempre consegui tomar conta de mim mesmo.

— Eu sei que conseguia — Sussurro quando ele estica o braço e me puxa para que eu deite ao seu lado quando se espreguiça e desliga a luz. —, mas você não deveria, Peter. Nenhuma criança deveria ter que se cuidar sozinha.

Ele não responde, mas eu sei que me ouviu, porque o braço em volta de meu tórax se aperta, puxando-me para mais perto enquanto estamos deitados juntos na escuridão, sentindo o calor um do outro e usufruindo conforto das batidas constantes dos nossos corações.

Sara

DEPOIS DAQUELA NOITE, FICOU ATÉ MAIS DIFÍCIL RESISTIR aos esforços de Peter de se insinuar à minha mente e ao meu coração. Não sei se ele acha que suas revelações me aterrorizaram e está tentando compensar de alguma forma, ou se ele simplesmente sente minha determinação diminuindo, mas ele se torna impossivelmente mais atencioso comigo, me mimando e se preocupando comigo além do acreditável.

Todos, exceto eu, têm afazeres. Peter faz a maior parte das refeições e os outros caras cuidam da roupa e mantêm a casa um brinco. Eu ajudo com a roupa de qualquer forma, desse modo, não me sinto uma total inútil, mas Peter não exige isso de mim, e além daquele dia que joguei o prato nele, não tive que tocar no aspirador ou fazer qualquer coisa que não tivesse vontade.

Além disso tudo, qualquer coisa que eu queira é minha – dentro dos portões da minha prisão, claro. Se menciono uma preferência por fronha de seda, Peter compra para mim em poucos dias. Se tenho desejo de passear, ele para o que quer que esteja fazendo para me acompanhar, não mais deixando para os seus homens. Mais importante, contudo, ele faz tudo que pode para se assegurar que eu não fique entediada.

Seu estúdio de dança não colou até agora – uso apenas para um exercício de yoga e um pouco de alongamento – mas adorei o equipamento de gravação que ele comprou para mim. É tão top de linha quanto qualquer profissional poderia ter. Posso gravar e editar qualquer coisa que queira, começo com as músicas pop que adoro, logo depois experimento variações de músicas e até tento compor algumas sozinha, colocando letra em mixagens que crio de tons diferentes. Saber usar o software e o equipamento exige uma boa dose de aprendizado, aceito o desafio de bom grado. Não é apenas divertido, mas consome boa parte do meu tempo livre e quando estou tentando achar as palavras para expressar a música se formando na minha mente, não penso em tudo que perdi e no fato de ser uma prisioneira de um assassino.

Eu apenas foco na música.

Também comecei a me apresentar para os outros. É um ritual depois do jantar, onde Peter me pede para cantar de forma a entreter a todos e eu relutantemente (mas secretamente ansiosa) concordo em cantar uma música, sempre falando antes que talvez não me lembre da letra, estou despreparada e assim por diante. Naturalmente, é sempre uma música que ensaiei antes, geralmente uma variação de qualquer sucesso popular que cantei no estúdio de gravação naquele dia. Sou muito tímida para compartilhar minhas próprias músicas, mas os homens são tão entusiastas das minhas apresentações de música pop que já vejo o dia em que vou apresentar minhas próprias composições.

— Você tem uma voz realmente boa — Diz Yan depois de algumas semanas, seus olhos verdes bonitos avaliando-me com surpresa. — Peter tinha razão nisso.

Dou um sorriso aberto – elogio do nosso residente psicopata é um evento extremamente raro – e decido cantar duas músicas na próxima vez.

Se os caras gostam e eu também, por que não?

Entre a música e minhas atividades normais com Peter, tenho o bastante para ocupar meus dias, mas ainda sinto falta do meu antigo trabalho. Sempre que um dos homens se machuca – o que acontece com uma frequência alarmante durante seus treinamentos de lutas diários – eu consigo usar minhas habilidades médicas, mas não é o bastante. Preciso do estímulo intelectual da minha profissão, tudo que aprendi durante os dias tratando de uma variedade de pacientes e me atualizando com os estudos recentes. Agora, sinto-me fora desse meio, isolada dos novos avanços na minha área e quando falo com Peter durante nossas caminhadas, ele promete fazer algo nesse sentido.

Em consequência, ele começa a fazer com que seus hackers me enviem a cada duas semanas compilações de todas as pesquisas de ponta que estão acontecendo pelo mundo. Parte do material é obviamente público – estudos revisados publicados em periódicos acadêmicos que eu costumava assinar, etc. – mas boa parte parece vir de arquivos confidenciais de empresas.

— Peter, isso é loucura — Digo após ler uma terapia de gene que traz esperança de reverter câncer de mama avançado —, de onde seu pessoal tirou isso? Ele é gigantesco.

— É? — Ele sorri quando me olha sobre o laptop.

Assinto vigorosamente. — Se essa terapia é tão efetiva quanto essas notas de pesquisa indicam, milhões de vidas de mulheres serão salvas. Como seus hackers acharam isso? Eu deveria, pelo menos, ter ouvido rumores sobre isso antes. Isso é um marco no tratamento de câncer. Você consegue entender isso, certo?

Seu sorriso aumenta. — O quer que eu diga? Nossos caras são bons.

Balanço minha cabeça e enfio minha cara de volta na análise de estudo detalhado. Eu deveria sentir-me culpada porque estou essencialmente roubando propriedade intelectual de um *startup*, mas estou muito fascinada para parar de ler. Além disso, não tem como eu usar esse conhecimento para ganho financeiro ou compartilhar com alguém. Meu acesso com o mundo lá fora é estritamente limitado às ligações telefônicas aos meus pais.

É uma coisa que Peter não cederá, não importa o quanto peça e implore.

— Vamos lá, que mal teria em eu pesquisar as notícias de vez em quando? — Argumento depois que Peter me pega tentando fazer login no seu laptop – uma tentativa infrutífera, dado todas as senhas e tipos de segurança que tem. — Você pode bloquear alguns sites, me impedindo de usar todos os emails e mídias sociais que quiser. Tem uma tonelada de aplicativos para isso e...

— Não, ptichka. — Suas feições são firmes quando toma o laptop de mim. — Não podemos arriscar você fazer uma pesquisa que exporia nosso endereço de IP ao FBI, nem você imaginando um jeito inteligente de contatá-los. Todos os sites têm um lugar para deixar um comentário hoje em dia e você é muito esperta para não saber disso.

Frustrada, desisto de acessar a internet e tento pensar em outras trilhas de fuga, mas nada me vem à mente. Uma coisa que eu poderia tentar – algum tipo de mensagem codificada para meus pais durante nossa breve conversa telefônica – é demasiado arriscado. Peter está sempre comigo, ouvindo cada palavra que falo e se eu tentar dar uma dica da nossa localização, ele vai me impedir de fazer mais contatos com minha família. Ele falou isso e sei que falou sério.

Não importa o quanto ele faça minhas vontades, eu nunca me esqueço de que sua obsessão tem um lado sombrio, que ele está determinado a fazer o que for necessário para me manter dele.

33

Peter

CONFORME OS DIAS QUENTES DO VERÃO PASSAM PARA O outono, com a floresta passando para tons de vermelho e amarelo, eu fico incrivelmente convencido de que fiz a coisa certa em trazer Sara. Apesar do nosso início turbulento, ela está começando a se adaptar, e sinto como certo que, um dia, ela se ajustará completamente, aceitando e abraçando sua nova vida comigo.

Eu a amo tanto que é um dor constante no meu peito, e apesar de saber que ela não sente o mesmo, às vezes vejo ternura no seu olhar, um calor que se espalha pelo meu coração e me dá esperança. Enquanto sua raiva pelo sequestro diminui, nossas brigas ficam menos frequentes e apesar de nenhum de nós poder esquecer de como nosso relacionamento começou, o passado começa a ficar mais distante, sua influência no nosso presente menos aguda e dolorosa.

Eu ainda penso em Pasha e Tamila e acordo suando frio quando sonho com suas mortes macabras. Mas os pesadelos não vêm com a mesma frequência, e quando vêm, Sara está sempre lá. Posso procurá-la e abraçá-la, ouvir sua respiração segura até que as memórias do horror vão embora.

Posso também fodê-la. É uma coisa que nunca falha em me acalmar, o único melhor modo de aliviar a escuridão que me atormenta por dentro.

— Por que você gosta de me machucar às vezes? — Murmura ela uma noite depois de tê-la acordado e possuído com força, fodendo-a tão forte que nós dois terminamos doloridos. — Você tem algum tipo de inclinação sádica?

Penso, daí, balanço a cabeça, apesar de ela provavelmente não poder ver o gesto com a luz apagada. — Não no sentido sexual – pelo menos não até eu te encontrar. — Eu *tenho* prazer em matar e torturar inimigos, mas era na maioria das vezes cerebral, um jeito de sentir a força violenta do poder e satisfazer meu senso de justiça. Pelo menos foi o que aconteceu com o guarda que ferveu Andrey no chuveiro e, de uma maneira menos forte, com os terroristas que pegava no trabalho. Eu não sentia pena deles; seus sofrimentos me davam uma alegria viciante. Mas meu pau nunca ficou duro por provocar dor, e durante o sexo, sempre fui cuidadoso e gentil com as mulheres, usando meu conhecimento do corpo humano para o prazer, não para provocar dor.

Foi apenas quando Sara chegou que esses impulsos conflitantes – punição e prazer, violência e ternura – de alguma forma emergiram. Eu a tenho como um tesouro, a amo tanto que dói, mesmo assim, às vezes quando a toco, não consigo me controlar, não posso lutar contra o desejo de puni-la por ser o que é.

Por pertencer ao meu inimigo antes de roubar meu coração.

— Então, com ela... você nunca?

A curiosidade quase não escondida no sussurro de Sara faz-me rir, mesmo com a dor familiar apertando meu coração. — Você quer dizer Tamila?

— Sim. — Sua mão passa sobre meu peito, como se sentindo a dor por dentro. — Você nunca foi áspero com ela desse jeito?

— Não. — Cubro a mão fina com minha palma, pressionando mais forte contra minha pele. — Eu não era assim com ela.

O que eu sentia por Tamila não era nem de perto essa conexão intensa, quase violenta que tenho por Sara. Com minha esposa era uma mistura divertida de atração sexual e gostar, até um tipo de amizade. Eu a admirava por ser corajosa, mesmo com o tipo de criação que teve, e por ser uma boa mãe para Pasha. Não era problema o fato de ela ser bonita também e apesar de não termos muito em comum, eu me acostumei a me importar com ela... talvez até a tenha amado, eu acho. Agora, vejo que estava enganando a mim mesmo.

Minha afeição por Tamila era apenas isso, um mero eco das emoções cruas que Sara me provoca.

Sua mão se mexe sob minha palma e a ouço engolindo. — Entendo. — Tem um tom estranho na voz de Sara, algo quase como dor. — Você deve tê-la amado muito — Ela continua no mesmo tom e eu sorrio novamente quando vejo qual é o problema.

— Você está com ciúme? — Pergunto calmamente, me esticando para ligar o abajur. Sara pisca ante a luz repentina e pelo jeito da sua boca linda, vejo que estava certo.

Ela não entendeu minha admissão, achando que meu tratamento gentil com Tamila significava que eu me importava mais com minha esposa do que com ela.

Sara não me responde, apenas retira a mão e eu rio, sentindo-me particularmente leve apesar das memórias sombrias dançando nos cantos da minha mente. Minha ptichka *está* com ciúme – de uma mulher morta, nada menos do que isso – e eu não poderia ficar mais satisfeito.

Ao som do meu divertimento, a expressão de Sara fica mais sombria, suas sobrancelhas delicadas se juntando numa carranca completa. Com uma bufada quase inaudível, ela apaga a luz e se vira, num dar de ombro frio bastante literal.

Meu divertimento desaparece, trocado por um emaranhado de emoções que ela sempre acende em mim. Desejo e ternura, raiva e possessão – é tudo parte da loucura que é meu amor por Sara, dessa obsessão que nunca me livrarei.

— Vem cá, meu amor. — Ignorando sua postura dura, eu a puxo para mim, curvando meu corpo em volta do dela por trás. Enterrando meu rosto no seu cabelo, eu respiro seu odor – minha fragrância preferida – e aperto meu abraço, segurando-a no lugar quando ela luta para sair.

— Eu realmente quero te machucar às vezes — Murmuro quando ela fica parada, sua respiração inconstante do esforço. — Quero fazer coisas que nunca sonhei em fazer com minha esposa. Tem noites em que eu quero te devorar, ptichka, te consumir até que não sobre nada... até que esse vício desapareça e eu possa respirar sem te desejar, sem sentir que preciso de você mais do que a própria vida.

Sua respiração para. — O que você está falando?

— Estou falando que te amo, ptichka... e que te odeio. Porque isso dói, você entende, sabendo que você ainda *o* ama, ainda pensa *nele* quando está comigo. — Minha voz fica rouca, minha pegada aperta quando ela tenta sair novamente. — O assassino do seu marido – é assim que você me vê, isso é *tudo* que você vê às vezes. Se eu pudesse retirá-lo da sua mente, faria isso num segundo. Apagaria toda a lembrança da sua existência, transformando-o no nada que ele é. Num mundo diferente, você seria minha, mas neste, eu tive que lutar por você... matar por você.

Todo seu corpo enrijece. — Por *mim?* Sobre o que

você está falando? Foi tudo por sua vingança, a lista que você...

— Sim, foi... até que encontrei você. Então, isso se tornou outra coisa. — É uma verdade que eu não tinha admitido para mim mesmo até este momento, não soubera exceto dentro das profundezas mais selvagens da minha alma.

Quando eu estava ao lado da cama de George Cobakis, eu hesitei quando pensei em Sara, mas não era porque eu queria poupá-lo por ela. Foi porque o assassinato era tão desnecessário, seu estado vegetativo igual a um morto-vivo.

Eu terminei puxando o gatilho não apesar da minha atração por Sara, mas por causa disso.

Porque eu a queria livre dele para sempre.

Porque, mesmo assim, eu sabia que tinha que fazê-la minha.

— Não. — A voz de Sara recebe um tremor audível. — Você está falando isso da boca para fora. Você não poderia matar George por causa de algum interesse doentio em mim – isso é além da insanidade.

— Talvez. — Estou disposto a ceder nisso. — Mas em algumas culturas, o que eu fiz te torna minha – meu prêmio, meu despojo de guerra.

— Guerra? Ele estava em coma! Você matou um homem indefeso. Ele não era páreo para você.

Eu rio de forma sombria. — Você acha que sou algum tipo de herói nobre? Você acha que me importo com uma luta honesta?

Ela congela, sua pele ficando pegajosa nos locais

onde nossos corpos se tocam quando eu continuo. — Não, Sara — Digo a ela. — Não me importo nem um pouco com justiça, porque ninguém mais se importa. O mundo é inerentemente injusto. Se você quer algo, você luta por isso... você pega isso. E eu quis você, ptichka. Eu te quis desde o primeiro momento que te segurei, quando você chorou tão docemente nos meus braços. E você me quis também – você ainda me quer – porque não importa o que você diz, isso é real... muito mais do que seu delírio de um casamento. Você não estava vivendo um conto de fadas e Cobakis não era seu Príncipe Encantado. Ele era um mentiroso, um fraco que começou a beber porque não conseguiu lidar com a culpa do massacre que causou. Mesmo se ele não tivesse estado na minha lista, eu o teria matado se tivesse te encontrado – porque eu teria te desejado. Se nossos caminhos tivessem de algum modo se cruzado, eu a teria feito minha.

Ela está tremendo agora e eu sei que fui muito honesto, revelei muito da besta dentro de mim. Mesmo assim, tem uma coisa que não farei, mentir para ela.

Comigo, Sara sempre saberá o que está levando, não importa quão feio possa ser.

Puxando o cobertor sobre nós, eu acaricio seu braço, quadril e coxa até que sua tremedeira passe e quando a ouço respirando devagar profundamente, fecho meus olhos, segurando-a apertado.

Isso pode ser errado aos olhos dos outros, mas tenho Sara e estou feliz – e farei o que for necessário para fazê-la feliz também.

34

*S*ara

CONFORME O OUTONO AVANÇA E O TEMPO CONTINUA frio, minha vida com Peter começa a parecer uma lua de mel estendida, no entanto, uma que compartilhamos nosso retiro na montanha com outras pessoas. Não há sinal de que sua atenção irá diminuir e apesar de eu sempre me lembrar de que não estou aqui pela minha própria vontade, não posso ignorar o fato de que Peter está fazendo seu melhor para assegurar meu prazer e conforto. Além da sua profissão e o fato de somenos importância de me manter prisioneira, Peter Sokolov é tudo que alguém gostaria em um marido: com total habilidade dos serviços caseiros e tão cuidadoso comigo que me sinto como uma princesa a maioria dos dias.

Toda manhã começa com ele me trazendo café na cama. Como o interrogador hábil que é, Peter aprendeu tudo que eu gosto e não gosto quando o assunto é comida e ele me mima com minhas comidas favoritas todos os dias. Crepes estilo russo com passas e queijo doce, omelete fofa, quiches, prato com frutas exóticas – tenho tudo, mais suco de laranja recém espremida e café. Para o almoço e jantar, sou igualmente mimada, tanto assim que os caras me pedem para solicitar os seus próprios favoritos.

— Você gostou do *shashlik* daquela vez, certo? Aqueles kebobs de carneiro que Peter fez antes da Nigéria? — Ilya faz uma tentativa amedrontadora com olhar de cachorrinho faminto quando me cerca na cozinha.

Quando assinto, ele dá um sorriso aberto e diz: — Então, por favor, fale para ele fazer isso logo, tá bom? Só dê uma dica que você gosta de carneiro e molho apimentado. Por favor?

Eu rio e prometo que vou fazer, como já prometi ao Anton a torta de maçã. Apesar do papel deles no meu sequestro, estou começando a gostar dos homens de Peter e estou bem certa de que eles estão começando a gostar de mim. Eu acho que isso é bom, mas Peter parece ter opinião diferente. Já notei-o com olhar muito sério quando eles ficam particularmente amigáveis, como se ele estivesse com medo de que eles possam me roubar.

Sua possessividade tem sido um dos nossos

principais problemas nesses dias, e uma noite, saiu do controle.

— Mantenha seus olhos acima do pescoço dela — Ele berra para Anton depois que terminei de cantar uma variação de um dos últimos sucessos da Lady Gaga. Eu me vesti para a apresentação, usando um dos vestidos de festa curto que Yan comprou para mim e quando Anton e Peter ficaram em pé, encarando um ao outro, dei-me conta de que pode ter sido um erro.

— Peter, ele não estava fazendo nada — Digo, desesperada para contornar a situação conflitante. — Eu só estava cantando e ele ouvindo, só isso.

— Ele estava babando em você, é isso que ele estava fazendo. — Peter empurra a cadeira entre eles. — E essa não foi a primeira vez.

— Vai se fuder, cara. — A barba escura de Anton treme de raiva quando os dois homens letais se preparam para brigar, punhos fechados e dentes cerrados. — Ninguém está fazendo nada que não deveria fazer; você só está muito obcecado para pensar direito.

Peter rosna algo em russo e Yan diz algo também, seu tom de divertimento quando Ilya balança a cabeça. Momentos depois, Anton se apressa para fora com Peter o seguindo.

Frustrada, chego perto dos gêmeos. — Onde eles foram? — Odeio quando os homens trocam para russo para esconder algo de mim. — O que vocês falaram?

— Peter quer quebrar todos os ossos do rosto de

Anton e eu sugeri que eles façam isso lá fora, para que não tenhamos que fazer reparos caros na casa — Diz Yan, com um sorriso tão aberto quanto o do irmão. —, e parece que eles ouviram.

— O quê? Eles vão lutar?

Horrorizada, corro para fora e rapidamente sou recebida por sons de punhos batendo em carne. Peter e Anton estão rolando no chão, braços e cotovelos girando enquanto eles lutam. Filetes de sangue voando no ar quando Peter acerta um soco forte e eu ofego quando vejo a fúria selvagem no seu semblante.

Eles não estão treinando; isso é luta verdadeira.

— Separe eles, por favor — Imploro a Yan e Ilya, que saem e ficam em pé perto de mim. — Eles vão se matar.

— Que nada. — Yan acena com desdém — Só vão quebrar alguns ossos. Não temos um trabalho grande até mês que vem, então, não tem problema.

— Sem problema nada! — Falo com os dentes cerrados, viro-me para Ilya. — Se você quiser *shash*-qualquer coisa novamente, vai separá-los agora mesmo. Se não, vou desenvolver alergia a *carneiro*. — Bato no seu peito massivo com meu dedo. — Está me ouvindo?

Yan cai na gargalhada, mas Ilya parece verdadeiramente preocupado. — Tudo bem, tudo bem — Ele murmura e vai em direção aos brigões.

Eu inspiro em alívio quando ele bravamente entra no meio da luta, mas nem Peter nem Anton cedem às usas tentativas de separá-los. Não demora muito e os três homens estão rolando no chão, trocando golpe brutais e quando me viro para Yan, ele levanta a mão para mim.

— Eu não vou chegar nem perto — Diz ele e sei que ele fala sério.

Estou sozinha.

Desesperada, considero molhá-los com água gelada da mangueira, mas decido por uma solução mais prática.

— Socorro — Grito bem alto e me curvo como se sentisse dor. — Aaahhhhh! Peter, me ajuda!

Isso funciona até melhor do que eu esperava. Os homens se separam instantaneamente e Peter fica de pé, a fúria se transformando em preocupação quando ele corre na minha direção. — O que aconteceu? — Pergunta ele com firmeza enquanto segura na minha mão, seus olhos me olhando dos pés à cabeça. — Você se machucou?

— Sim, por você, agindo como um bárbaro — Eu falo bruscamente, tentando empurrá-lo enquanto ele começa a me tocar de cima a baixo. — Agora deixe-me em paz para que eu possa ver o quanto vocês machucaram um ao outro.

Suas sobrancelhas se juntando quando ele pausa. — Você não está ferida? Você só queria parar a briga?

— Claro. E se você se machucasse? — Eu ignoro Yan, que está rindo tanto que não consegue ficar ereto e vou na direção de Anton e Ilya, que parecem bem pior do que Peter. Ilya cortou o lábio e o rosto de Anton já está inchando, seu nariz sangrando um pouco fora do lugar.

— Ei. — Peter segura meu pulso antes que eu possa dar mais que dois passos. —Você vai tratar *eles* primeiro? — Ele parece tão raivoso que estou tentada a negar – a última coisa que quero é provocar outra luta – mas algum demônio faz-me assentir.

— *Eles* não se atacaram. — Puxo meu pulso numa tentativa fútil de me livrar. — E para mim, você não parece machucado.

Se Peter acha que vai recompensar atitudes dos homens das cavernas com cuidados calorosos, ele está muito enganado.

Sua franzida se aprofunda e ele tem o descaramento de se parecer ferido quando solta meu punho. — Eu *estou* machucado. Vê? — Ele levanta sua camisa para me mostrar um local vermelho no seu tórax. — E isso. — Ele mostra a parte de trás da sua mão direita, onde as juntas estão realmente começando a inchar.

Apesar da minha raiva, meu instinto de curar fala mais alto. — Deixe-me ver. — Cuidadosamente, tateio seu torso – será um hematoma ruim, mas suas costelas parecem bem — e, então, viro minha atenção para as juntas.

— Dói? — Pergunto, pressionando o meio da junta. Peter bate a cabeça, seus olhos prateados brilhando; examino o resto da sua mão. Para meu alívio, não sinto nenhum osso quebrado.

— Você vai ficar bem — Digo, mas noto um

pequeno sangramento no seu ouvido esquerdo. — Terei que limpá-lo dentro de casa, onde tenho suprimento médico, mas primeiro, preciso ver o nariz de Anton e certificar-me de que Ilya não tem outra concussão.

Os homens já entraram, eu os sigo, ignorando a expressão sombria de Peter. Não entendo o que está se passando com ele, mas Anton é amigo de Peter e, até onde sei, ele nunca agiu inapropriadamente comigo. Nem os outros, apesar de eles serem homens viris e saudáveis que já estão há meses sem uma mulher.

Minha bravata dura até eu chegar na cozinha e ver a extensão de dano no rosto de Anton. Peter não estava brincando sobre quebrar todos os ossos; ele não conseguiu, mas fez uma excelente tentativa. Com a violência tão repentina, eu não tive chance de processar a grande brutalidade da luta, mas quando me esforço para colocar o nariz de Anton de volta no lugar, minhas mãos tremem, a adrenalina pós nervosismo me pega forte como se eu tivesse lutado.

Tornei-me complacente nas últimas poucas semanas, deixei toda a preguiça doméstica fazer-me esquecer o que Peter e seus homens são. Isso não era uma briga de bêbados no bar, onde um deve acertar um soco sortudo ou dois. Peter é um assassino treinado e ele foi atrás do seu amigo com a intenção de causar dano sério. Se eu não tivesse separado a briga, alguém poderia ter se machucado mesmo – até morrido.

— Sinto muito — Sussurro quando Anton se move

ante a dor dos meus procedimentos. — Desculpe-me por isso.

— Tudo bem. — Sua voz fica nasalada quando enfio algodão nas suas narinas para parar o sangramento. — Tinha que acontecer; o bastardo é louco por você. — Não tem rancor no seu tom; se qualquer coisa, ele parece divertir-se com a tentativa do amigo de mutilá-lo por causa de um ciúme fora de contexto.

— Isso mesmo — Berra Peter, vindo ficar perto de mim —, não olhe para ela. Nunca mais. Entendeu?

Para meu choque, a boca inchada de Anton se curva num sorriso sangrento. — Entendi, seu louco filho da puta.

Eu paro o que estou fazendo, sem acreditar olho de um homem para o outro. Estou tendo alucinações ou eles acabaram de fazer as pazes?

Certamente, Peter bate no ombro do amigo e se vira para Ylya que está sentado num banco perto de nós, segurando um saco de gelo contra os lábios. — O mesmo com você e — Ele dá um olhar sombrio para Yan, que acabou de se juntar a nós — você.

Ambos assentem e Ilya diz: — Entendi. Ela é toda sua.

Ignorando a declaração atávica, termino de fazer o curativo no nariz quebrado de Anton, dou bolsas de gelo pare ele colocar em todo o seu rosto e toco sua camisa para examinar seu tórax.

— Estou bem aí — Diz ele com voz nasal, parando-me antes que eu possa levantar sua camisa mais de dois centímetros. Com um olhar suspeito para Peter, ele acrescenta: — Pode cuidar de Ilya agora, se quiser.

Eu franzo, mas me viro para Ilya como sugerido. — Deixe-me ver isso — Digo, retirando a bolsa de gelo do seu lábio. — Você levou pancada em algum outro lugar na cabeça?

— Não, só isso — Diz Ilya, movendo-se quando sinto sua mandíbula inchada.

— Tudo bem — Digo quando termino de examiná-lo. — Você não tem uma concussão, mas ainda tem que tomar cuidado. Pancadas na cabeça não são boas para seu cérebro – pergunte só aos jogadores da liga de futebol americano.

— Sim, Dra. Cobakis. — Ilya sorri o tanto que seu lábio cortado permite. — Vou tomar cuidado.

Sorrio de volta para ele, ignorando a bufada do seu irmão e me viro para Peter, que parece que ainda está de mau humor.

— Deixe-me ver isso — Digo, puxando-o para baixo no banco para que possa ver sua cabeça. — Parece que você arranhou a pele aí.

Peter fica parado sentado, deixando-me limpá-lo e fazer curativo antes de examiná-lo por ferimentos mais leves. Quando termino, minhas mãos estão firmes novamente, o trabalho familiar diminuindo o choque proveniente da explosão de violência.

Infelizmente, minha calma recente não dura muito. Um segundo depois que guardei todos os suprimentos médicos, Peter desce do banco e se curva para me pegar. Ignorando meu grito de susto e assovios insinuosos dos outros caras, ele me levanta nos seus braços e encosta na minha boca com um beijo faminto e feroz.

Então, segurando-me pressionada contra seu peito como um prêmio de guerra que ele acha que sou, ele vai em direção à escada.

*eter*

SARA SE DEBATE NOS MEUS BRAÇOS ENQUANTO A carrego escada acima, suas feições pálidas ruborizando – presumivelmente com raiva e constrangimento. — Ponha-me no chão — Sussurra ela furiosamente tão logo chegamos no segundo andar. — Peter, me põe no chão agora mesmo.

Eu não a coloco no chão até entrarmos no quarto. Ainda estou sedento por sangue, a adrenalina da luta fazendo meu coração bombear num ritmo forte e furioso. Raiva e ciúme primitivo revolvem minhas entranhas, e sob tudo isso uma fome profunda e exigente, uma necessidade de tomá-la e reclamá-la, de fazê-la minha tão completamente que ela nunca mais sorrirá para outro homem novamente.

Sei que o que sinto é irracional, quase patológico, mas vê-la esta noite nesse vestido – esse vestido vermelho, apertado e muito curto – me fez perder quaisquer resquícios de racionalidade que tenho. Nas últimas poucas semanas, aturei olhares ocasionais na direção dela, com eles competindo pela atenção dela durante as refeições e suas solicitações de comidas não tão secretas. Mas o que vi no olhar de Anton hoje à noite foi uma imagem do meu próprio desejo por Sara, e não pude ignorar.

— Você não vai usar esse vestido em público novamente — Digo duramente, colocando a mão pelo corpo esbelto dela para achar o zíper nas costas. — De agora em diante, ele é apenas para nosso quarto.

Sara olha para mim, o monte cremoso dos seus seios – exposto pela porra do vestido – subindo rápido com suas respiradas rápidas. — Você está maluco. — Suas palmas empurrando meu tórax. — Você comprou esse vestido para mim.

— Yan comprou. — Desço o zíper com força desnecessária, a raiva ainda pulsando nas minhas veias. — E se tem qualquer outro igual a esse, guarde-o para apenas meus olhos. Na próxima vez que pegar outro homem salivando por você, vou desmembrá-lo. Vagarosamente.

Não estou blefando e Sara deve ver isso, porque parte da cor sai das suas feições. — Você é louco — Ela sussurra, seus olhos de avelã arregalados quando olha para mim e sei que ela está certa. Eu *sou* louco, completamente louco por ela. Tenho feito meu melhor para manter a intensidade da minha necessidade sob controle, mas não consigo fazer mais isso. Não posso fingir que qualquer minuto separados parece uma hora, que cada vez que a toco, não quero devorá-la ali mesmo. Meu desejo é sombrio e violento, mesmo assim, tenho me forçado para ser civilizado, para me limitar a agir como um apaixonado quando o que quero é despi-la até o osso para que possa possuí-la por completo.

Tenho lutado uma batalha perdida e estou preparado para desistir de lutar.

Alguns dos meus pensamentos devem transparecer, pois, Sara começa a lutar quando abaixo o vestido aberto, expondo seus seios sem sutiã e prendendo seus braços. O contraste do vermelho vivo com sua pele pálida provoca raios verdes nos seus olhos de avelã e faz meu pau pulsar com uma necessidade selvagem. Eu a quero. Caralho, quanto a quero. É como uma doença, este desejo que me atormenta dia e noite.

Ficando de joelhos, eu passo meus braços em volta dela, mantendo seus braços presos no vestido quando coloco um mamilo rosa e ereto na minha boca. Sara grita, sua luta aumentando quando chupo o mamilo, forçando contra o céu da minha boca com minha língua, mas não paro. Não posso. Ela tem o gosto de sexo e perfeição doce, como todas as minhas fantasias trazidas à vida. Não sei como pude viver a maior parte da minha vida sem ela, porque agora que a tenho, preciso de mais a cada vez.

Preciso de tudo dela e hoje à noite, irei ter.

— Peter, por favor... — Ela está ofegando agora, sua barriga lisa tremendo quando torno minha atenção ao outro seio. — eu só... oh Deus, por favor ...

Eu atormento seus mamilos até que a chama dentro de mim chega ao ponto febril, então, abaixo o vestido até o chão, deixando uma piscina em volta dos seus calcanhares quando fico em pé e a conduzo para a cama. Ela tropeça quando a parte de trás dos seus joelhos atingem a cama, mas eu a seguro e a viro para ficar sobre sua barriga antes de subir em cima dela, totalmente vestido.

— O que você vai... — Ela ofega quando retiro meu cinto e seguro seu pulso, virando-o para trás dela e passando o cinto nele. Repito o processo com o outro pulso, ignorando suas tentativas de me empurrar de cima dela quando amarro suas mãos juntas, segurando-as com o cinto atrás das costas dela.

— O que você vai fazer? Por favor, Peter... o que você vai fazer? — Suas palavras abafadas pelo cobertor quando pego um travesseiro e coloco sob seu quadril. Não é o bastante, então, pego outro, levantando seu traseiro arredondado mais alto. Ela está tremendo, obviamente com medo, e para prevenir que ela escape, mantenho a maior parte do meu peso nas suas pernas quando estico a mão até a mesa de cabeceira para pegar um lubrificante que guardo dentro.

Abrindo meu jeans, liberto meu pau pulsante e abaixo sobre ela, segurando meu peso num braço quando passo o lubrificante no seu cu se contorcendo, deixando cair na rachadura e entrar nas suas dobras.

Sara ofega, lutando mais forte e eu coloco o lubrificante de lado antes de penetrar sua boceta com meu dedo. Ela está quente e belamente úmida por dentro, o lubrificante se misturando com seu próprio líquido quando coloco um segundo dedo, esticando-a para mim.

Enquanto a fodo com meus dedos, rolo meu polegar no seu clitóris e, logo depois, sou recompensado com pequenos gemidos impotentes, suas tentativas de fugir se transformando em movimentos leves para aumentar seu prazer. Seus quadris começam a se elevar para mim, seu clitóris se esfregando no meu polegar com cada pulsar e sei que ela está perto. Ainda não querendo que ela goze, eu paro e pego meu pau, guiando à abertura rosada e trêmula da sua boceta.

Um calor molhado me cobre, as paredes molhadas me apertando forte quando penetro sua carne inchada. Meu coração bombeia forte, minhas bolas se apertando quando seus músculos internos se flexionam ao meu redor, me consumindo, acariciando meu pau. O sentimento é sublime e todos os meus sentidos se afiam, mesmo quando minha percepção do mundo lá fora desaparece. Ela é tudo que foco: os sons que faz, o jeito que seu corpo se estica para me receber... posso sentir o cheiro da sua excitação nos meus dedos e os levo à sua boca, ordenando com voz rouca: — Chupa tudo.

Ela obedece, sua linguinha ágil circulando meus dedos quando coloco na sua boca e a fodo quando pressiono mais fundo na sua boceta, retirando uma ofegada presa da sua garganta quando a cabeça do meu pau esfrega no colo do seu útero. Ela é pequena e delicada sob mim, seu corpo magro tremendo quando suas mãos amarradas batem na minha barriga e saber que ela está completamente à mercê de mim aumenta meu desejo, minha necessidade de dominar e possuí-la.

— Diga-me a quem você pertence — Rosno, retirando os dedos da sua boca para espalhar a umidade no seu queixo e pescoço. Passando minha mão pelo seu pescoço fino, eu enfio mais fundo, fazendo-a gritar. — Diga-me, Sara. A quem você pertence?

Ela está respirando tão rápido que posso sentir suas exalações rápidas onde seguro seu pescoço. — V-você. — As palavras são quase inaudíveis quando saem dos seus lábios e não é o bastante. Não chega nem perto de o bastante.

Largando sua garganta, passo para entre suas pernas, sentindo a carne pegajosa se esticar em volta do meu pau, o deslizar escorregadio do lubrificante se misturando com seu creme. Sara está ofegante, seu traseiro subindo enquanto seus gemidos ficam mais altos e meus dedos viajam mais para trás, deslizando entre suas nádegas pálidas e firmes.

— Peter... espera. Oh Deus, Peter... — Meu nome sai como uma ofegada presa quando acho a outra abertura apertada e pressiono a ponta do meu dedo para dentro, ignorando a resistência dos músculos fechados. Preciso de todo o meu autocontrole para ir devagar, para não tomá-la com a violência que meu corpo exige. Não quero rasgá-la, não quero machucá-la apesar da parte sombria que mastiga minha alma. O lubrificante facilita a passagem do meu dedo quando a penetro mais fundo, mas ela ainda está muito apertada, eu quase gozo quando imagino quão apertada ela ficará em volta do meu pau, como seu cu irá me segurar e me apertar.

Ela se move ante o desconforto da minha penetração, mas eu não paro até que meu dedo esteja todo dentro e posso sentir meu pau pela fina parede interna separando seus orifícios. A sensação é atordoante, surreal na sua intensidade. Ela aumenta a fome dentro de mim, tornando-se até mais sombria e selvagem.

Minha bela e engaiolada ptichka.

É hora de eu reclamá-la por completo.

Depois desta noite, ela não terá dúvidas de que é minha.

3 6

SOBRECARREGADA, EU APERTO OS MÚSCULOS DA MINHA pélvis, sentindo o perímetro impossível do seu pau e a pontada que queima daquele dedo invasor. Mesmo com uma quantidade generosa de lubrificante, ele não entra com facilidade. Sinto-me dolorosamente preenchida, violada e dominada e minha respiração vem em ofegadas difíceis quando tento ajustar a sensação estranha de ser penetrada em dois lugares.

Para o meu alívio, meu carrasco retira o dedo, apenas para retorná-lo junto de outro. Os dedos grossos trabalham no meu cu vagarosamente, esticando o anel apertado do músculo com bastante cuidado, mas mesmo assim dói, meu corpo resistindo à intromissão.

— Se abra, ptichka. — Sua voz é um sussurro do demônio, dedutiva e controlada, mesmo quando seu pau pulsa profundamente dentro de mim. — Relaxe e deixe-me entrar. Você vai gostar.

Ofegando vagarosamente, tento fazer como ele pede, lutando contra o desejo instintivo de apertar mais forte. Minhas mãos atadas se flexionam nas minhas costas, meus dedos se contorcendo quando eles pressionam dentro das minhas palmas. Apesar da dor forte da invasão, parte de mim está curiosa, quase ansiosa de um jeito confuso. Algo sobre o próprio desconforto disso – o jeito que as partes internas se apertam e queimam, a sensação de estar sendo forçada e violada – ressoa com essa estranha tendência submissa dentro de mim, com o desejo da punição que meu monstro despertou em mim.

Se dói, não é uma traição.

Se não tenho escolha, não estou me dando para o inimigo.

— Sim, desse jeito, meu amor... Agora, relaxe e respire. — Os dois dedos estão dentro de mim agora, grossos e duros, as bordas das unhas roçando na pele macia. É muito, por demais, as sensações além de qualquer coisa que já conheci. Meu coração é como um pássaro se debatendo no meu peito, minha respiração é tão rápida que parece que estou em pânico. Apenas sua voz me prende ao presente neste momento, essa voz sinistra e carinhosa com seu sotaque sutil.

— Assim, meu amor.... Relaxe... — Sua mão livre acaricia meu quadril, os calos das suas palmas raspando minha pele. — Minha bela ptichka, tão delicada, tão doce... Vai se sentir melhor num instante, eu prometo, meu amor. Cantarolando mais carinhos, ele começa a mover seu pau em estocadas vagarosas e rasas e meu coração bate mais rápido enquanto o movimento para frente e para trás esfrega no meu clitóris contra o monte dos travesseiros.

O prazer aumenta devagar, loucamente, a tensão aumentando a passos de tartaruga. A pressão do travesseiro no meu clitóris é demasiadamente leve, suas entradas rasas muito suaves. Estou bem apercebida da pontada de preenchimento no meu cu e gemo de frustração no colchão, levantando meu quadril mais alto, precisando que ele vá forte, rápido. Eu estava quase lá antes e estou quase agora, mas preciso de mais.

Preciso que ele me tome até o final e fique em cima de mim, para me dar tanto prazer quanto dor.

— Peter, por favor — Imploro, mas o bastardo perverso para e sai de mim completamente. Apenas seus dedos ficam no meu cu e, no próximo momento, ele os tira também, deixando-me pulsando e vazia, bem perto e frustrada além do que se possa acreditar.

— Peter — Eu gemo, mas sinto-o alcançando o lado atrás de mim e mais lubrificante é colocado entre meus glúteos.

— Shhh — Ele me acalma quando me fecho instintivamente ao sentir seu pau massivo pressionando contra a abertura. — Vai ficar tudo bem, meu amor, só me deixe entrar... — Ele enfia mais forte e a pressão no meu esfíncter fica mais forte, a dor piorando. Ele é bem maior, bem mais grosso do que seus dedos e não consigo relaxar o bastante para deixá-lo entrar.

— Peter. — Aumentando o pânico, começo a lutar, segurando o cinto que prende meus pulsos atrás das minhas costas. — Peter, eu não acho que seja...

Os músculos circulares dão passagem com um estalo doloroso, permitindo a cabeça grande dentro de mim e uma onda de tontura me cobre quando ele entra mais fundo, o lubrificante facilitando o caminho. Parece que fui aberta, invadida no modo mais cruel e quando ele chega ao final, seu pau grosso me abrindo de uma forma que não posso aguentar. Eu quero gritar para ele parar, para que termine isso. O preenchimento é além de qualquer coisa que eu já tenha imaginado e minha barriga se contorce e revira com náusea, suor frio desce minhas costas trêmulas.

Por que eu estava tão curiosa sobre isso?

Como pude querer isso de qualquer forma?

E porque eu quis, fiquei em silêncio, inspirando a respiração trêmula enquanto espero a dor passar. Peter está me confortando novamente, acariciando minhas costas e quadril – me elogiando por algo, até – e logo depois a dor passa, o pior do desconforto desaparecendo. Mas o preenchimento extremo continua e quando sua mão desliza entre minhas pernas para encontrar meu clitóris, começo a tremer com um tipo diferente de tensão. É demais, o orgasmo duplo e entrelaçado e a invasão implacável, senti-lo onde nenhum homem esteve antes.

— Desse jeito, ptichka — Murmura ele quando grito ante sua beliscadinha no meu clitóris. — Agora você pode ter. Agora, deixa vir.

Ele começa a se mover dentro de mim, cuidadosa e suavemente, mesmo assim cada estocada parece uma invasão, meu corpo se abrindo toda vez que ele retrocede e retorna. Isso dói e queima, mas a passada rítmica provoca algo, intensificando a tensão pulsante no meu sexo. Começo a me sentir hipnotizada, as estocadas rítmicas e o arrastar dentro de mim, a pressão dos seus dedos no meu clitóris e quando mergulho na magia das sensações, a tensão cresce, o prazer aumentando nas profundezas do meu âmago.

— Goze para mim, Sara — Ele geme, entrando fundo e, para meu choque, eu gozo, cada músculo do meu corpo em espasmo na liberação. O êxtase é violento, explosivo, a explosão da tensão tão forte que grito. Com meus músculos internos se apertando e se soltando, o pau dentro do meu cu parece até mais invasivo, mas a dor apenas aumenta as sensações, faz o prazer ficar sinistro e queimar. Ele geme e sinto-o ejacular dentro de mim, banhando minhas entranhas cruas com sua semente.

Após terminado, sobram apenas respirações rápidas – dele e minha – e, então, ele sai devagar, retirando seu cinto dos meus pulsos antes de entrar no banheiro. Eu movo minhas mãos trêmulas para os lados, mas continuo em cima dos travesseiros, tremendo muito para me levantar. Depois de alguns minutos, Peter volta com uma toalha molhada. Deixo-o retirar o excesso de lubrificante em volta da minha abertura dolorida, daí, pego a toalha dele, segurando-a em mim enquanto me levanto com pernas inseguras e vou para o banheiro.

Preciso me lavar. Desesperadamente.

Peter por consideração me dá uns minutos de privacidade, depois, se junta a mim no chuveiro.

— Você está bem? — Pergunta ele calmo, bloqueando a água com suas costas e assinto, minhas feições queimando quando olho nos seus olhos. O que acabou de acontecer entre nós foi tão íntimo e cru que parece que fui descascada e aberta. Eu não entendo o que há nesse homem que extrai esse lado de mim, por que coisas que deveriam me horrorizar – como as manchas de sangue na toalha que acabei de usar – em vez disso me excitam.

— Ótimo — Murmura ele, e na parte sinistra dos seus olhos de aço vejo uma reflexão da minha confusão, dos desejos conflitantes que não fazem sentido. Como posso eu querer estar livre deste homem e, ainda assim, ficar ansiosa por estar perto? Como pode ele me amar e querer me ferir e punir ao mesmo tempo?

— Por quê? — pergunto instável, quando ele segura meu rosto com suas mãos, seus polegares suavemente acariciando minhas bochechas molhadas. Levo a mão até seus pulsos grossos, com meus dedos sentindo a força dos seus tendões e ossos. — Peter... por que somos assim?

Ele não finge não entender. — Porque o amor nem sempre é bonito e simples, ptichka — Diz ele suavemente —, nem com quem você esperaria. Não conseguimos escolher os desejos dos nossos corações; podemos apenas pegá-los e pervertê-los, moldá-los no que podemos sobreviver.

— Eu não... — Minha voz para quando minha garganta se aperta. — Eu não te amo, Peter. Não posso.

Para minha surpresa, seus lábios curvam-se levemente, ele beija minha testa e me puxa para ele num abraço.

— Você pode — Murmura ele, uma mão suavemente acariciando meu pescoço e a outra, minha espinha. — Você pode e irá. Algum dia em breve, você vai parar de lutar e verá. Porque é tarde demais para você, ptichka – você está tão enredada quanto eu.

PARTE IV

Nas próximas três semanas, faço meu melhor para provar que Peter está errado, distanciando-me dele, mas é um esforço fútil. Toda vez que levanto uma barreira entre nós, ele a destrói e a conexão entre nós aumenta, ajudada pela atração física tão forte que rasga os últimos fragmentos da minha resistência.

Agora que ele me possuiu de todos os modos, meu sequestrador sabe os limites do meu corpo e nosso sexo está mais intenso do que nunca – e o uso de camisinha cada vez mais esporádico. Eu não entendo como isso acontece, como meu cérebro simplesmente se desliga ao seu toque, fazendo-me esquecer algo tão importante. Eu não quero um filho com Peter – eu tremo ao simples pensamento – mas quando ele me abraça, gravidez é a última coisa que vem à minha mente.

Até agora, tenho tido sorte, com minha menstruação vindo na semana passada como de costume, mas sei melhor do que qualquer um que se precisa de apenas uma escorregadela, um momento de descuido. E eu não tenho certeza se Peter está sendo exatamente descuidado. Ele ainda usa preservativo quando eu consigo lembrá-lo, mas não tem mais pílulas do dia seguinte – não depois daquela única vez.

— Já li toda a literatura médica sobre o assunto e eu não quero te expor a esses hormônios — Diz ele quando eu imploro para comprar mais pílulas para mim novamente. — Você é muito sensível – você própria disse isso – e não vou arriscar sua saúde por causa dessa chance mínima de você ficar grávida.

E não importa o quanto tento argumentar com ele, indicando que sou uma Obstetra e Ginecologista e eu mesma posso reconhecer os riscos, ele não aceita.

Estou começando a suspeitar que Peter *quer* que eu engravide, e isso, mais do que qualquer outra coisa, é o que me convence a escapar.

DESSA VEZ SOU BEM MAIS PACIENTE, CUIDADOSAMENTE planejando cada passo. Tenho quase certeza de que Peter falou a verdade quando disse que a montanha é rodeada por penhascos, mas nas nossas caminhadas pela floresta vi penhascos onde a inclinação é bem menor e as raízes dão um bom local para se segurar. A montanha é definitivamente inacessível por carro e subir seria quase impossível, alguém a pé que soubesse o que está fazendo pode possivelmente descer.

Pelo menos, espero que esse seja o caso.

Começo decidindo as provisões e vendo onde estão. Não posso escondê-las antes sem ser pega, mas posso prestar bastante atenção onde tudo está guardado. Corda, faca de boa qualidade, mochila, comida não perecível, garrafas d'água – mantenho um check list mental do essencial para que quando chegue a hora, eu possa juntar tudo em alguns poucos minutos. Ajuda o fato de Peter e seus homens serem organizados ao ponto de TOC; tudo na casa tem seu lugar, então, tudo que tenho que fazer é lembrar-me onde está.

Também penso em roubar uma arma. Os homens são cuidadosos perto de mim, guardando suas armas fora de vista, mas tenho certeza que posso colocar as mãos em algo se tentar com cuidado. Mas, eu não tentei, porque quando fico sabendo onde eles guardam, já tinha conhecido cada um dos meus sequestradores e não consigo me imaginar ferindo-os. O instinto de cura está muito entranhado em mim. Eu poderia provavelmente puxar o gatilho em algumas circunstâncias – se minha vida estivesse em perigo, por exemplo – mas esses homens não representam uma ameaça mortal. Ao contrário, eles são cuidadosos comigo, cada um ao seu próprio modo. E pegar a arma e blefar para que eles me deixassem ir seria estúpido; ele veriam instantaneamente que é um blefe patético e pegariam a arma.

Além do mais, estou contra ex-soldados de elite, não homens normais.

Mesmo assim, acrescento a arma à minha lista de desejos mentais, apenas no caso da oportunidade de conseguir uma apareça antes que eu fuja. Eu posso não ser capaz de enganar Peter e seus homens com um blefe para que eles aceitem minhas exigências, o mesmo pode não ser para com um fazendeiro japonês. Eu tentaria o contato civilizado primeiro, claro, mas se eu tiver problemas em conseguir um telefone, não tenho objeções em usar uma arma – descarregada, claro.

Conforme trabalho me preparando, também começo a observar o tempo, casualmente perguntando aos caras a previsão para cada dia. Ainda não tivemos neve, mas já estamos em outubro e o inverno vem cedo a esta altitude.

A última coisa que quero é ser pega numa tempestade de gelo.

— Eu não gosto do frio — Reclamo com Peter quando voltamos de uma caminhada um dia. —, e principalmente quando o dia começa com uma temperatura e de noite está vinte graus mais frio.

— Pobrezinha — Cantarola ele, tirando minha jaqueta para esfregar meus braços. — Vem, vamos tomar um banho e fazer você ficar feliz e quente.

Eu o deixo me aquecer com uma ducha quente e dois orgasmos e no próximo dia, volto a reclamar do tempo – desse modo, ninguém vai achar estranho se continuar a perguntar a previsão do dia.

Enquanto faço essas coisas, os caras estão atarefados nos próprios planejamentos. Após um longo intervalo para retirar as autoridades do seu rastro, a equipe concorda em fazer outro trabalho – com pagamento altíssimo, um assassinato altamente perigoso de um político na Turquia.

Tenho tentado não pensar nisso, porque cada vez que penso, fico tão ansiosa que não consigo comer ou dormir. Depois do que aconteceu na Nigéria, apenas ouvir a palavra 'trabalho', aumenta minha pressão sanguínea.

— Por que você tem que fazer isso? — Pergunto a Peter frustrada quando o meio de outubro – data final para que se termine o serviço – se aproxima. — Você mesmo disse, que é especialmente perigoso lá fora para você esses dias. Você recebeu milhões – *milhões* – daquele banqueiro Nigeriano. Você não pode ter gasto esse dinheiro tão rápido.

— Claro que não, mas temos que pensar mais à frente — Diz Peter. — Além dos nossos brinquedos muito caros, nossos hackers custam uma fortuna e precisamos deles para continuar fugindo das autoridades – e procurar por Henderson.

Balançando a cabeça, respiro e entro no estúdio de gravação, tanto para me distrair com música como para evitar outra discussão. Porque se Peter está inflexível sobre a necessidade desses trabalhos, ele está totalmente resistente no caso de Henderson – o homem que ainda consta na sua lista. A única vez que cuidadosamente levantei a possibilidade de esquecer o general e continuar a vida, Peter me deu um olhar tão firme que não estou mais inclinada a tentar novamente.

— Ele pessoalmente deu a ordem para a operação de Daryevo — Pragueja meu sequestrador, suas belas feições tão mudadas pela raiva que ficou irreconhecível —, ele fez isso — ele empurrou o telefone com as fotos do massacre em mim — e não irei descansar até que ele e qualquer um que o está ajudando estejam apodrecendo com os vermes, igual aos corpos da minha esposa e filho.

Então, eu assinto, recuando, porque apesar de querer fingir o contrário, eu realmente entendo a necessidade de Peter por vingança. Não consigo imaginar perder pessoas que amo de maneira tão horrível e eu sei que deve ter sido até mais difícil para ele. De tudo que ele me disse, aqueles poucos anos com Pasha e Tamila foram a única vez que ele experimentou qualquer coisa que se assemelhasse com família e amor.

Na semana passada, pela primeira vez, Peter falou um pouco do seu filho. Foi depois que ele acordou de um pesadelo sobre a morte da sua família, seu corpo grande tremendo e coberto com suor frio. Ele veio para mim e me fodeu, e na quietude depois, ele admitiu o quanto sentia falta do seu menininho – quão forte ele ainda sente sua ausência.

— Pasha era... vida — Disse-me ele inseguro. — Eu nem sei como explicar. Eu nunca encontrei uma criança que fosse tão feliz pelo mero fato de existir.

Pássaros, insetos, árvores, o céu, as pedras – tudo era novo para ele, tudo era brincadeira. E ele tinha muita energia. Tamila quase não conseguia acompanhá-lo. Ele a deixava louca. E carros... — Seu peito poderoso se levantou com uma respiração profunda. — Ele adorava carros. Ele queria ser piloto de corridas quando crescesse.

— Oh, Peter... — Coloco minha mão na dele. — Ele parece maravilhoso.

— Ele era — Sussurra Peter, virando sua palma para cima para apertar meus dedos e a intensidade da dor naquelas palavras me atingiram rapidamente.

Por toda sua obsessão comigo, meu sequestrador ainda chora a perda da sua família – as pessoas que ele amava realmente.

S*ara*

CONFORME O MEADO DE OUTUBRO SE APROXIMA, A preparação dos homens para o trabalho na Turquia se acelera e eu decido que essa será minha oportunidade.

Se fizerem a mesma coisa da última vez, deixando um homem para me vigiar, eu posso ser capaz de sair sem ser vista – especialmente se meu carcereiro estiver ocupado como Yan estava durante o serviço na Nigéria.

— Então — Pergunto casualmente a Peter durante um dos nossos passeios —, quais são os planos na próxima semana? Yan vai ficar para trás novamente?

Para minha surpresa, Peter balança a cabeça. — Ele não pode. Nenhum de nós pode dessa vez. A segurança em volta do político tem muitos níveis; precisaremos dos quatro para chegar a ele.

Minhas batidas pulam num território repentino de esperança. Tentando não soar tão ansiosa, digo: — Faz sentido. Eu ficarei bem aqui. Tem bastante comida e...

— Não, ptichka. — Peter pega minha mão, colocando-a na dobra do seu braço. — Não deixarei você aqui sozinha, não se preocupe.

Eu engulo meu desapontamento e tento dar um olhar honesto a ele quando recomeçamos a andar. — Por quê? Não tem como eu possa descer, então...

— Exatamente. — Peter me lança um olhar sarcástico. — Você não pode descer, mas isso não significa que não estará tentada a tentar. Além do mais, eu não quero deixá-la vagando aqui se algo acontecer conosco.

— Mas, então, o que vocês farão comigo? — Pergunto, genuinamente confusa. — Vocês me levarão junto nesse trabalho?

— Não, claro que não, apesar de Yan ter proposto isso. O bastardo almofadinha quer um médico à disposição em caso de ferimentos — Diz Peter com uma careta. — Não, estou esperando uma resposta de alguém e quando tiver, te falo qual é o plano.

— O quê? — Franzo para ele. — Resposta de quem? Sobre o quê?

— Não se preocupe com isso agora — Diz Peter e levanta um galho para que eu passe sob ele. — Se não der certo, tem um plano B, mas o plano A é bem melhor, confie em mim.

Ouço qual é o plano dois dias antes dos homens voarem.

— Você vai me deixar em Chipre com um negociante ilegal de armas? — Olho para Peter de boca aberta, tão chocada que esqueço que estou no meio de tirar meu jeans. — E isso é melhor do que me deixar aqui porque...?

Peter se senta na cama. — Porque ele e sua mulher me devem um favor — Explica ele, tirando a camisa —, então se algo acontecer comigo, eles prometeram te devolver para casa. Você ficará segura com eles até eu poder te pegar e se, por alguma razão eu não... Bem, você terá o que tanto quer, meu amor. Sua velha vida será sua novamente.

Confusa, termino de me despir e sento na cama perto dele, vestida apenas com minha roupa de baixo. — Mas outro criminoso? Como você sabe que pode confiar nele? E se ele te trair? Você falou que tem um preço pela sua cabeça...

Peter dá de ombros, seus olhos passando pelo meu corpo quase nu. — Como disse, Lucas Kent me deve um favor e ele não precisa do dinheiro da recompensa. Ele costumava ser o segundo no comando de Julian Esguerra, um negociante de armas poderoso, e agora ele é sócio do seu chefe em alguns negócios. O dinheiro da recompensa não altera nada para ele e nem qualquer favor que pudesse conseguir das autoridades por me denunciar.

— Oh. — Algo perturba no canto da minha cabeça, um detalhe que não consigo lembrar bem. Então, me lembro. — Espera, é esse Kent o negociante de armas que você mencionou antes? O que te conseguiu a lista?

— Não, na verdade, isso foi seu chefe, Esguerra — Diz Peter, colocando a mão nas minhas costas. — Ou tecnicamente, a mulher de Esguerra, visto Esguerra ter jurado me matar na ocasião.

Seguro seu punho antes que ele tenha a chance de abrir meu sutiã. — Te matar? Por qual motivo?

Peter suspira. — É uma longa história, mas basta dizer que Kent não compartilha o ódio de Esguerra por mim. Eu o ajudei a sair de alguns lugares difíceis, quando trabalhamos juntos – Esguerra era meu patrão naquela ocasião também – e depois, quando Kent precisou resgatar sua esposa. De qualquer modo, tudo que você precisa saber é que Kent me deve uma.

— Mas esse Esguerra – o sócio de Kent – quer te matar? — Quando Peter assente, pergunto frustrada: — Por quê?

— Porque eu salvei a vida de Esguerra, mas tive que ir contra suas ordens para fazê-lo. Especificamente, eu tive que arriscar a vida da sua esposa, a mulher que ele me confiou para proteger. Foi a pedido dela – ela barganhou com minha lista, de fato – mas mesmo assim, ele não ficou contente. — Saindo da minha pegada com facilidade risível, Peter volta ao meu sutiã.

Desisto e deixo-o abri-lo. — Mas ele e sua esposa estão bem?

Peter dá de ombros novamente, seu olhar quente

descendo para meus seios expostos. — Bem é um termo relativo, mas sim, ambos sobreviveram e ela manteve sua parte da barganha por me dar a lista. — Sua voz rouca quando volta sua atenção para meu rosto e diz: — Você não precisa se preocupar com os Esguerras, ptichka. Eles estão na Colômbia, bem longe do composto de Kent no Chipre. Você ficará com Kent e sua esposa pelos dias que precisaremos para fazer o trabalho e, depois, vamos te pegar quando voltarmos. Chipre é perto da Turquia, no caso de você não saber. — Enquanto fala, ele coloca as palmas nos meus seios, suavemente apertando e massageando-os.

— É por isso... — Engulo quando ele toca meus mamilos com seu polegar, enviando-me um calor até meu âmago. — É por isso que você não quer me deixar aqui? Porque é conveniente?

— Parcialmente — Responde Peter, me olhando nos olhos. — Mas, principalmente, porque Lucas Kent te manterá segura para mim... segura e protegida, e quando retornarmos, te encontrarei lá.

E segurando meu rosto entre suas palmas, ele me beija profundamente e me joga na cama.

Peter

Sara está quieta, quase retraída nos dois dias restantes para a viagem e eu sei que é porque ela está preocupada. Yan me disse o quão ansiosa ela estava durante nosso trabalho na Nigéria e embora isso tenha me agradado naquele momento, agora me arrependo por estar causando tanto estresse nela.

Mesmo se ela quiser admitir isso ou não, meu pequenino pássaro cantador se importa comigo.

Ela se importa muito.

Faço meu melhor para distraí-la da viagem que se aproxima por deixá-la conversar com seus pais todos os dias, levando-a em caminhadas e fazendo amor com ela cada minuto livre que tenho. Infelizmente, eu não tenho muitos. Tem muita coisa a ser feita, muitos cenários para se planejar. O político – Deniz Arslan – está acostumado com pessoas mirando armas para ele e sua segurança é a melhor, tão boa quanto qualquer coisa que já preparei para meus clientes nas consultorias nos meus tempos passados. Tem apenas duas pequenas fraquezas que conseguimos descobrir até agora, e mesmo essas poderiam potencialmente ser armadilhas.

Esse não vai ser um trabalho fácil, e é por isso que uma oligarquia ucraniana está pagando vinte e cinco milhões de euros para fazer isso.

Nesta noite antes da viagem, faço para todos nós outro jantar legal, mas desta vez, proíbo os homens de conversar qualquer coisa relacionada com o perigo vindouro. Mantemos a conversa leve, relembrando histórias divertidas do nosso passado e Anton finalmente consegue retirar Sara da sua concha por falar-lhe como nos conhecemos.

— Então, aqui estou, um punk do exército de vinte e um anos recrutado pelo time de elite, todo pronto para conhecer meu novo comandante — Diz ele com sorriso aberto. — Imaginei que ele fosse um cão velho cheio de experiência, com muitas histórias sobre a vida no Afeganistão e sob o comunismo. E, em vez disso, esse cara é da minha idade — ele aponta o garfo na minha direção —, entra e começa a gritar ordens. Eu achei que deveria haver um mal-entendido e falei para ele cair fora, só para acabar com a faca na minha garganta.

Sara ofega em choque. — Peter te ameaçou?

— Se quase abrir sua artéria carótida é uma ameaça, então sim. — Anton ri e balança a cabeça lembrando-se. — Mas foi bom. Ajudou-nos a ter ideia de que tipo de homem estávamos lidando.

Sara vira-se para mim, seus olhos de avelã arregalados. — Então, você se tornou um supervisor de equipe quando tinha apenas vinte e um?

Eu assinto, terminando meu salmão escalfado. — Naquele tempo eu tinha quatro anos de experiência seguindo e interrogando pessoas e era muito bom no meu trabalho.

— Posso imaginar — Diz Sara desconfiada. Olhando para os gêmeos, ela pergunta: — Vocês todos começaram trabalhando ao mesmo tempo?

Yan balança a cabeça. — Ilya e eu nos juntamos mais tarde, depois que a equipe estava junto por dois anos. Esses dois — Ele indica Anton e eu com a cabeça —, eram profissionais então, mas conseguimos acompanhar.

— Oh, por favor. — Reclama Anton. — E naquele vez que você ficou preso naquele poço perto de Grozny? E a gente tendo que retirar seu rabo do local com um balde de água virado para cima?

Yan bate de ombros, sorrindo friamente. — Consegui muita informação daqueles rebeldes Chechenos por estar dentro daquele poços e mergulhar nele era melhor do que terminar despedaçado pelas bombas.

Sara fica pálida quando da menção de bomba e eu dou um olhar sombrio para Yan. Concordamos em manter as coisas leve esta noite, evitando qualquer coisa que possa lembrar Sara da viagem que se aproxima – e bombas definitivamente entram nessa categoria.

Vendo o erro, Yan dá uma cotovelada no seu irmão e diz: — Agora este realmente teve problemas. Lembra a puta que roubou suas botas?

Ilya fica vermelho quando Yan começa a contar a história em meio as gargalhadas de Anton e toco no joelho de Sara sob a mesa, apertando sua perna vestida de jeans para tranquilizá-la. Ela sorri para mim e sinto aquele brilho suave e quente no meu peito, um que me faz sentir tão vivo quando estou com ela. Estamos cercados pela minha equipe, mas poderíamos estar sozinhos também, porque ela tem toda a minha atenção, é tudo que ouço e vejo.

Minha Sara.

Eu a amo tanto que dói.

Terminamos o jantar com uma sobremesa suntuosa e, então, levo Sara para cima, onde faço amor com ela até ficarmos exaustos e doloridos.

Sara

Parece estranho andar no helicóptero com Peter e saber que estou saindo da montanha pela primeira vez em quatro meses e meio. Por alguma razão, eu não fiz essa matemática antes, não somei todos os dias e semanas que tem passado, mas agora que o fiz, vejo que já faz um ano que Peter entrou na minha vida... um ano desde que ele invadiu minha casa e me torturou para pegar George.

Não vejo minha família há quatro meses e meio e se não escapar, posso nunca vê-los novamente.

A não ser que Peter seja morto, um sussurro insidioso me lembra e meu coração pula. Preocupação com meu sequestrador é um peso constante nos meus pulmões, insuportável e sufocante e não importa o quanto arrazoe comigo mesma, não consigo fazer o medo passar.

Eu não quero liberdade.

Não a esse preço, pelo menos.

Não desisti da ideia de escapar, mas dado esses novos desenlaces, meu novo plano é fugir em Chipre. Eu não sei que tipo de segurança esse Lucas Kent tem implantado, mas tem uma chance de que ele seja mais descuidado do que Peter e seus homens, menos decidido a me manter longe da internet e dos telefones. Ele pode estar menos convicto em agir como um carcereiro, apesar de não estar contando com isso.

Os homens no mundo de Peter não parecem se importar com a liberdade da mulher.

Conforme o helicóptero levanta voo, eu assisto pela janela nosso abrigo montanhoso ficar menor, mas em vez de esperança, tudo o que sinto é medo. Eu deveria aceitar essa mudança, deveria aceitar as oportunidades que oferece, mas enquanto eu pretendo fazer exatamente isso, não consigo deixar de desejar que não estivéssemos partindo.

Não consigo deixar de temer o que pode acontecer depois.

Eu não durmo no avião desta vez – não consigo – e quando aterrissamos na pista particular em Chipre, meus olhos queimam pela secura e cansaço. Peter também não dormiu, passando a maior parte das treze horas repassando as logísticas de última hora com os gêmeos, mas ele parece tão disposto quanto na hora em que entramos no avião – assim como seus homens.

Se eu não soubesse melhor, acharia que todos os russos são super-homens.

Está confortavelmente quente quando saímos do avião, a brisa tropical lembrando sal e mar. Uma limusine negra está esperando por nós ao lado da pista e nos leva a uma corrida cenográfica por uma área pouco habitada. Por duas vezes, eu até vejo o que parece um jumento selvagem. A própria corrida, contudo, me deixa nervosa. Não só porque se dirige no lado esquerdo da estrada, como na Inglaterra, mas também porque as estradas são estreitas e sinuosas, ocasionalmente se estreitando ao longo de penhascos que parecem perigosos.

Finalmente chegamos a um portão automático e no final de uma rua longa, eu vejo uma casa estilo Mediterrâneo num penhasco com vista para a praia – a casa de Kent, segundo Peter. É grande e bem acabada, mas nem um pouco tão ostensiva perto do que eu esperava de um comerciante de armas rico.

— Não deixe o tamanho da casa te enganar — Diz Peter quando falo isso a ele. — Kent não gosta de ter empregados morando com ele, mas é proprietário de toda a ilha até onde sua vista alcança, incluindo a praia lá embaixo e ele tem medidas de segurança extraordinárias. Neste exato momento, tem várias dúzias de guardas patrulhando a área e mais de cinquenta drones militares nos observando. Se Kent achasse que éramos de alguma forma uma ameaça, não chegaríamos a um quilômetro deste lugar sem sermos explodidos em pedaços.

— Oh. — Eu olho para cima, meu estômago se apertando. Apesar de ser apenas final de tarde neste fuso horário, o céu está coberto com nuvens e o fato de que algo tão mortal invisível esteja nos sobrevoando faz parecer até mais ameaçador de alguma forma.

— Não se preocupe — Diz Yan, aparentemente adivinhando meus pensamentos. Ele está andando atrás de mim e Peter, carregando uma bolsa pendurada casualmente no seu ombro —, se Kent nos quisesse morto, não estaríamos nem andando.

— Cala a boca, seu idiota — Seu irmão murmura, lançando um olhar preocupado para Peter, mas seu chefe não está ouvindo. Em vez disso, ele está olhando um homem alto de ombros largos que acabou de abrir a porta da frente e está vindo em nossa direção.

Eu olho para ele também, fascinado pelas suas feições rígidas como granito e a frieza dos seus olhos pálidos. Seu cabelo claro é curto, quase estilo militar, e sua pele está bronzeada. Como Peter, ele parece estar nos seus trinta anos e como meu sequestrador, ele também deve ser um ex-militar. Consigo ver isso pelo jeito que anda e pelo olhar alerta.

Este é um homem acostumado com o perigo.

Não, percebo agora que ele chegou mais perto, um homem que *ganha a vida* no perigo.

Não tenho essa impressão por causa de algo em específico - ele está usando jeans e uma camiseta, sem armas ou tatuagens à vista – mas tenho certeza da minha conclusão. Tem algo sobre os homens que estão acostumados com violência, um tipo de crueldade, que as pessoas civilizadas não têm. Peter e seus companheiros têm isso em abundância assim como esse homem.

— Lucas — Diz Peter em cumprimento, parando à frente dele. — Bom te ver.

O homem loiro assente, seu sorriso forte no seu rosto. — Sokolov. — Seu olhar pálido se vira em minha direção. — E você deve ser Sara.

Assinto desconfiada. — Olá. — Por alguma razão, eu não esperava um sotaque americano, mas isso é exatamente o que ouço na voz de Lucas Kent quando ele cumprimenta os companheiros de Peter.

— Parabéns pelo seu recente casamento — Diz Peter quando nosso anfitrião nos leva escada acima para a entrada. — Desculpe-me não ter tido oportunidade de te mandar um presente.

Kent parece divertir-se com aquilo. — Provavelmente foi melhor assim. Esguerra quase não conseguiu se conter.

— Ah. — Peter dá um sorriso aberto. — Então, ele ainda tem problema com sua esposa?

— Você sabe como ele é — Diz Kent em tom lacônico e Peter ri.

— Melhor do que a maioria, tenho certeza. A propósito, onde está sua nova esposa?

— Na cozinha, cozinhando cheia de energia — Diz

o negociante de armas, seu tom um pouco caloroso pela primeira vez. — Vai vê-la em um minuto.

Ouço quieta enquanto eles continuam falando, mencionando pessoas e lugares que não conheço. Fico curiosa quando Kent falou que seu chefe/sócio não estava quase se contendo. Parece que esse Esguerra não gosta da mulher de Kent e se esse for o caso, fico imaginando o motivo.

Quando entramos na casa, um aroma agradável de carne cozida e vários temperos faz meu estômago rugir. Comemos sanduíches no avião, mas isso foi há horas e estou faminta novamente. Duvido que a comida da Sra. Kent chegue perto das misturas deliciosas de Peter, mas se o jantar de hoje tiver metade do gosto em relação ao aroma, vai acertar o alvo.

Peter e seus homens vão voar imediatamente depois do jantar – eles têm que olhar a área hoje à noite – então, Lucas leva Anton e os gêmeos para o banheiro perto da entrada antes de levar Peter e eu para o quarto onde ficarei. Quando passamos por um sala de estar espaçosa, noto que o interior da mansão de Kent é moderna mas surpreendentemente aconchegante, com sofás super estofados e acabamentos de madeira macia encobrindo os cantos agudos da mobília estilo Escandinávia. Janelas do piso ao teto deixam entrar uma quantidade de luz tremenda e mostram uma vista maravilhosa do Mar Mediterrâneo abaixo, enquanto as paredes são cobertas com fotos de um casal sorrindo – nosso anfitrião e uma jovem loira que deve ser sua esposa. Um menino adolescente frequentemente aparece nessas fotos, sua semelhança com a Sra. Kent fazendo-me pensar que é seu irmão.

A bela mulher na foto não parece velha o bastante para ter um filho adolescente.

— Chegamos — Diz Kent quando entramos no quarto com banheiro e outra janela grande com vista para o mar. — Toalhas estão no banheiro e lençóis já estão na cama. Se você precisar de qualquer coisa de noite, fale com Yulia.

— Yulia? — Pergunto.

— Minha esposa — Esclarece Kent, enquanto Peter vai até a janela. — Ela sabe onde tudo está, eu não.

— Entendi — Digo, fazendo meu melhor para esconder meu divertimento. No Japão, fiquei tão acostumada com Peter e os caras fazendo todo o trabalho doméstico que me esqueci de que a maioria dos homens não é assim. Meu pai ainda pergunta à minha mãe onde pode achar a colher de sorvete e George não sabia fazer nada exceto churrasco e sanduíches de queijo.

Ante a lembrança inesperada, meu peito se aperta, meu humor ficando ruim quando vejo que novamente comparei meu marido morto com seu assassino. Isso é algo que tenho me visto fazer mais vezes ultimamente e sempre fico envergonhada e com raiva de mim mesma. As comparações dificilmente são positivas para George e isso não é justo. O que George e eu tivemos foi uma relação normal, com gostos, respeito e um tipo de atração normal. Meu marido não era de maneira nenhuma obcecado por mim e eu não sentia por ele nem uma fração das emoções contraditórias que Peter provoca em mim.

E era uma coisa boa, digo a mim mesma quando vou para o banheiro me refrescar. O que tenho com Peter é muito intenso, muito sobrepujante. O que ele está disposto a fazer para me ter é aterrador, como é minha falta de capacidade de resisti-lo apesar das coisas horríveis. A própria ideia de a gente estar junto é errada em todos os sentidos. E se eu precisar mais prova disso, aquelas fotos na parede hoje me fornecem. Mesmo nosso anfitrião, o negociante ilegal de armas, parece ter um casamento feliz – algo que nunca terei com Peter.

Eu duvido que Lucas Kent já foi alguma vez tão cruel em manter sua bela mulher presa, muito menos matar seu marido.

Quando saio do banheiro, Kent se foi e Peter está sentado na cama, esperando por mim. — O jantar está quase pronto — Diz ele, ficando em pé quando me aproximo. — Lucas disse para irmos tão logo você se troque.

— Ok. — Pego a bolsa que Peter preparou para mim e tiro as roupas de viagem enquanto Peter desaparece no banheiro. Quando ele volta, estou vestida num dos vestidos bonitos de verão e até consegui passar um brilho nos lábios – um que Yan comprou recentemente e lembrei de jogar na bolsa.

— Estou pronta — Digo quando Peter se aproxima, seu olhar metálico com interesse estranho. — Devemos ir para que eles não... oh!

Antes de fazer algo além de ofegar, me acho na cama, minha saia levantada, expondo minha calcinha. Uma puxada forte do punho de Peter e o tecido fraco se rasga, deixando-me nua até a cintura. Meu coração pula, minhas partes internas se apertando com uma mistura de medo e antecipação e, então, Peter está em mim, se debruçando sobre mim quando seu pau pressiona minhas dobras.

Sua entrada é áspera, quase violenta. Uma mão grande segura minha garganta, forçando-me a arquear para trás quando ele entra em mim, enquanto a outra, entra por baixo, achando meu clitóris. Não estou molhada o bastante no início e a selvageria da entrada queima, seu pau grosso como um tronco bate dentro de mim. Logo depois, contudo, seus dedos acham o ritmo correto e uma tensão familiar começa a aumentar no meu âmago. Sua pegada na minha garganta restringindo minha respiração e minhas terminações nervosas soando no misto de prazer e dor agonizantes, a falta de oxigênio aumentando todas as sensações. É demasiado, muito intenso e eu engulo com força, ofegando, segurando os cobertores com força quando ele continua a martelar dentro de mim, fodendo-me tão forte que parece que vou rasgar.

Então, eu consigo, a tensão aumentando numa onda abrasadora. Prazer claro e quente explode por todos os músculos do meu corpo, fazendo meu coração parecer que vai explodir no meu peito. Tremendo, ofegando por ar, eu colapso no colchão tão logo Peter solta minha garganta e ouço-o gemer quando pulsa fundo dentro de mim se liberando.

Por um minuto, eu não consigo pensar, apenas ofego no cobertor quando ele sai de mim e vai para trás, mas, então, o significado da umidade descendo minhas coxas me alerta.

Peter não usou camisinha novamente.

Esfregando meus olhos fechados, eu me xingo em silêncio, depois Peter e, então, a mim novamente. Todas as outras vezes que demos uma deslizada foi num período de mínima fertilidade, sendo esse o motivo de termos evitado maiores consequências. Neste exato momento, entretanto, estou na metade do meu ciclo – e muito provavelmente ovulando.

— Pode, por favor, me passar um lenço? — Peço com dureza, abrindo meus olhos, mas não me movendo para não amarrotar o vestido novo. Trouxe pouca roupa nesta viagem e não posso me dar ao luxo de sujar uma na primeira noite.

Peter vai à cabeceira da cama e volta com um lenço de papel. — Aqui — Murmura ele, passando na umidade entre minhas pernas e eu tomo o lenço dele, terminando o trabalho eu mesma antes de ir ao banheiro novamente. Meu sexo está inchado e dolorido e minhas pernas não estão bem firmes, mas só consigo focar no fato de que eu possa ter ficado grávida.

Grávida de um filho de Peter.

Lavo-me tão bem quanto posso, apesar de saber que é inútil. Só precisa de um esperma, não dos milhões que ainda estão dentro de mim. Lutando contra a vontade de chorar, ajeito meu cabelo, certifico-me de que meu vestido pareça apresentável e saio do banheiro.

— Sara... — Peter se levanta da cama onde estava sentado novamente. Suas mandíbulas apertadas, suas sobrancelhas juntas numa franzida quando ele chega-se a mim, seus dedos suavemente circulando meus braços. — Ptichka, você está bem?

— O que você quer dizer? — Franzo para ele.

— Te machuquei? — Explica ele, suas feições sombrias em preocupação. — Eu não quis ser rude. Você só parecia tão bonita e sexy que eu... — Ele faz uma careta. — Bem, a verdade é, eu perdi o controle.

Meu desespero dá lugar a uma raiva repentina e um calor furioso sobe minhas bochechas. Bonita e sexy? É essa sua desculpa para isso?

— Perdeu o controle? — Saio da pegada dele com força. — Verdade? E as outras vezes que você fez isso? Você 'perdeu o controle' também?

Seu olhar de prata se enche de remorso. — Eu te machuquei. Desculpe, amor. Eu fui rude e não queria ser – não esta noite, pelo menos.

— Você não me machucou! — Minhas mãos se fecham nos lados. — Quero dizer, machucou, mas não me preocupo com isso – eu gozei, no caso de você não ter notado. Estou falando do não uso do preservativo.

Suas feições se acalmam, sua expressão ficando cuidadosamente opaca. — Entendo.

— Você entende o quê? — Olho furiosa para ele, me aproximando até que quase piso nos seus pés. Ele é uma cabeça mais alto do que eu e bem, bem maior, mas estou muito furiosa para me importar. — Só admita — Sibilo. — Você está tentando me engravidar. Isso não foi nenhum acidente e nem todas as outras vezes que nós 'esquecemos'.

Por um momento, estou certa de que Peter vai negar, mas ele pega minha mão na sua e a pressiona contra seu peito, seus olhos brilhando como um vidro escuro.

— Sim — Diz ele calmamente. — Você está certa, Sara. *Estou* tentando te engravidar.

Sara

EU NÃO REGISTRO NADA DA CASA DE KENT ENQUANTO Peter me leva à área da sala de jantar, nem presto atenção aos homens de Peter quando eles se juntam a nós na sala de estar e nos seguem para a mesa. Ainda estou processando a admissão de Peter, minha ira mudando rapidamente para um pânico sufocante.

Isso não é uma surpresa total, claro. Eu esperava isso, sabia disso em certo nível. Meu sequestrador já admitiu que ele não se importaria em ter um filho comigo e um homem como Peter – alguém meticuloso o bastante para planejar um assassinato impossível apesar de dezenas de variáveis imprevistas – não deixaria de usar uma camisinha por esquecimento. Não repetidamente, pelo menos.

Eu estava certa em querer fugir. Se não escapar em breve, eu talvez possa nunca mais achar um modo – e tenho. Se não por mim mesma, por meu futuro filho.

Eu não posso ter um filho com um criminoso fugitivo, um homem que a vida é mergulhada em violência e perigo.

— Aqui estão vocês. Estava começando a achar que tinham decidido tirar uma soneca antes do jantar. — A bela loira das fotos – Yulia – nos cumprimenta com um sorriso deslumbrante quando entramos na área da sala de jantar. Pessoalmente ela é até mais bonita, com pernas impossivelmente longas, olhos azuis brilhantes e feições de modelo perfeitas. Como o marido, ela está vestida casualmente, num short jeans e camiseta clara, mas a roupa simples apenas realça sua beleza natural. Ela parece alguns anos mais jovem que eu, algo entre vinte e vinte e cinco anos. Seu corpo alto e esbelto tem curvas nos lugares corretos e sua pele clara brilha com uma tonalidade dourada que contrasta belamente com os tons fortes branco-amarelo no seu cabelo grosso e longo.

Se a encontrasse na rua, teria certeza de que seria uma modelo ou atriz.

Vendo que estou olhando-a boquiaberta como se ela fosse uma celebridade, coloco os pensamentos de Peter e gravidez de lado e dou-lhe um sorriso caloroso.

—Olá. Sou Sara. Você deve ser Yulia?

Não tenho nenhuma ideia se a mulher de Kent sabe da minha situação ou não, mas se não, talvez possa explicar-lhe meu problema e recrutá-la para a minha causa. Primeiro, contudo, preciso conhecê-la um pouco, entendê-la.

— Sou eu sim. — Com um sorriso grande, Yulia vem e me dá um beijo na bochecha estilo europeu. — Tão feliz em conhecê-la. — Virando-se para Peter e seus homens, ela sorri. — Olá. Prazer em conhecer todos vocês.

Conforme os homens se apresentam, vejo que a esposa de Kent também fala um inglês americano perfeito, sem sotaque detectável. No entanto, o nome dela faz-me achar que ela é de algum lugar da Europa oriental – meu palpite é confirmado quando Yan fala algo em russo para ela e ela responde na mesma língua, com um sorriso bem aberto.

— Yan perguntou se a comida será tão boa quanto a dos seus restaurantes — Peter traduz para mim. — Yulia tem três restaurantes até agora e aparentemente Yan esteve em um deles em Berlin.

— Oh. — Retiro meu pensamento anterior; talvez a comida *seja* tão boa quanto cheira. — Isso é maravilhoso. Parabéns.

— Obrigada — Diz Yulia, seu sorriso aumentando ainda mais. — É bastante trabalho, mas eu adoro.

— O que você adora? — Pergunta Kent, entrando. Indo direto para Yulia, ele a puxa para ele, colocando um braço de posse em volta do seu quadril. Suas feições fortes são sem expressão, mas seus olhos claros brilham perigosamente quando ele olha para Peter e seus homens, sua postura é um sinal claro para deixarem suas mãos – e olhos – longe da sua esposa.

— Dirigir meus restaurantes — Explica ela, sorrindo para seu marido grande e com aparência de perigoso sem um traço de medo. Com a mão, ela acaricia a parte de trás do seu cabelo curto. — O Yan aparentemente foi na minha filial de Berlin e gostou.

— E por que não deveria? — A expressão de Kent suaviza quando ele olha para Yulia. — Suas receitas são maravilhosas, querida.

Sua cor se acentua e por um momento, eles parecem não notar nossa presença. O olhar que se passa entre eles é tão caloroso, tão íntimo que meu próprio rosto esquenta quando uma dor amarga fura meu coração.

O casamento de Kent é mesmo feliz – e eu não posso evitar invejá-lo.

— Comida? — Diz Anton melancólico e todos rimos quando uma Yulia ruborizada se solta de seu marido e se apressa para a cozinha. Nosso anfitrião vai atrás dela e eles voltam um minuto mais tarde com pratos de aromas deliciosos que colocam na mesa. Eu e Peter entramos na cozinha para ajudar a trazer o resto e em alguns minutos estamos sentados para uma refeição gourmet que supera os melhores pratos que Peter já fez para mim.

— Todos do seu lado do mundo cozinham assim? — Pergunto, surpresa. Não apenas tem dois tipos diferentes de frango assado e carneiro marinado, como também peixe defumado, cinco tipos diferentes de saladas, massa folheada e crepes recheados com uma variedades de coberturas de dar água na boca e tantos potes com cremes e pequenos pratos que posso apenas torcer que tenha lugar no estômago para provar tudo. E tudo arrumado tão belamente que cada prato parece uma obra de arte.

— Não, você só teve sorte comigo – e todos nós tivemos sorte com Yulia — Diz Peter, sorrindo. Sua expressão relaxada, seu olhar de aço caloroso quando olha para mim. Se ele não tivesse me falado há cinco minutos que pretende forçar um filho em mim, teria sido fácil fingir que somos um casal normal jantando com um grupo de amigos.

Todos mergulham na comida, elogiando Yulia a cada mordida e apenas quando estamos na metade do caminho para ficarmos satisfeitos que a discussão envereda pelo lado dos negócios. Como transparece, Peter tem um bom conhecimento sobre o negócio ilegal de armas, incluindo todos os principais participantes e ouço fascinada enquanto ele e nosso anfitrião discutem transações a qual quantias estratosféricas de dinheiro mudam de mãos – algumas na marca de bilhões.

Eu não tinha ideia de que o negócio com armas era tão lucrativo ou que meu próprio governo estivesse envolvido às vezes.

— Você já notou a dificuldade de se fabricar explosivo indetectável? — Pergunta Peter, pegando uma massa folhada recheada com uma mistura de shiitake-camembert – um dos pratos mais populares entre os homens. — A procura era bem grande, se me lembro.

— Ainda é, e não — Retruca Kent quando Yulia coloca uma concha de salada de caranguejo no seu prato. — O material básico é tão instável que você tem que ter químicos altamente treinados supervisionando cada passo do processo de fabricação. E se aumentarmos a produção, Tio Sam não quer isso. Como pode imaginar, os americanos ficam felizes em comprar todo o lote que produzimos, sempre que produzimos.

— Claro. — Peter pega outro folheado antes que os gêmeos Ivanov possam dizimar tudo. — Frank ainda está lá ajudando vocês?

— Ele se aposentou há alguns meses — Diz Kent e começa a brincar com a mão de Yulia, entrelaçando seus dedos grandes e bronzeados com os dela. — Temos um novo contato na CIA – Jeff Traum. Ele é difícil. Odeia Esguerra e só trabalha com a gente sob ameaça.

— Como assim? — Pergunta Yan, parecendo bem interessado. — Vocês fazem alguma coisa contra ele?

Kent bate de ombros. — Na verdade não. Mandamos uma isca para os israelenses com alguma informação duas vezes, então, acho que isso teve a ver. E aquilo com o Novak não ajudou.

As sobrancelhas de Peter se levantam. — O comerciante de armas da Sérvia?

— Sim, esse. — Kent larga a mão de Yulia, sua boca se apertando. — Ele tem interferido no nosso negócio e tivemos que retaliar. Infelizmente, a CIA estava no meio de uma preparação de armadilha e explodimos alguns agentes. Não de propósito, imagina. Mas Traum ainda está passado, porque aquela operação era a menina dos olhos dele.

— Sabe, eu ouvi algo sobre isso — Diz Peter pensativo. Virando-se para Anton, ele diz: — Me ajude a lembrar... aquela porra de show que nossos hackers estavam falando em agosto – foi em Belgrado?

— Isso — Diz Anton, assentindo. — Dois depósitos cheios de C-4, quinze carros blindados e uma fábrica perto da vila. Aquilo foi coisa sua, Kent?

O sorriso do nosso anfitrião é mais afiado do que uma lâmina. — Certamente. Tínhamos que mostrar nossa seriedade para Novak. Cobrir nossos preços é uma coisa, mas entrar no nosso complexo na Indonésia e matar todo nosso pessoal? *Isso ultrapassou o limite*.

Ouvindo com fascinação aterradora, eu olho rapidamente para Yulia para ver como ela está reagindo a isso. Alguém consegue se acostumar a jantar com conversas sobre morte de empregados e explodir fábricas?

Efetivamente, a mulher de Kent está comendo calmamente, não parecendo alterada. Ela ou não tem tem problema com o negócio violento do marido, ou ela é uma excelente atriz. Por alguma razão suspeito que é um pouco de ambos, o que me faz pensar sobre o passado de Yulia. Será que ela sempre esteve na indústria de restaurante e se não, o que ela fazia antes? Como ela e seu marido se encontraram?

Em geral, como alguém encontra um homem deste

mundo se seu marido não tem o azar de estar na lista de vingança de um assassino?

Levada pela curiosidade, eu me levanto e ajudo quando Yulia começa a retirar os pratos. Ele tenta gesticular que não precisa da minha ajuda, mas eu insisto em ajudá-la a carregar tudo para a cozinha, deixando os homens para discutir o que quer que tenha caído em Belgrado. É importante que eu me aproxime da esposa de Kent, e não apenas porque eu quero aprender mais sobre ela.

Se eu quiser ter uma chance de fugir antes que Peter retorne, precisarei da ajuda dela.

— De onde você é originalmente? — Pergunto quando ela tira várias sobremesas de uma geladeira com tamanho para restaurante. — Você fala um inglês perfeito, mas seu nome...

— É Ucrânia — Explica ela, sorrindo. — Mas poderia facilmente ser russo. O nome é comum nos dois países. Se for difícil para você pronunciar, pode me chamar de Julia – que seria o equivalente em inglês.

Eu sorrio de volta e começo a molhar os pratos sujos. — Acho que posso pronunciar o normal. *Yu-lee-yah*, certo?

Ela parece satisfeita. — Você fez certo. Alguns americanos têm problemas, é por isso que os deixei usar Julia. Mas sua pronúncia é muito boa – melhor do que a maioria.

— Obrigada. Deve ser... eu tenho tido bastante exposição ao idioma russo ultimamente — Digo, colocando os pratos molhados na lavadora. Espero que ela pergunte sobre isso, mas Yulia meramente sorri e leva o primeiro conjunto de sobremesas para a sala de jantar antes de voltar à cozinha para pegar mais.

Não tenho chance de falar com ela novamente porque ela continua indo e vindo, levando chá e café para todos para acompanhar a sobremesa. Frustrada, volto à mesa, onde os homens estão agora discutindo a situação da Síria e a constante agitação na Ucrânia. Eu tento seguir suas conversas, mas devem também estar falando russo. A cada uma ou outra palavra é um nome ou lugar que não conheço, junto com iniciais como UUR. A única coisa que aprendo é que o negócio de Kent cresce em conflitos de todos os tipos, de rivalidade em pequena escala entre cartéis de drogas a guerras totais entre nações.

Cada homem nesta mesa contribui, de um modo ou de outro, para a morte e o sofrimento em volta do globo.

Por agora, eu deveria estar acostumada com isso – tenho morado com um grupo de assassinos por meses – mas ainda é alarmante ver quão normal isso é para eles e como estão totalmente despreocupados com tais banalidades como o bem e o mal. De onde eu vim, as pessoas ficam com vergonha se não reciclam ou doam suas roupas usadas, muito menos dizer ou fazer qualquer coisa que fira outro. Os homens maus no meu mundo traem as mulheres, dirigem bêbados ou se recusam a dar seu lugar para uma mulher grávida. Eles não matam por dinheiro ou vendem armas que podem destruir cidades.

Esse é um nível bem diferente de mal.

Mas mesmo quando me falo essas coisas, não posso deixar de notar a passagem traiçoeira do tempo, de como cada minuto nos faz chegar mais perto para o fim desta refeição e da partida de Peter. Dado por tudo, deveria ser um alívio que ele parta, mas eu não posso conter a ansiedade aumentando junto com meu medo e raiva.

Não importa o que, eu não consigo parar de me preocupar com o monstro que deveria odiar.

Logo, as sobremesas são consumidas – a maioria por Anton – e o chá é terminado. Levantando-se, Peter e os homens agradecem Yulia, elogiando a refeição em termos reluzentes e, então, Anton e os gêmeos se dirigem para a saída acompanhados pelo nosso anfitrião. Yulia desaparece na cozinha e eu me acho só com Peter pela primeira vez desde a revelação.

Vindo para mim, ele suavemente acaricia minhas bochechas com as juntas dos dedos. —Tenho que ir — Diz ele calmamente e eu assinto, tentando ignorar o bolo doloroso se expandindo na minha garganta.

— Ok — Consigo falar meio calma. — Boa sorte.

Seja cuidadoso. Volte para mim. Eu preciso de você. A confissão dolorosa está na ponta da minha língua, mas seguro as palavras, prendendo a vontade de entrar no seu abraço e beijá-lo. Ele não é meu amor indo para a guerra; ele é meu sequestrador, meu carcereiro. Quando ele voltar, eu já devo ter ido, e se não tiver, teremos a maior batalha nas nossas mãos. O que Peter quer – me engravidar contra minha autorização – é pior do que sequestro, mais terrível do que tortura.

Isso me negaria da minha mais básica escolha de todas e traria uma criança inocente para essa bagunça da nossa relação.

Peter olha nos meu olhos e posso dizer que ele está esperando. O que, eu não sei, mas quando eu continuo a ficar lá em silêncio, suas feições se fecham e ele abaixa a mão.

— Te vejo em breve — Diz ele de forma sombria, se virando, e eu fico olhando, meu coração em pedaços quando ele sai da sala.

É QUASE MEIA-NOITE QUANDO ATERRISSAMOS NA PISTA particular perto de Istanbul, menos de oito quilômetros da mansão suburbana do nosso alvo. Nosso serviço para esta noite é verificar a área pessoalmente, já que vimos por imagens de satélite e drone até aqui.

Se tudo sair bem, atacaremos em poucos dias.

Estamos todos cansados e sob o efeito do fuso horário – é quase de manhã no Japão – então, nosso reconhecimento é breve. Anton e Yan guiam pelo condomínio fechado onde fica a mansão, verificando os pontos principais e possíveis rotas de fuga, enquanto Ilya e eu entramos no condomínio a pé, usando a mudança de turno da guarda para medir a cerca de três metros perto do portão principal.

Esse nível de segurança é projetado contra criminosos normais, não ex-assassinos da Spetsnaz.

A parte difícil será a segurança na mansão de Arslan. Apesar do lugar mascarar ser apenas outra residência neste rico condomínio, ele é protegido com tudo, desde sensor de movimentos até um pequeno exército de guarda-costas. Scanner de retina, sensor de peso, alarme silencioso, geradores de reserva – tem redundância em cima de redundâncias no que tange a segurança instalada e por boa razão.

Quando você trai a oligarquia implacável que te colocou no poder, você tem que se preparar para o pior.

Quando estamos dentro do condomínio fechado, vamos em direção à mansão de Arslan, certificando-nos de ficar fora das câmeras estrategicamente colocadas nas interseções e na frente da maioria das casas luxuosas. Os vizinhos do nosso alvo – outros políticos desonestos e comerciantes turcos ricos – também têm inimigos, apesar de nenhum tão poderoso quanto a oligarquia ucraniana que é nosso cliente.

Não vamos para a propriedade de Arslan – seria impossível evitar as câmeras lá – mas não precisamos. Leva apenas alguns minutos para desabilitarmos os alarmes na casa de três andares no final da rua de Arslan – a residência de um magnata do ramo imobiliário, atualmente em férias na Tailândia. Quando os alarmes estão desligados, vamos para o telhado e montamos a câmera de longo alcance, assim podemos observar tudo que se passa no local do nosso alvo. Então, repetimos o processo com a mansão no final da rua do outro lado e duas casas um quarteirão acima, desta forma, temos uma visão de 360 graus da mansão de Arslan.

O modo mais simples e seguro de matar um político seria pegá-lo com um rifle sniper de longo alcance. Infelizmente, as janelas da mansão são à prova de balas e sempre que nosso alvo está do lado de fora, ele está cercado de guarda-costas. A próxima melhor coisa seria colocar uma bomba no seu carro, ele troca de carro regularmente e sem um padrão detectável – além do fato dos carros serem muito bem guardados, mesmo quando apenas estacionados na rua. Cada encomenda para a sua casa é cabalmente checada também, como cada pessoa entrando e saindo da mansão.

A primeira vista, a segurança de Arslan é impenetrável, mas nós somos melhores. O lar é sempre onde todos se sentem mais seguros – e isso é uma fraqueza por si só.

Deixando nossas câmeras no local, Ilya e eu saímos do condomínio para a esquina onde Yan e Anton nos pegam. Pelo final da noite, vamos para uma casa particular que alugamos sob falsas identidades e organizamos turnos para assistir as filmagens das câmeras que instalamos.

Yan é o primeiro, seguido de Anton, então, tenho sólidas seis horas antes de me levantar para minhas três horas de monitoramento da câmera. Ilya, o bastardo sortudo, pegou o palito maior desta vez, com um total de nove horas de sono.

É durante a metade do meu turno que notamos movimento dentro da casa. Mesmo com as persianas das janelas fechadas, vemos luzes virem do quarto principal no segundo andar, seguido por mais luzes no andar de baixo.

As pessoas na casa de Arslan estão acordando.

Ele mantém seus empregados domésticos ao mínimo, com apenas uma arrumadeira, duas empregadas e um mordomo/guarda-costas morando na casa. Os quartos deles são no andar de baixo, o que funciona bem para nosso plano. Os outros guardas – todos os vinte e quatro – ficam na casa dos vigias atrás. Para não serem notados pelos vizinhos, eles saem em pequenos grupos em intervalos esporádicos para patrulhar a rua e o quintal belamente ajardinado da mansão.

Assistindo as câmeras, eu anoto o tempo e marco a configuração das luzes de cima. As pessoas são criaturas de hábito, mesmo as que foram instruídas pelos seus guarda-costas a serem tão imprevisíveis quanto possível.

— Fique de olho na hora da saída — Digo a Ilya quando ele vem para me substituir —, sabemos que ele sai de casa numa hora diferente todos os dias, mas quero ver quanto tempo se passa entre as luzes serem acesas e sua saída.

Ilya assente e senta-se na frente do computador enquanto entro no quarto para tirar uma soneca.

Minhas têmporas latejam com uma dor de cabeça pela tensão e preciso descansar para ter minhas funções no lugar quando planejarmos esse ataque.

Na hora que fecho meus olhos, porém, minha mente se volta para Sara e nossa partida tensa. Tenho tentado não pensar nisso, focar apenas no trabalho, mas não posso evitar de lembrar do olhar de dor nas suas feições quando admiti minhas intenções... quando confirmei que o esquecimento dos preservativos não foi acidental.

Eu próprio não concluí isso até aquele momento, não sabia que havia cedido aos meus desejos mais profundos até que ouvi a palavra saindo da minha boca. Na hora que falei aquilo, contudo, sabia que era verdade. Pode não ser uma decisão consciente o fato de engravidá-la, mas tampouco era um erro descuidado. Em algum nível primitivo e instintivo, eu *escolhi* preenchê-la com minha semente, fazê-la minha do meio mais visceral possível.

A única vez que fui descuidado com contracepção foi em Daryevo todos aqueles anos atrás, quando Tamila seduziu-me antes de eu acordar.

Abrindo meus olhos, olho para o teto no quarto não familiar. Apesar da reação de Sara, sinto-me mais leve, como se um peso fosse retirado do meu peito. É libertador abraçar a pior parte de mim, soltar o final das minhas controvérsias morais. Não sei porque resisti por tanto tempo, porque tentei lutar tanto pelo seu amor quando ela está determinada a se apegar ao ódio.

Agora é óbvio para mim que não importa o que eu faça, Sara não se libertará do passado, e se esse é o caso, ela também deve ter outra razão para me odiar.

Decidido, fecho meus olhos e forço meus músculos tensos a relaxarem.

Quando eu voltar, não haverá mais camisinhas. De uma forma ou de outra, Sara terá meu filho.

Se ela não pode me amar, ela amará uma parte de mim.

 ara

LEVA VÁRIOS MINUTOS PARA EU ME RECOMPOR DEPOIS que Peter sai e quando vou para a cozinha falar com Yulia novamente, Kent volta e educadamente, mas com firmeza, me insta a ir para o meu quarto.

— Você deve dormir um pouco — Diz ele e pelo olhar implacável nas suas feições, posso dizer que ele usará força física para fazer-me obedecer se for preciso.

Ele não tem intenção de me ajudar, disso estou certa.

— Obrigada pela sua hospitalidade — Digo normalmente quando chego ao meu quarto e ele assente, seu olhar pálido inescrutável.

— Boa noite, Sara — Diz ele e quando fecha a porta, ouço o clique baixo da fechadura.

Espero trinta segundos, então, tento a maçaneta para confirmar minhas suspeitas.

Com certeza, estou trancada.

Respirando para me acalmar, vou para a janela grande. Parece que a parte de baixo deve abrir deslizando para cima, mas não importa o quanto tente empurrar para cima, o vidro grosso não se move. Ou está selada ou simplesmente é pesada demais para eu levantar. Algum tipo de vidro à prova de bala, talvez? Faria sentido dada a profissão de Kent.

De qualquer modo, abrir a janela está fora de cogitação.

Depois, exploro a pequena janela no banheiro. Tem o mesmo vidro grosso da janela do quarto e tem dois problemas adicionais: é muito pequena para eu passar e não tem nenhum mecanismo para abrir, até onde posso notar.

Frustrada, deixo as janelas quietas e vou para o closet e penteadeira, procurando por telefones e tabletes esquecidos. As possibilidades de achar tais coisas aqui são pequenas, mas em casa as pessoas deixariam seus eletrônicos em todos os lugares e é possível que Kent e sua esposa façam o mesmo. Apesar de tudo, esta é a casa deles, não um lugar onde mantêm prisioneiros regularmente.

Pelo menos espero que este seja o caso.

Sem surpresas, não acho nada. O closet e a penteadeira têm o que se esperaria achar num quarto de hóspedes: roupa de cama extra e toalhas, além de artigos de higiene pessoal não abertos.

Sentindo-me mais drenada e sem ânimo, decido tomar um banho e descansar, como sugeriu Kent.

Com alguma sorte, vou conversar com Yulia amanhã.

A esta altura, ela é minha melhor, se não única, esperança.

PARA MEU DESAPONTAMENTO, EU NÃO VEJO YULIA NO dia seguinte, nem me deixam sair do meu quarto. O próprio Kent traz minhas refeições – uma mistura de sobras do jantar e misturas de comida nova sem dúvida preparadas pela sua esposa – e ele leva todos os pratos uma hora depois. Eu não sei se ele está me mantendo longe de Yulia de propósito, ou se é apenas uma coincidência infeliz, mas quando chega a noite, começo a ficar muito nervosa, frustração pela minha situação atual junto com a preocupação por Peter. Tudo que tenho são alguns livros que Kent trouxe-me na hora do almoço e não é nem um pouco o bastante para me impedir de remoer os perigos que a equipe de Peter pode estar enfrentando neste exato momento.

— Você teve notícias deles? Estão bem? — Pergunto a Kent quando ele me traz o jantar. O negociante de armas de feições fortes me intimida, mas estou determinada a não demonstrar.

Apesar de tudo, tenho morado com quatro criminosos igualmente perigosos por meses.

Ante minha pergunta, Kent parece que está se divertindo friamente. — Você quer saber se eles estão bem?

Eu assinto, apesar do meu rosto ficar quente e vermelho. Entendo como isso se parece. Dado ao tratamento de Kent para comigo até agora, ele obviamente sabe que não estou aqui por minha livre e espontânea vontade. Ainda assim, eu prefiro que ele acredite que estou sofrendo da Síndrome de Estocolmo do que continuar no escuro e preocupada sobre Peter a noite toda.

— Eles estão bem — Diz Kent, colocando a bandeja na penteadeira. Seu rosto sem expressão novamente, apesar de ver sinais de divertimento bem dentro dos seus olhos. — Peter me mandou uma mensagem há duas horas, perguntando por você. Por enquanto, eles ainda estão coletando informação para agirem, então, duvido que algo acontecerá hoje à noite. Você pode descansar tranquilamente.

Eu inspiro aliviada. — Obrigada.

Ele assente e se vira para sair, mas eu decido forçar minha sorte. — Espere, Lucas... onde está Yulia? Não a vi o dia todo e queria agradecer-lhe pelas refeições maravilhosas.

Ele me dá um olhar inescrutável. — Vou transmitir seus agradecimentos para ela.

Essa é minha dica para ser uma prisioneira boazinha e ficar quieta, mas não estou disposta a desistir facilmente. — Preferiria fazer isso pessoalmente, se você não se importa — Digo, colocando um sorriso um pouco constrangido nos meus lábios. — Ela está realmente ocupada? Na verdade, tem algo que eu queria perguntar a ela... sobre alguns itens femininos, você sabe...

— Ah. — Kent parece estar se divertindo novamente. — Yulia me disse para te falar que absorventes e outras coisas que as garotas precisam estão no armário sob a pia.

— Oh, não é sobre isso — Digo rapidamente, apesar de ser exatamente isso que estava insinuando. — É outra coisa.

Suas sobrancelhas se levantam. —Oh? O que é?

Droga. Eu estava contando que ele fosse como a maioria dos homens e ficasse constrangido quando confrontado com a realidade das funções biológicas das mulheres. Pensando rápido, digo: — É apenas um creme para algo. Mas, tudo bem; tenho certeza que passará sozinho.

Sua expressão não muda. — Apenas diga-me qual creme e verei se podemos comprar.

— *Monistat* — Digo, olhando direto para ele quando falo um nome tratamento popular para infecção por fungos. — o nome genérico é *miconazole*. É para...

— Fungos. Eu conheço. — Ele não parece nem um pouco constrangido. — Vamos providenciar para você.

Aperto os dentes. — Ok, obrigada.

Ele *está* determinado a me manter longe de Yulia, e isso me faz querer falar com ela ainda mais.

O DIA SEGUINTE PASSA DO MESMO JEITO, COMIGO PRESA no meu quarto o dia todo. A única diferença é que, na hora do jantar, Kent voluntariamente me atualiza sobre Peter.

— Eles estão planejando isso para depois de amanhã, pela manhã — Diz ele, colocando minha comida na penteadeira. — Te digo se alguma coisa mudar.

Eu olho o negociante de armas taciturnamente. — Ok, obrigada.

Isso é como um machado – um machado bem vagaroso – que está sobre minha cabeça. Temo tanto o fracasso dessa operação na Turquia como seu sucesso. Se algo der errado, eu perderei Peter e reconquistarei minha velha vida, e se ele voltar intacto, serei ligada a ele para sempre, unida por um filho que ele quer forçar em mim.

O único jeito é escapar antes que Peter volte e eu não vejo como isso pode ser possível quando sou até mais prisioneira aqui do que era no Japão.

Kent sai e eu janto no piloto automático, quase não sentindo o gosto da comida com cheiro maravilhoso. Na bandeja, junto dos pratos cobertos, tem um tubo do creme que pedi – algo que não tenho nenhuma necessidade além do jeito que consegui explicar minha necessidade de falar com Yulia. Agora que se passaram dois dias, estou até mais convencida que a bela loira pode estar se simpatizando com minha situação – se eu pudesse pelo menos explicar tudo a ela.

Terminando minha refeição, estudo o creme, notando desapontada que está dentro de um frasco um pouco diferente do jeito que estou acostumada a ver nos Estados Unidos. Não é surpresa, claro. Isso é Europa. A pílula do dia seguinte japonesa também não se pareceu nada igual a que eu estava acostumada.

A pílula do dia seguinte...

Inspirando com força, fico em pé rapidamente, incapaz de conter minha excitação repentina. Eu não sei por que isso não me ocorreu antes, mas se Kent estava disposto a me trazer o creme, tem uma chance de que ele me trouxesse algo mais – como a pílula que preciso tanto.

Meu primeiro instinto é correr para a porta e bater até que meu carcereiro venha, então, posso implementar meu plano rapidamente. Contudo, isso não seria sábio. Agir muito excitada poderia fazer Kent suspeitar, talvez até fazê-lo perguntar a Peter sobre o assunto.

Respirando com calma, eu me forço a sentar e esperar Kent voltar para pegar a bandeja. Para que isso tenha a melhor chance de sucesso, tenho que ser esperta.

Tenho que fingir que é outra desculpa para falar com Yulia.

A espera parece interminável, apesar de o relógio me falar que passou apenas uma hora. Finalmente, Kent abre a porta e implemento meu plano.

— Então — Digo casualmente quando ele entra —, Yulia ainda está ocupada? Eu gostaria *realmente* de falar com ela.

O negociante de armas me dá um olhar frio. — Por quê? É outro item de mulher?

Tento parecer constrangida. — Sim, realmente. Desculpe se eu esqueci de mencionar ontem, mas é algo que preciso realmente.

— E seria?

— *Plan B.* — Faço minhas feições das mais inocentes. — Você sabe o que é? Tem outras marcas também, como *Next Choice, My Way...*

— Entendi. Você terá isso em breve.

E pegando a bandeja rapidamente, ele sai pela porta.

S*ara*

NAQUELA NOITE, EU ME DEBATO E ME VIRO, TORTURADA pela preocupação com a operação vindoura de Peter e a constatação de que, apesar da minha pequena vitória nesta noite, a pílula irá na melhor das hipóteses atrasar o inevitável. Toda vez que mergulho num sono leve, eu acordo com meu coração disparado, como um ataque de pânico. Isso me lembra dos dois primeiros meses depois do ataque de Peter na minha cozinha, quando pesadelos com tortura com água e homens implacáveis com olhos cinzentos eram minha realidade nas noites.

Finalmente, eu cedo ao sono e acordo para usar o banheiro. Não faz nenhum sentido, mas o que mais quero neste exato momento é Peter. Quero seu calor na escuridão e seus braços fortes em volta de mim, segurando-me apertado. Quero sua voz profunda me chamando de "ptichka" e dizendo o quanto ele me ama.

Sinto falta do meu perseguidor, pulso por ele com todas as células do meu ser – mesmo quando temo seu retorno.

Indo para o balcão do banheiro, ligo a luz, olhando para meu rosto pálido no espelho. Meus olhos estão injetados e rodeados por círculos escuros e meu cabelo está uma bagunça total. Aposto que se Peter me visse agora, não estaria tão desejoso assim para me ter.

Claro, isso levando em conta que minha aparência é a razão de ele ser tão ligado em mim – uma presunção forte e provavelmente incorreta. Sei que sou atraente, mas não sou nem de perto tão bonita quanto alguém como Yulia. Não, o que quer que atraia Peter a mim – e vice versa – vai mais fundo do que atração superficial. Ele sabe disso e eu sei também. É algo entre nós que nos faz ficar juntos como dois pedaços de porcelana... algo sinistro e perversamente necessário que clama pelas falhas de cada um.

Estou quase ligando a torneira para lavar meu rosto quando um som chega aos meus ouvidos.

Eu congelo, ouvindo atentamente e ouço novamente.

Um gemido gutural de uma mulher, seguido por um grunhido abafado de homem.

Meu rosto esquenta quando reconheço o que estou ouvindo.

Este banheiro deve ser bem embaixo do quarto de

Lucas e Yulia, com os dutos de ventilação conectando os dois andares.

Sei que deveria voltar para a cama e dar-lhes privacidade, mas minhas pernas se recusam a mover. Se não por qualquer outra coisa, isso é bem mais divertido do que os suspenses que Kent deixou para eu ler. Ruborizando e sentindo-me como uma pervertida, ouço quando o som acima aumenta em volume culminando num clímax óbvio.

Quando o silêncio reina novamente, ligo a torneira com mãos fracas e jogo água fria no meu rosto superaquecido. Essa foi uma má ideia, porque eu não apenas violei a privacidade do meu anfitrião/carcereiro, mas estou com tanto tesão que terei definitivamente problemas para voltar a dormir. Meus mamilos estão duros e meu sexo está escorregadio com necessidade pulsante.

Também sinto falta de Peter mais do que nunca.

Gemendo em silêncio, volto à cama. Como premeditado, não consigo dormir, então, coloco a mão sob o cobertor e fico brincando comigo mesma até gozar, pensando em Peter o tempo todo.

APESAR DA NOITE SEM DESCANSO, EU ACORDO CEDO NA manhã seguinte e quando estou me aprontando para escovar os dentes, ouço passos no andar de cima, seguido por vozes tensas.

Parece que os Kents estão discutindo.

Com curiosidade irresistível, coloco a escova na pia e ouço.

No início, as vozes vem tão abafadas como se estivessem do outro lado do quarto, mas eles chegam perto do duto – e minhas batidas do coração se aceleram quando concluo o assunto da discussão deles.

Eu.

— Como pode você estar tão certo? — Diz Yulia com voz acalorada. — Ela é a viúva do inimigo dele. Ele matou o marido dela e a sequestrou. Como isso não é maltrato? No mínimo, ele tirou todas as escolhas dela e arruinou sua carreira. A mulher é uma médica – uma *médica,* Lucas. Ela não é como você e eu. Ela nunca foi parte deste mundo...

— E agora ela é — Interrompe Kent, sua voz dura. — Não que isso seja nosso problema. Eu devia a ele um favor e ela é esse favor.

— *Ela* é um ser humano, não um favor. No mínimo, deixe-me falar com ela, descobrir se ele a está tratando mal...

— Por quê? Assim você pode fazer o quê? Deixá-la partir e acabar na lista de alvos dele? Você sabe os tipos de alvo que seu pessoal vai atrás hoje em dia. Não precisamos lidar com esse tipo de merda além da situação com Novak.

— Não, claro que não. — Yulia parece frustrada. — Mas ela é uma civil inocente, Lucas, e é uma hóspede na nossa casa. Preciso me certificar de que você está certo e que ela *realmente* o quer – porque não conseguirei viver comigo mesma se não for assim. Você entende isso, certo?

Seu marido fica em silêncio por uns momentos e eu mordo meu polegar, meu coração martelando quando ouço sua resposta. Eu estava certa em cravar minhas esperanças em Yulia; ela *é* sensível ao meu sofrimento.

— Eu entendo — Ele diz finalmente. — Mesmo assim, não há nada que eu possa fazer. Não colocarei sua vida em perigo por essa mulher.

— Mas...

— Mas nada. Sokolov me pediu para mantê-la em segurança para ele e isso é exatamente o que farei.

— Lucas...— A voz de Yulia amacia, tornando-se mais persuasiva. — Só deixe-me falar com ela. Isso é tudo o que peço. Não farei nada sem te consultar. Não sou estúpida e também não quero fazer de Peter um inimigo. Só quero me certificar que ela está bem... tranquilizá-la se estiver com medo. Isso não faria mal algum, faria? Só uma conversinha?

Não tem resposta de Kent, mas ouço som de sussurros, seguido de algo metálico – a fivela de um cinto, talvez? ... batendo no chão.

— Yulia...— A voz de Kent é pesada. — Docinho, você não tem que... ai, porra. Puta que pariu... — Suas palavras terminam num gemido e eu ruborizo quando entendo o que estou ouvindo novamente.

Sentindo-me duplamente como uma pervertida, fico quieta – para ver se eles me mencionam novamente, digo a mim mesma – mas quando tudo o que ouço pelos próximos dez minutos é barulho de sexo, forço-me a terminar de escovar meus dentes e voltar para o meu quarto.

Talvez, só talvez, a tática de persuasão de Yulia dê certo e eu possa encontrar um jeito para sair desse apuro.

Pelo menos agora eu tenho uma esperança real.

*P*eter

PASSAMOS O DIA ANTES DO ATAQUE REPASSANDO AS diferentes versões do plano, calculando probabilidades de sucesso e achando soluções para potenciais problemas. Nosso plano é arriscado, mas tem uma boa chance de funcionar – contanto que consigamos o tempo certo.

À noite, estamos tão prontos quanto conseguiríamos estar e isso é bom, pois, o nosso cliente, o oligarca ucraniano, está ficando impaciente. Em dois dias, Arslan pretende votar uma lei que irá dizimar os negócios do nosso cliente na Turquia e temos que agir antes que isso aconteça.

Quando fecho meu laptop para ter umas horas de

sono, Anton me chama, seu tom estranhamente excitado.

— Olhe isso — Diz ele e a adrenalina enche minhas veias quando vejo um novo email dos nossos hackers.

Rapidamente, leio na tela de Anton e um sorriso selvagem passa nas minhas feições.

Meu adversário finalmente cometeu um erro.

A esposa de Walter Henderson III, Bonnie, estava no vinhedo em Marlborough, Nova Zelândia – algo que soubemos graças a foto postada no Instagram pelo dono do vinhedo que não tinha a mínima ideia do que estava fazendo. O programa de reconhecimento de rostos dos nossos hackers pegou dentro de horas de ter aparecido online.

— Preparem-se — Digo a Anton e os gêmeos quando termino de ler o email. — Após terminarmos aqui amanhã, vamos para a Nova Zelândia.

— E Sara? — Pergunta Ilya. — Vamos deixá-la com Kent?

Eu hesito, então, balanço a cabeça. — Não — Não consigo ficar separado dela por mais nem um dia. — Ela virá conosco.

E antes de ir para a cama, eu contacto Lucas para checar sobre ela.

EU PASSO O DIA ANDANDO PELO QUARTO, MINHA ansiedade aumentando com cada hora que se passa. Na hora do jantar, estou pronta para arrancar os cabelos.

Em menos de doze horas, a missão perigosa de Peter começará e Yulia ainda não veio falar comigo – nem o seu marido trouxe-me a prometida pílula.

— Eu devo trazer mais tarde hoje — Ele disse quando trouxe o almoço —, mas pode ser amanhã também.

Amanhã deve ser tarde demais, mas eu mantenho minha boca fechada, não querendo que meu carcereiro saiba que eu realmente preciso da pílula. Se não conseguir nada além, eu posso guardar para uso futuro e orar para que minha janela de fertilidade não esteja tão fértil este mês.

Uma batida baixa na porta interrompe meus passos.

— Sara? — Pergunta uma voz de mulher. — Posso entrar?

Meu pulso pula de alegria. — Sim! Por favor, entre.

A porta se abre e Yulia entra de costas no quarto, segurando uma bandeja parecendo pesada com pratos cobertos.

— Espere, deixe-me ajudar. — Apresso-me em direção a ela, quase não conseguindo conter-me de excitação enquanto a ajudo a colocar a bandeja na penteadeira.

Ela sorri para mim. — Obrigada. Como está sua estada até agora?

— Está bem — respondo, sorrindo de volta para ela — e, obviamente, a comida é maravilhosa. Muito obrigada por isso.

Os olhos azuis de Yulia brilham com prazer. — De nada. E como está tudo o mais? Você tem tudo que precisa? Lucas disse que você pediu dois remédios...

Eu assinto, então, decido ir logo ao assunto. Com Peter potencialmente voltando amanhã, não tenho tempo a perder e já sei que Yulia está do meu lado. — Preciso da pílula do dia seguinte — Digo sem rodeios. —, e hoje é o último dia que posso tomar.

Sua bela boca fica redonda com surpresa. — Oh. Uau. Lucas não falou nada sobre isso. Ele mandou um dos seus guardas para a cidade para comprar algumas coisas, mas eu sei que aconteceu algo e o cara se distraiu. Deixe-me checar para ver se ele comprou certo, tá?

— Espera. — Eu seguro a mão fina de Yulia quando ela se vira para sair. — Por favor. Eu preciso da sua ajuda.

Sua expressão fica cuidadosamente vazia. — O que você quer dizer?

Eu abaixo minha mão. — Tenho que partir. Agora. Esta noite. Antes que Peter volte. Por favor, é muito importante. Não sou sua namorada; sou sua prisioneira. Ele me sequestrou, e agora ele...

— Espera, Sara. Por favor. — Ela levanta a mão, as palmas para fora. Apesar do seu jeito continuar calmo, posso dizer que ela está aflita. Ela não deve ter esperado que eu implorasse por ajuda assim tão abertamente. — Ele está te abusando? Ele está te machucando? — Pergunta ela cuidadosamente.

— Ele me cortou com uma faca e me torturou com água — Digo, e imediatamente sinto uma pontada de culpa ante o horror nas feições de Yulia. Eu deveria provavelmente mencionar que a tortura aconteceu antes da nossa relação, como é, começar, mas se pretendo conseguir sua ajuda, não posso pintar minha prisão num quadro romântico.

Apesar de Yulia parecer boa e simpática, não posso esquecer que ela é a esposa de um comerciante de armas e pode ter pontos de vista de moralidade diferentes da maioria das pessoas.

— Ele também quer forçar uma criança em mim — Continuo, forçando mais enquanto ela ainda está em choque. — É por isso que preciso da pílula do dia seguinte hoje. Em mais algumas horas, estarei fora da janela de trinta e seis horas. Não que a pílula ajudaria se eu ainda estiver aqui quando Peter voltar. Ele fará o que quiser comigo e ninguém irá pará-lo. Por favor, Yulia — pego seu braço novamente — Você não tem nem que me deixar ir. Apenas deixe-me fazer uma ligação ou enviar um email. Ninguém nem saberia que foi você que me ajudou. Por favor.

Ela fica mais pálida com cada palavra que falo e quase me sinto mal. Entendo a posição impossível que a estou colocando. Apesar de ela estar disposta a olhar para o outro lado quando se trata dos negócios mortais do seu marido, Yulia não é igual a ele – ou, pelo menos, possui empatia o bastante para se pôr no meu lugar. Ao mesmo tempo, ela sabe o quão perigoso é Peter e o que arriscaria por traí-lo.

— Você está... — Ela limpa a garganta. — Você está com ele voluntariamente? Naquela primeira noite, no jantar, eu pude sentir a tensão entre vocês, mas o jeito que ele olhava para você... E, depois, seu jeito quando vocês estavam se despedindo ... Eu entrava e saía da cozinha, mas eu pensei ter visto... Eu tive a impressão errada? Ele está te ferindo? Te forçando todas as vezes?

Meu rosto esquenta pelo constrangimento da pergunta particular e abaixo minha mão novamente. — Isso não é... quero dizer, ele me sequestrou. O que você acha?

Para minha surpresa, ela parece desconfortável. — Eu acho que às vezes é complicado — Diz ela depois de um tempo —, nem todos os relacionamentos seguem o mesmo caminho e tem vezes que... — Ela para, como se pensando melhor.

Franzindo, olho para ela. Tem uma história lá, mas qualquer que seja, não posso me dar ao luxo de focar nela. Tenho que persuadi-la a ajudar-me antes que seja tarde demais.

— Yulia, por favor — Digo. — Esta é minha única chance. *Você* é minha única chance. Se ele voltar e eu estiver aqui, nunca verei meus pais novamente, nunca terei controle da minha própria vida... Por favor. Eu sei que você entende minha situação. Peter Sokolov matou meu marido e me torturou. Ele me espionou e sequestrou e ele tem me mantido presa por quase cinco meses. Tenho que sair antes que ele volte e tudo que você precisa fazer é deixar-me ter acesso a um telefone. Por apenas um segundo. Eu poderia contatar o FBI e, então...

— E, então, teremos todas as agências de aplicação da lei tendo nossa casa como alvo — Diz Kent, abrindo a porta sem bater. Suas mandíbulas estão cerradas de fúria, seus olhos pálidos estreitos quando atravessa o quarto e pega a mão de Yulia com força de clarear as juntas e olho com desespero crescente quando ele a leva para fora do quarto.

— Desculpe-me — Balbucia ela antes de ele bater a porta, trancando-me novamente e sei que está acabado.

Minha única chance de fugir está perdida.

~

Eu choro por duas horas antes de finalmente cair no sono – e rapidamente mergulho numa série de pesadelos. Eu não sei por que isso está acontecendo comigo novamente, mas quando acordo, tremendo e suada com outro sonho vívido de eu me afogando na pia da cozinha, sei que não poderei dormir esta noite.

Retirando o cobertor, viro minhas pernas da cama para me levantar quando a fechadura da porta clica e a porta se abre quietamente.

Espantada, eu pego o cobertor para me cobrir, ninguém entra no meu quarto.

Enrolando o cobertor em mim, eu corro para a porta e, no final do corredor, vejo uma figura magra desaparecendo na esquina, seus cabelos loiros brilhando como um farol na escuridão iluminada pela lua.

Yulia.

Ela veio por mim.

Eu não tenho ideia de como ela conseguiu se livrar do marido, mas não vou perder meu tempo perguntando sobre minha sorte. Rapidamente, coloco um vestido e um par de sandálias rasteiras, entro no corredor e vou para a cozinha, tendo cuidado para não fazer nenhum barulho.

Preciso achar um telefone ou computador... qualquer coisa que me contate com o mundo lá fora.

— Aqui. — De repente um par de chaves é jogado na minha mão e suprimo um grito quando Yulia aparece na minha frente, aparentemente passando pela parede à minha direita. Com a luz da lua passando pelas janelas grandes, seu rosto pálido parece algo fora deste mundo. — A Mercedes está bem lá fora — Sussurra ela urgentemente antes que eu possa me recuperar do primeiro choque. — Desabilitei os alarmes do perímetro, abri os portões automáticos, e virei os drones para a praia. Você tem dez minutos, entendeu? Tem um posto de gasolina sete quilômetros a sudoeste. Dirija direto para lá e achará um telefone.

Eu assinto, meu coração disparado quando pego as chaves que ela me deu. — Obrigada. Muito obrigada.

— Vá. — Olhando para mim preocupada, Yulia me empurra para a porta da frente e eu não perco um segundo mais.

Com as chaves na mão, corro para fora da casa e pulo para dentro do carro.

 *eter*

— CINCO MINUTOS — SUSSURRO NO MEU FONE. — Preparem-se.

Já se passaram exatamente vinte minutos desde que as luzes apareceram no segundo andar da mansão de Arslan. Isso significa que nosso alvo vai sair da porta da frente e entrar no seu carro à prova de balas entre cinco e dez minutos a contar de agora. Como esperávamos, ele é uma criatura de hábito, sua rotina matinal quase a mesma todos os dias da semana pela manhã. A hora que ele sai de casa varia, como a rota que toma para o trabalho e onde seus guardas deixam o carro, mas isso – o tempo que gasta em casa, sentindo-se seguro e protegido quando ele toma seu café da manhã – é inteiramente previsível.

Num período de poucos minutos, haverá uma pequena janela quando ele está do lado de fora com seus guarda-costas e é quando iremos atacar.

— O RPG está carregado e Ilya tem o carro pronto — Informa Yan no meu fone. Ele está no telhado da casa do outro lado da rua onde eu e Anton estamos.

— Ótimo. — Eu olho para Anton, que está deitado sobre sua barriga ao meu lado, olhando na mira do seu rifle sniper. — Você está pronto?

Ele assente sem tirar o olho do alvo. — Vou acertar na cabeça no caso de eles estarem usando coletes.

— Bom. — Voltando a atenção para a minha própria M110, eu ajusto a mira. Tiros na cabeça são complicados, especialmente quando seu alvo começa a reagir, mas são o melhor modo de assegurar que um profissional esteja morto.

Colete de corpo é escondido sob a roupa com muita frequência hoje em dia.

Os segundos passam, cada um se esticando mais do que o próximo. É fácil ficar impaciente numa hora dessas, então, eu foco em controlar a respiração e certificar-me que nada atrapalhe minha linha de visão.

É muito importante para dar errado.

Sem que eu queira, pensamentos de Sara roubam minha mente. Eu imagino o que ela está fazendo, se ela ainda está dormindo ou se já se levantou. Tão excitante como isso é para mim – e isso *é* excitante, não posso mentir – eu gostaria muito mais de estar em casa no Japão, segurando seu corpo quente e nu quando ela acorda. Em apenas poucos meses, meu pequeno pássaro cantador se tornou mais importante para mim do que qualquer outra coisa no mundo, minha paixão por ela suplantando qualquer outra coisa que já me interessou.

O som de uma porta se abrindo me puxa dos meus pensamentos.

— Ele está vindo — Sussurra Yan no fone e eu me forço a focar.

Haverá tempo para Sara mais tarde.

Quer dizer, se sobrevivermos hoje.

S*ara*

D*EZ MINUTOS*. O*S* PNEUS DO CARRO CANTAM QUANDO EU corro a longa estrada e passo pelos portões abertos, segurando o volante com tanta força que meus dedos afundam no couro.

Só tenho dez minutos.

Quer dizer, contanto que a estimativa de Yulia esteja correta. Eu não sei como ela fugiu do marido com olhar letal e desabilitou as medidas de segurança, mas é totalmente possível que ele já esteja nos meus calcanhares.

Não tem luzes ao longo desta estrada de uma faixa, nenhuma sinalização – nada que me diga para onde estou indo. A lua e os faróis do meu carro são as únicas fontes de iluminação. Não tenho ideia para que lado é o sudoeste, então, quando eu chego numa estrada de duas faixas, eu viro aleatoriamente para a esquerda, seguindo meu instinto.

Se acabei de virar para o lado errado, estou ferrada.

Parece que meu coração irá sair do meu peito martelando, minha respiração alta nos meus ouvidos. O suor se forma nas minhas axilas e pinga dos meus lados e meus joelhos tremem quando piso fundo no acelerador. Dirigindo no lado esquerdo da rua, com o volante no lado esquerdo do carro, é para além de confuso para uma americana como eu, mas não ouso diminuir.

Oito minutos.

Sete minutos.

Eu consigo.

Vou chegar lá.

Os faróis de um carro vindo me cegam, fazendo os níveis de adrenalina subirem. É Kent? Seus guardas?

O carro passa sem parar e eu expiro com alívio, levantando meu pé do acelerador quando a estrada se curva acentuadamente à minha frente. A última coisa que preciso é perder o controle do carro e bater no muro de contenção, como fez George naquela noite terrível. Mas, mesmo com a velocidade reduzida, estou indo a cento e dez quilômetros por hora. Se o posto de gasolina é a sete quilômetros de distância, eu devo chegar lá com tempo de sobra.

Outro minuto se passa antes da estrada se curvar novamente, e eu vejo.

Mais faróis, desta vez atrás de mim.

Segurando no volante com força, eu afundo o pé no acelerador novamente.

O carro atrás de mim também acelera.

Meu estômago sobe para a minha garganta. Do canto do olhos, vejo um limite de velocidade. É cinquenta quilômetros por hora – acima de sessenta, não *setenta* quilômetros menos do que minha velocidade atual. E se o carro está se aproximando de mim, ele está indo mais rápido.

É oficial.

Estou sendo perseguida.

A estrada curva novamente e seguro um grito quando outro carro vindo assovia por mim, os faróis me cegando por um segundo crucial. O lado do meu carro arrasta no muro de contenção, fagulhas voando quando metal arrasta contra metal. Ofegando, tiro o meu pé do acelerador e viro contra o muro, levando o carro mais perto do meio da estrada.

Os faróis de perseguição novamente em mim e quando a estrada se curva novamente, vejo dois carros atrás de mim, cada um grande e escuro. Dois SUVs. Meu pulso é um trovão nos meus ouvidos, minhas mãos tão suadas que elas deslizam no volante. Lutando contra o pânico, piso no acelerador novamente, mas os carros atrás de mim aceleram mais rápido e quando a estrada se curva para a direita, um se coloca ao meu lado enquanto o outro fica na minha frente.

O desespero me pega com um punho de gelo.

Está terminado.

Eles me pegaram.

Tremendo, tiro meu pé do acelerador.

Minha única chance de fugir e consegui perder.

O SUV na minha frente reduz a velocidade também e o do meu lado passa para trás de mim. Eles sabem que não tenho escolha a não ser atender.

Está oficialmente terminado.

Eu perdi.

O SUV na minha frente diminui mais ainda, forçando-me a frear. Meu velocímetro mostra quarenta quilômetros por hora, então trinta e cinco... trinta. Estou praticamente engatinhando e vejo que eles estão me fazendo parar.

Eles irão me tirar deste carro e me levar de volta à casa de Kent, onde ficarei presa até Peter voltar para mim.

O futuro aparece na minha frente, tão sombrio e perigoso quanto esta estrada sinuosa. Sem esperança de escapar, sem escolhas, serei propriedade de Peter e também será nosso filho. Nunca mais verei meus amigos, nunca ajudarei mulheres a ter bebês. Conforme meus pais forem ficando mais velhos, não estarei lá por eles e eles nunca conhecerão seus netos.

Tudo que terei é Peter e a coisa mais amedrontadora de tudo é que isso não parece ruim.

Consigo ver isso tão claramente: o jeito que ele cuidará de mim, a ternura nos seus olhos quando ele segurará nosso filho. Ele me amará com uma intensidade que queimará minha alma e eventualmente meu próprio amor confuso crescerá das suas cinzas. E depois de um tempo, tudo parecerá normal, desde minha falta de liberdade até a violência da sua profissão.

Seremos uma família, do jeito que ele quer e enquanto vejo o velocímetro ficar abaixo de quinze, sei que não posso deixar isso acontecer.

Não posso ceder à parte mais doentia de mim, a que quer esse futuro invertido.

Outra curva na estrada, mais faróis vindo em nossa direção. Minhas batidas do coração frenéticas se estabilizam, uma calma estranha passando por mim quando estico a mão e aperto o cinto. Terei menos de um segundo para agir, então, terei que fazer valer.

Tirando meu pé do freio, seguro o volante tão forte quanto posso e quando o carro vindo passa, os faróis me cegando e os meus perseguidores também, viro o volante todo para a direita, entrando na pista oposta enquanto piso fundo no acelerador.

O carro voa para frente, passando zunindo pelo SUV me bloqueando pela frente. Eu posso praticamente ouvir meus perseguidores praguejarem quando os deixo na poeira novamente, minha Mercedes estreita ganhando velocidade com o rugido do motor V8. O velocímetro sobe para 100... 110... 120... 130...

Fagulhas voam, metal contra metal quando arrasto no muro novamente, mas desta vez não diminuo. Mantenho meu pé firme, corrigindo apenas o bastante para manter o controle.

É um vídeo game, falo para mim mesma. Apenas

um vídeo game de corrida onde estou guiando no lado errado da estrada.

Tendo me recuperado do choque da minha manobra recente, meus perseguidores estão na minha traseira novamente, mas não tenho intenção de facilitar para eles. Cada vez que eles chegam perto, eu viro para o meio da estrada, impedindo-os de me ultrapassarem. E me mantenho numa velocidade altíssima, mantendo meu pé no acelerador mesmo com as curvas mais fortes. Fingir que é um vídeo game ajuda – eu sempre fui boa com eles quando criança.

Mais um minuto na estrada.

Dois.

Três.

Eu consigo.

Posso chegar.

A distância, vejo luzes e meu pulso pula outra vez.

É o posto de gasolina. Tem que ser.

Meu plano é simples: freio forte para parar em qualquer loja que houver, pulo fora, e corro, gritando a plenos pulmões por um telefone. Com alguma sorte, o pessoal de Kent vai ficar muito preocupado com as autoridades para me segurarem em público, mas mesmo se não estiverem, alguém – um funcionário do posto, outros motoristas – verão o que está acontecendo e chamarão a polícia.

Não é um plano e tanto, mas é o que tenho.

O posto de gasolina fica mais perto a cada segundo. Para meu alívio, apesar de ser cedo e a área estar deserta, eu vejo uma loja bem iluminada com algumas pessoas dentro e alguns carros no estacionamento.

Minha esperança é de que Kent não vai querer causar tumulto tão perto da sua casa e, com certeza, os SUVs atrás de mim reduzem sua velocidade, permitindo que eu me afaste quando nos aproximamos do posto de gasolina.

O triunfo enche minhas veias quando tiro o pé do acelerador, preparando para executar minha manobra para-e-corre.

Estou lá.

Mesmo que eles me peguem antes de chegar ao telefone, minha captura não passará sem ser notada.

Estou a menos de sessenta metros do posto de gasolina quando acontece.

Um cachorro entra na estrada na minha frente.

Reajo instintivamente, virando quando piso no freio e meu carro gira e bate no muro de contenção, tenho um último pensamento ilógico.

Espero que Peter e seus homens voltem do trabalho deles sem arranhões.

*P*eter

— AGORA — GRITO NO FONE E YAN ATIRA COM O RPG enquanto os guarda-costas de Arslan levam seu chefe para seu carro.

Bum!

Por um momento não tem nada além de um flash que cega a todos do míssil explodindo e o barulho nos meus ouvidos, mas então eu vejo.

Os guarda-costas sobreviventes se espalhando como baratas, com mais saindo da casa de guarda para enfrentar a ameaça.

— Vai — Digo a Anton, e ele começa a pegá-los um por um, seu rifle sniper semiautomático com eficiência mortal. Eu me junto a ele e não demora muito, uma dúzia de corpos estão espalhados pelo chão, suas cabeças abertas pelas nossas balas.

— Duas horas — Grita Yan no fone e eu vejo um movimento no chão. Um guarda está abaixado, usando o carro em chamas como proteção. Seu braço em volta das costas de um homem, o protegendo.

A fúria me atinge quando reconheço o homem.

Deniz Arslan.

Nosso alvo ainda está vivo.

Ele está cheio de sangue e coberto de poeira, mas está andando – o que significa que seus guarda-costas são até melhores do que pensei.

— É Arslan — Grito no fone, mudando minha posição para ter ângulo na mira em volta da obstrução do carro em chamas.

Tenho que pegar esse filho da puta.

Ele tem que morrer hoje.

A distância, sirenes soam e mais guarda-costas correm para o quintal de Arslan. Temos minutos, talvez segundos, para completar nosso trabalho.

Calando o barulho e a martelada do meu coração nas minhas têmporas, eu me concentro e aperto o gatilho.

O protetor de Arslan cai, seu cérebro explodindo por cima do político quando dou um segundo tiro.

— Porra!

Pelo treinamento e pura sorte, meu alvo cai e rola – no exato momento.

Xingando, eu atiro novamente e ouço um rugido de tiros da arma de Anton perto de mim.

Com uma satisfação macabra, vejo duas das nossas balas cortarem o crânio de Arslan, explodindo seu cérebro pelo caminho.

Está feito.

O político corrupto está morto.

— Recebido — Grita Yan e eu fico de pé, ouvindo um helicóptero a distância.

Como esperado, teremos perseguição.

Leva meros segundos para Anton e eu sairmos do telhado do vizinho e nos juntarmos a Yan na rua. São apenas alguns quarteirões para a cerca do condomínio e corremos tão rápido quanto podemos enquanto o barulho das sirenes fica mais alto. O helicóptero está se aproximando rapidamente também.

— Ilya? Me diz que você está aí — Ordeno, sem fôlego quando corro pela rua.

— Pronto e esperando — Anuncia ele. — É melhor vocês correrem. Isso aqui vai ficar uma loucura.

Apertando meus dentes, aumento a velocidade e Yan e Anton fazem o mesmo enquanto um veículo corre pela rua um quarteirão atrás de nós.

Os guarda-costas restantes de Arslan estão se aproximando.

A cerca de três metros de altura à nossa frente, com os guardas do condomínio saindo para a rua, armados até os dentes.

— Agora — Grito para Yan, e ele pega uma granada, retirando o pino com os seus dentes sem diminuir a velocidade.

Os guardas se espalham quando Yan joga a granada

e Anton e eu pegamos nossas armas, atirando indiscriminadamente.

Não precisamos matar a todos, apenas retirá-los do nosso caminho.

Estamos na cerca agora, então, eu pulo, me agarrando no galho de uma árvore para subir. É por isso que temos que treinar forte, porque temos que ter mais força do que a maioria dos atletas. Meus músculos gritam quando balanço numa mão, abaixando a outra para puxar Anton e quando Anton escala o topo da cerca, ele me puxa antes de pegar Yan enquanto fico atirando como cobertura.

Outra granada de Yan explode num flash ensurdecedor, espantando os guardas quando pulamos da cerca e estamos fora novamente correndo a toda velocidade.

Precisamos chegar ao nosso ponto de encontro.

Esse é o único jeito de conseguirmos fugir.

O barulho do helicóptero aumenta acima da gente, as sirenes da polícia gritando ainda mais alto.

— Agora, Ilya — Grito no fone, e seu carro canta pneus num curva, diminuindo o bastante apenas para nós pularmos para dentro.

Vamos para longe do condomínio de Arslan voltando às ruas pelo túnel e quando os sons de perseguição diminuem, trocamos de carro e vamos direto para o nosso aeroporto.

Conseguimos.

Nosso alvo está morto e ninguém se machucou.

Extremamente feliz, ligo para Lucas tão logo nosso avião sai do chão.

— Acabou — Digo quando ele atende o telefone — Estamos voltando, então, você pode falar para Sara se aprontar. Estamos indo pegá-la antes de fazermos um pequeno desvio para Nova Zelândia.

Por um momento, tem apenas o silêncio. Então, Lucas fala.

— Peter...— Sua voz tensa. — Sobre Sara... Lamento, mas houve um acidente.

Peter

MEU CORAÇÃO SE TRANSFORMA NUM BLOCO DE GELO, meus pulmões calcificando ante as palavras de Lucas. Sara, num acidente – isso é impossível, impensável.

É o meu pior pesadelo se realizando.

Lucas está falando, dizendo-me algo sobre um carro e um cachorro, mas não estou processando. Tem um rugido dormente nos meus ouvidos e tudo que posso pensar é na outra vez que alguém me deu a notícia pelo telefone naquele tom.

O cheiro de morte, os longos cílios de Tamila queimados e colados com sangue, a mãozinha de Pasha em volta do carrinho... Minha visão escurece, toda consciência apagando enquanto a angústia me rasga, dizimando tudo por dentro.

Procurando numa pilha de corpos, ouvindo o zunido de moscas, sabendo que eu não estava lá para salvá-los...

Não consigo respirar, não sinto nada, mas o horror que torce minhas entranhas.

Um acidente de carro. Sara. Seu corpo esmagado em pilhas de metal amontoadas.

A agonia é muito forte para aguentar. Eu não posso visualizá-la morta, não posso imaginar sua centelha vital extinguida.

Algo vermelho e quente desce pelo meu braço. Vagamente, concluo que meus dedos estão segurando o telefone com tanta força que arranquei uma unha. Mas não registro a dor. Nada se registra exceto a agonia vazia se espalhando pelo meu peito.

Não posso perder Sara.

Não sobreviverei a isso.

— ... ela pode ter uma concussão, mas os médicos não acham que...

— Uma concussão? — Eu me apego a uma palavra que não faz sentido. Meus pensamentos estão soltos e vagarosos, paralisados pelo choque e pesar crescente. — Do que você está falando?

— Os médicos não acham que é muito sério — Diz Lucas, sua voz com um tom desesperado. — Você não estava ouvindo? É um corte profundo na sua testa, mas se certificarão de que não fique nenhuma cicatriz. E, obviamente, cobrirei todas as despesas – é o mínimo que posso fazer sob as circunstâncias atuais.

— Uma cicatriz? — Eu não entendo por um momento, o desespero me tomando com muita força, em absoluto, mas minhas sinapses começam a trabalhar. Inspirando profundamente, eu ofego: — Ela está... viva?

— O quê? — Lucas parece confuso. — Sim, claro. Eu te falei, ela teve o ombro deslocado e uma possível concussão. Você está com uma recepção ruim ou algo parecido? Sim, Sara está viva. Seu carro bateu no muro de contenção e ela abriu a testa e machucou o ombro. A levamos para a clínica na Suíça – a que Esguerra gosta de usar, lembra? Peter, você está ouvindo?

Estou, mas não posso falar-lhe. Os músculos da minha garganta trancaram pelo espasmo assim como todo o meu corpo. O alívio é tão intenso que me rasga como estilhaços de uma mina, tão doloroso pelo seu caminho quanto as angústia que me sufocou antes. Eu não me lembro de chorar quando perdi meu filho, mas agora sinto a umidade agonizante no meu rosto, as lágrimas deixando trilhas do que sobrou do meu coração.

Eu não perdi Sara.

Ela está viva.

Ferida na minha ausência, mas viva.

— Peter? Está me ouvindo? — A voz de Lucas fica mais alta. — Porra, cara, está me ouvindo?

— Estou a caminho — Digo com pesar e desligo, ordeno Anton para mudar o curso para a Suíça.

*S*ara

EU FLUTUO PARA DENTRO E PARA FORA DE UM ESTADO DE escuridão, meus sentidos alternando entre consciência grogue a total vazio. Quando estou lúcida o bastante para pensar, fico agonizando em dor, mas posso também me ligar a outros estímulos... como vozes.

— Como você pôde fazer isso? Você sabe o que ele fará quando voltar? Esperava-se que nós a mantivéssemos *em segurança*. — É uma voz masculina, dura e repreensiva. Sei a quem pertence a voz do homem, mas a dor latejante na minha têmpora fica intolerável quando tento pensar no nome.

— Eram *seus* guardas que a estavam seguindo. Você poderia tê-la deixado ir — Retruca uma voz feminina.

A mulher parece preocupada. Sei que seu nome é alguma coisa estrangeira e exótica, mas estou muito atordoada para me lembrar qual é. — Ele estava abusando dela, Lucas ...

Sim, Lucas, é isso, lembro-me com alívio. Lucas Kent, o negociante de armas que vive em Chipre.

— Abusando dela? Ele adora a porra do chão que ela pisa. Você não viu o jeito que ele olha para ela? — Parece que Kent está perto de matar alguém. — E eu te disse, ele ligava para saber dela todos os dias, querendo saber se ela estava comendo, dormindo... se ela estava *feliz*, porra. Isso se parece com um homem que está torturando uma mulher? E ela tem perguntado por *ele*. Uma mulher que odeia seu sequestrador ficaria preocupada com a segurança dele?

— Não, mas...

— Mas nada! Mesmo se ele a torturasse com afogamento todas as noites, não é nenhuma porra de problema meu. Eu estava fazendo um favor para ele e agora teremos sorte se não terminarmos na sua lista.

— Lucas, por favor. — A mulher com nome exótico – esposa de Kent, a bela loira, agora me lembro – parece até mais preocupada. — Foi um acidente esquisito, nada mais. Ele entenderá. Deixe-me falar com ele, explicar o que aconteceu...

— Não. — A voz de Kent é resolutamente sinistra. — Não quero que ele saiba que você estava de alguma forma envolvida. Você volta para a porra da casa antes que ele chegue aqui. E vou pegar emprestado algumas dúzias de guardas de Esguerra até que possamos contratar mais.

— Mas, e você? — Pergunta a mulher de Kent, seu tom de preocupação aumentando a dor da náusea na minha cabeça. Movendo-me, tento mudar para uma posição mais confortável – e tenho que segurar um grito quando uma dor intensa explode no meu ombro esquerdo.

— Ficarei aqui até que ele aterrisse — Diz Kent quando dou uma respirada rasa para tentar diminuir minha dor. Quero abrir meus olhos, mas algo está atrapalhando e eu não ouso mover meu braço novamente para descobrir qual o problema.

— E se ele te matar? — Argumenta a mulher de Kent. — Se você estiver certo e ele não te ouvir...

— Vou manter doze guardas comigo, e além do mais, ele terá *ela* para se preocupar. — Percebo sua atenção se voltando para mim e, então, Kent diz: — Acho que acabei de vê-la se mover. O analgésico deve estar passando. Chame as enfermeiras, rápido.

Ouço passos rápidos e um minuto depois, estou flutuando num vazio difuso novamente.

NA PRÓXIMA VEZ QUE ACORDO, HÁ UMA MÃO FEMININA macia acariciando meu cabelo. É gostoso, especialmente pelo fato da minha cabeça parecer um balão de concreto.

— Desculpe, Sara — Murmura a mulher e desta vez seu nome vem a mim. Yulia, é assim que se chama a mulher de Kent. — Tenho que ir agora, mas quero que você saiba o quão sentida estou. Achei que você tivesse mais tempo para fugir, mas Lucas suspeitou que eu pudesse te ajudar e colocou alarmes adicionais no perímetro. Eu lamento muito. Eu nunca pretendi que isso acontecesse. Espero que você acredite em mim.

Abro minha boca para agradecer, mas em vez disso tusso dolorosamente. Minha garganta está completamente seca e o balão pesado que é minha cabeça lateja de tanta dor. E também parece haver algo atravessando meu rosto que me impede de abrir os olhos. Um curativo grosso na minha testa, talvez?

— Aqui. Você deve estar com sede. — Um canudo toca meus lábios e seguro com a boca, gananciosamente sugando o líquido morno.

— O que aconteceu? Onde estou? — Eu coaxo quando termino de beber um copo d'água. Minha voz fraca e rouca, mas pelo menos posso falar novamente.

— Você está numa clínica particular na Suíça — Explica Yulia calmamente. — Você se envolveu num acidente de carro. Lembra-se?

Eu assinto e imediatamente me arrependo de tê-lo feito. — Sim — Ofego quando as ondas da dor agonizante passam. — Apareceu um cão e...

— Sim, isso mesmo. — Ela parece aliviada. Seria por isso que estou com um ferimento na cabeça? Imagino o quão ruim está e fico tensa, meus pulmões presos quando lembro-me de algo muito mais importante.

Rapidamente, pergunto: — Onde está Peter? Ele está...

— Eu lamento — Diz Yulia e meu coração desmorona ante ao genuíno arrependimento na sua voz. — Desculpe-me — Ela continua no mesmo tom —, ele está voltando. Eu não pude fazer nada.

Meus pulmões se expandem numa respiração trêmula. — Você quer dizer que ele... está bem? — Minha voz é pesada, minhas extremidades pinicando do pico violento de adrenalina. — Ele não se machucou?

Há um momento de silêncio. Então, Yulia diz vagarosamente — Não, ele não se machucou. Sara... você me perguntou isso porque você está com medo de que ele *não* se machucou – ou que ele se machucou? — Ante minha confusa não resposta, ela esclarece: — Você sente algo por esse homem?

Eu umedeço meus lábios feridos, ciente de uma pontada de culpa. Eu não tive intenção de mentir para Yulia ou de me aproveitar da sua bondade, mas foi isso exatamente o que fiz quando enfatizei o aspecto negativo do meu relacionamento complexo com Peter.

Eu não só falhei em fugir, como também a coloquei num mundo de problemas. A pior parte, contudo, é que eu estou secretamente aliviada de ter falhado, contente por não ter sido capaz de fugir de Peter e do futuro que eu tanto quero quanto temo.

— É... complicado — Digo finalmente, ecoando suas palavras daquele dia.

Ela inspira com força e levanta-se. — Entendo.

— Yulia, espera — Falo quando ouço passos, mas é tarde demais.

Ele se foi e não muito depois, as drogas me dominam novamente.

 *eter*

UM OMBRO DESLOCADO E UM CORTE PROFUNDO NA TESTA.

Logicamente, sei que nenhum desses ferimentos põe a vida em risco, mas quando olho para Sara na cama, seu rosto pálido coberto com curativo, medo e ódio remoem meu peito, desafiando todas as tentativas de lógica.

O voo de quatro horas para a Suíça esteve entre os mais longos da minha vida. Quando mudamos o curso, liguei para Lucas novamente, exigindo mais detalhes e explicações e apesar de ele ter repetidamente me assegurado que a condição de Sara era estável e que ela estava sendo tratada pelos melhores médicos da Europa, eu não acreditei totalmente até que a vi.

O destino nunca foi bondoso comigo antes.

Sentando-me na beirada da cama, eu cuidadosamente seguro sua mão com as minhas duas, sentindo o calor frágil da sua pele e a delicadeza dos seus ossos finos. Minhas próprias mãos estão tremendo, minhas emoções muito fortes para serem controladas.

Um cachorro.

Ela quase morreu por causa da porra de um cão.

Meu coração se parte ao meio, a dor tão intensa quanto senti ao achar que ela estava morta. Se o muro de contenção não tivesse sido tão forte, se o carro não tivesse airbags, se o pedaço de vidro que cortou sua testa tivesse em vez disso sido nos olhos... eu tremo, imaginando os jeitos cruéis que ela poderia ter morrido e os ferimentos debilitantes que poderia ter sofrido.

E é tudo por minha causa.

Eu não consigo me esconder da realidade cruel, não consigo retirar a culpa sufocante.

Eu não estava lá e Sara fugiu.

Ela roubou um carro e correu para a liberdade, tão desesperada para fugir de mim que não se preocupou se viveria ou morreria.

A fúria fervendo no meu peito é apenas parcialmente por Lucas. Ele pagará pela sua negligência, mas não posso fingir que ele tem a maior parte da culpa.

Essa pertence unicamente a mim.

Foi minha necessidade egoísta de tê-la, engaiolá-la e possuí-la que levou Sara a correr o risco. Eu quase matei a mulher que amo e não sei como me redimir disso.

Não sei se, mesmo agora, posso deixá-la ir.

Seus lábios inchados partem-se numa exalação suave e fico de joelhos no piso, colocando a parte de trás da sua mão contra minhas bochechas ásperas pela barba mal-feita quando fecho os olhos. Sua pele é suave, seus dedos tão pequenos comparados com os meus. Meu peito se aperta em agonia. Sinto-me sufocando, me afogando em desejo e desespero. Por que ela não pode simplesmente me amar? Por que ela não pode aceitar que nós nos pertencemos? Havia ocasiões quando achava que poderia, quando tinha certeza que ela estava quase lá.

E talvez ela estivesse. Talvez ainda esteja. O monstro dentro de mim rosna, exigindo que a segure, que a mantenha não importa o que seja necessário... não importa o que isso cause a ela no final. Com o tempo, ela se dará conta, entenderá que fomos feitos um para o outro.

E se ela me der uma chance, a farei feliz... ela e a criança que desejo tanto.

Um gemido fraco me tira dos meus pensamentos e abro os olhos para ver os lábios de Sara se movendo.

— P-Peter? — Sussurra ela e uma supernova explode no meu peito. Apenas essa única palavra e meu mundo é mil graus mais quente, um milhão de watts maior. Todo o pesar e dor são extintos, a escuridão se foi em vez de chupar minha alma.

— Sim, ptichka — Respondo roucamente, apertando sua mão nos meus lábios. — Estou aqui.

Seus dedos finos se mexem quando os beijo um por um. — Você está... Tudo correu bem? — Ela parece grogue dos analgésicos. — Alguém se machucou?

Uma dor de agonia esfaqueia meu peito. — Não, meu amor. Ninguém além de você.

— Isso é bom. — Seus lábios se curvam num pequeno sorriso. — Estou feliz.

Eu inspiro com dificuldade, a culpa e angustia sobrepujantes em mim novamente. De certo modo, isso seria mais fácil se Sara me odiasse, se o que ela sentisse por mim fosse ódio e medo. Então, eu poderia ir embora, tentar terminar minha obsessão para que, desse modo, eu pudesse deixá-la viver sua vida enquanto eu voltaria para o vazio frio da minha. Mas Sara não me odeia simplesmente; é mais complexo do que isso.

Ela precisa de mim. Ela admitiu isso para mim.

— Por que você fugiu? — Pergunto com voz trêmula, olhando para seus hematomas na sua mandíbula. — É por causa do que eu falei sobre os preservativos? Você teme uma criança comigo tanto assim?

Eu tenho que entender o que a motivou a fazer isso.

Tenho que saber se existe alguma esperança para nós.

Seus dedos se apertam na minha pegada. — Eu... sim. Quero dizer, não. Eu não sei. Isso não é o que eu quero, mas talvez... — Ela desconcentra, ainda com uma dose forte de analgésicos.

— Talvez? — Pergunto, meu coração batendo dolorosamente no meu peito.

— Mas talvez numa vida diferente, eu poderia. — Sua voz sumindo, mudando para um sussurro repicado. — Num mundo diferente, um onde eu seria sua, isso seria diferente. Você não seria um assassino fugitivo... você não teria me sequestrado depois de matar George. Você seria meu marido e eu seria sua esposa amada e poderíamos ter um cão atrás uma cerca de madeira... levaríamos nossas crianças ao parque e celebraríamos o aniversário dos meus pais... Haveria amigos e churrascos e música... e você me amaria, realmente me amaria... amaria tanto que não roubaria minha vida.

Eu aperto meus olhos fechados, suas palavras revirando dentro de mim como uma lâmina de um assassino. Isso não deveria machucar, sua admissão drogada; eu deveria estar feliz que ela queira tudo isso comigo. Mas tudo que posso pensar é que eu nunca a terei verdadeiramente, nunca darei a ela a vida que ela quer. Mesmo que eu consiga que tenhamos uma família, mesmo se Sara me quiser mais durante os anos, o passado sempre estará entre nós como um fosso, o estilo de vida de um fugitivo para sempre uma fonte de conflito e estresse. Não há churrascos e cercas de madeira no nosso futuro, nenhum cachorro e crianças brincando no quintal.

Ela amará nosso filho, mas não a farei feliz.

Eu poderia dar-lhe tudo que tenho e isso não seria o bastante.

Um monitor bipa baixo quando a respiração de Sara muda e eu abro meus olhos para ver que ela está dormindo novamente, os analgésicos ajudando-a a descansar e se curar.

Uma respiração rasa sai de mim, um peso impossível apertando meus pulmões doloridos.

Eu deveria levantar-me, atualizar meus homens e enviá-los atrás de Henderson, mas não consigo me mover.

Eu não consigo fazer nada além de ajoelhar-me ao lado da cama de Sara, segurando sua mão enquanto uma escuridão oca me pressiona.

Sara

Quando eu acordo novamente, desta vez sem o curativo nos meus olhos, Peter está lá, sentado numa cadeira perto da minha cama com um computador no seu colo. Ele parece exausto, mais desgastado do que jamais o vi antes. Sombras escuras circulam seus olhos vermelhos e suas bochechas com a barba não feita estão fundas, como se ele tivesse perdido peso. Ele está trabalhando no laptop, mas quando eu me movo, seu olhar vira para mim como um ímã magnético.

— Você acordou. — Sua voz rouca quando ele coloca o laptop de lado e se levanta. — Como está se sentindo, ptichka? Precisa de alguma coisa? Tome, beba um pouco de água. — Ele pega um copo com um canudo da mesa perto da minha cama e se curva, ajudando-me a ficar numa posição mais em pé quando coloca o canudo nos meus lábios.

Ainda estou um pouco tonta por causa das drogas e grata bebo quase toda a água. —Por quanto tempo estou aqui? — Eu coaxo quando ele coloca o copo de lado.

Depois de beber, parece que minha garganta foi esfregada com lixa, minha boca tão seca que minha língua fica colando nas bochechas.

— Três dias — Responde Peter sentando-se na beirada da minha cama — Os médicos acharam que apressaria sua recuperação.

Passo a língua nos meus lábios ressecados, sentindo o inchaço dolorido num lado. Agora que já estou mais acordada, vejo que ainda tem um curativo na minha testa – posso senti-lo pressionando minhas sobrancelhas – e meus ombros estão rígidos e doloridos. — Quão ruim é minha situação? — Pergunto, tremendo de dor quando tento me mover.

As mandíbulas de Peter se flexionam. — Um estilhaço de vidro causou um corte profundo na sua testa e você deslocou seu ombro esquerdo. Por sorte você estava com o cinto e o airbag absorveu o maior impacto da batida. Mas você tem hematomas em vários lugares, incluindo a maior parte do seu rosto. — Sua voz pesada enquanto fala, suas próprias feições se contorcendo de dor.

Piscando ante as pontadas repentinas das lágrimas, eu levanto minha mão direita cuidadosamente, sentindo o curativo na minha testa. Eu deveria provavelmente ficar preocupada no quão feia a cicatriz ficará, mas todo meu foco é no olhar de angústia prateado de Peter.

Eu o feri, esse homem letal e indomável.

Eu o feri quando ele já está tão ferido, quando o sofrimento foi tudo o que conheceu.

— Não vai ficar cicatriz — Ele diz com voz rouca, seguindo o movimento da minha mão. — Eles têm os melhores cirurgiões plásticos aqui e vão consertar isso. Eu prometo, meu amor, vou fazer certo.

Eu olho para ele, meus olhos queimando com emoções arrasadoras. Talvez pelo efeito dos analgésicos, mas não aguento a dor no seu olhar, não consigo resistir saber que eu o feri. Porque não importa o que queira dizer a mim mesma, estou ferozmente feliz de vê-lo, tão aliviada de que ele não foi morto que gostaria de me ajoelhar e chorar.

Se tivesse que escolher entre ele e minha liberdade neste momento, eu daria tudo para tê-lo na minha vida.

Uma batida na porta é seguida de duas enfermeiras entrando no quarto e eu respiro com dificuldade quando Peter se levanta.

— Espera! — Ignorando uma onda de dor forte, me sento, pegando seu pulso tatuado. — Fica comigo... Por favor, Peter, fica.

Ele senta-se imediatamente, cobrindo minha mão com sua palma. — Claro. —Sua voz é profunda e suave, tão calorosa quanto a chama sinistra no seu olhar. — Qualquer coisa que você quiser, meu amor.

Ele fica comigo enquanto as enfermeiras trocam o curativo na minha cabeça e quando elas tentam fazer com que ele saia, dizendo que preciso de descanso, eu imploro que ele fique e me segure. Sei que não faz sentido, mas já passei de todas as tentativas de bom senso e razão. Não posso desistir de tentar fugir – se por nada mais, devo isso ao meu futuro filho, e aos meus pais – mas agora, preciso de Peter comigo.

Quero me rastejar para os seus braços e nunca sair.

Ele fica comigo pelo resto do dia e toda a noite seguinte, acariciando-me suavemente enquanto durmo e quando eu acordo na manhã seguinte, coloco as enfermeiras para fora e ele me ajuda a tomar banho antes de colocar-me no colo para assistir TV.

Ligo-me a ele desse jeito nos próximos dois dias, incapaz de largá-lo e deixá-lo ir, apesar de ele achar isso estranho. Tem tanta coisa que falta falar entre nós, tantas coisas ainda não resolvidas, mas tudo que me importo neste momento é tê-lo.

Ele é meu para amar e odiar, nada mais importa.

PARA MINHA IRRITAÇÃO, EU SARO DEVAGAR, O CORTE NA minha testa requerendo outra cirurgia para diminuir a cicatriz e meu ombro dói a cada movimento. Depois de outra semana na clínica, contudo, recuso-me a ficar no meu quarto o dia todo e Peter quase mata o médico que me deixa levantar e andar pelo corredor sem supervisão.

Ou, pelo menos, não supervisionado por ele.

Não sou a única comportando-me irracionalmente depois do acidente. Pelo que as enfermeiras me disseram, Peter não me deixou fora de sua vista por mais do que uns minutos depois de chegar à clínica. Ele até tenta me acompanhar ao banheiro no pretexto de que os analgésicos me deixem tonta. Quando me recuso categoricamente, ele insiste em, pelo menos, deixar uma das enfermeiras ir junto, assim, ele pode ser informado imediatamente se algo sair errado. Ele tem que saber que esse nível de preocupação não é completamente normal, mas como eu, ele parece não conseguir evitar.

— Tenho que saber se você está segura. Tenho que te ver, tocá-la todo o tempo — Explica ele solenemente quando o asseguro que estou me sentindo melhor e que está tudo bem deixar-me por uma hora para uma reunião de negócio com os homens.

— Você está enlouquecendo — Disse Anton a ele na minha frente quando Peter adiou uma ligação com um cliente em potencial para que, assim, pudesse estar lá na hora da troca do meu curativo. — Sara tem oito enfermeiras cuidando dela e pelo menos quatro médicos. Você realmente acha que ela precisa de você lá?

Eu realmente acho, mas fiquei em silêncio, não querendo aumentar nossa loucura mútua. Estou bem certa de que Peter não tem negligenciado suas responsabilidades com a equipe – sempre que acordo, o vejo no laptop ou discutindo negócios com seus homens – mas as enfermeiras me falaram que todas as reuniões com os russos foram feitas no quarto perto do meu enquanto durmo, com Peter vindo me ver a cada dez minutos.

— Seu marido é tão devotado a você — Uma enfermeira alemã jovem diz quando Peter a deixa tomar conta de mim enquanto ele toma banho. — Gostaria que meu noivo fosse tão louco assim por mim.

Fico tentada a corrigi-la, falar que Peter é meu sequestrador, não meu marido, mas não consigo estourar sua bolha. E não mudaria nada, de qualquer forma. Os médicos e o quadro de enfermeiras nesta clínica devem receber extremamente bem pela sua discrição, porque ninguém com quem falei estava disposto a chamar as autoridades em meu favor. Não que tenha tentado muito convencê-los. Não apenas pelo fato de eu ser patologicamente incapaz de ficar longe do meu sequestrador, mas também pelo fato de ter colocado Yulia numa péssima situação.

Espero desesperadamente que Peter não a coloque ou Lucas na sua lista.

Eu considerei conversar isso com ele, explicá-lo que eles não foram de nenhuma maneira culpados pelo acidente, mas sempre que os homens de Peter falam sobre Chipre ou os Kents, ele fica com um olhar tão firme e perigoso que não ouso forçar o assunto. Por enquanto, Peter parece focado apenas na minha saúde e eu quero que continue assim pela maior parte do tempo possível.

Não posso ter meu cavaleiro negro entrando em confusão – não quando foi tudo erro meu.

Em geral, não falamos sobre minha tentativa de fuga ou os eventos que o precederam. Nenhum dos dois aguenta falar sobre isso. Não sei se Peter ainda pretende forçar uma criança em mim, ou se até ele tem essa resposta. De qualquer forma, ele não me tocou – não de modo sexual pelo menos.

Eu estava feliz no início – eu não estava definitivamente em condição de fazer sexo naqueles primeiros dias – mas agora estou me sentindo melhor, e estou começando a imaginar. Meu sequestrador ainda me deseja: posso sentir sua ereção quando deito no seu abraço. Mas ele não faz nada sobre isso, nem mesmo me beija nos lábios. Mesmo quando explicitamente conversei isso com os doutores, ele se abstém, e eu sei que ele se culpa pelo acidente. Podemos não ter conversado sobre o que aconteceu, mas está lá entre nós, meus ferimentos são uma lembrança constante do que ocorreu naquela noite. Vejo o sofrimento nos seus olhos quando ele olha para meus hematomas desaparecendo, a mesma angústia de culpa que me consumiu depois do acidente de George.

O que aconteceu pode ter nos tornado mais próximos, mas está rasgando Peter por dentro.

QUANDO JÁ ESTAMOS NA CLÍNICA POR DEZ DIAS, SARA insiste em andar sozinha pela clínica e eu deixo, apesar de Yan ter tomado controle das câmeras do corredor para que eu possa assisti-la no meu próprio laptop enquanto ela caminha.

Estou tão consumido por Sara que está amontoando todo o resto, até minha necessidade de vingança. Consegui enviar minha equipe para a Nova Zelândia algumas horas depois de chegar à clínica, mas como esperado, quando eles chegaram lá, Henderson tinha notado o erro da sua esposa e desapareceu novamente. Normalmente, isso me teria deixado irado, mas não consegui juntar tanta energia para isso. E ainda não consigo. Mesmo Lucas, que prudentemente voou para casa tão logo eu cheguei na clínica, não está no meu radar atualmente pela sua negligência com Sara. Ainda pretendo fazê-lo pagar, mas por enquanto, tudo que interessa é que ela está viva e se recuperando bem.

Eu a vigio o tempo todo, dia e noite. Chegou ao ponto onde eu quase não como ou durmo. Não sei o que fazer, como desligar esse medo obsessivo pela sua segurança. Toda vez que fecho meus olhos, sonho com Lucas me dizendo que ela se feriu, apenas quando chego ao hospital, descubro que ele mentiu e que ela está morrendo.

É meu novo pesadelo e não consigo fazê-lo parar, não mais do que consigo liberá-la para ir para casa.

É isso que eu deveria fazer, eu sei disso. Ficar com Sara vai destruí-la. Vejo agora, tão claramente quanto os pontos na sua testa. Apesar de haver vezes que ela estava feliz no Japão, por dentro, ela estava ferida e sangrando. A separação da sua família e a perda da sua carreira são feridas que nunca sararão. Mas, aqui na clínica, ela está tentando ajudar os médicos com os outros pacientes – quando ela não os está pedindo para ligar para o FBI, claro.

Meu pequeno pássaro não desistiu de voar e receio que nunca desistirá.

As ligações telefônicas para os pais não ajudam. Eu a deixei falar com eles todos os dias desta semana, mas isso parece só piorar as coisas. Agora, Sara já se foi por cinco meses e apesar da sua reafirmação do contrário, sua família está convencida de que ela está sendo mantida contra a sua vontade.

— Por que você simplesmente não vem para casa? — Pergunta sua mãe frustrada quando eu ouço as conversas. — Se você está apenas viajando com esse homem, você não deveria ter problemas em vir nos visitar. Você sabe que eles já te substituíram no hospital, não sabe? Seu pai e eu imploramos e pedimos para eles esperarem, mas eles estavam sobrecarregados. E sua amiga Marsha – ela liga toda semana perguntando por você. Por que você não ligou para ninguém no hospital? Todos estão preocupados com você, querida, e nós também. E o coração do seu pai...

— Ela para, mas não antes de Sara ficar pálida sob seus hematomas.

— E o coração de Papai? — Sua voz num tom de pânico. — Por favor, Mamãe, o que tem de errado com o coração de Papai?

— Bem, ele não está ficando mais jovem e nem eu estou — Diz Lorna Weisman e eu ouço Sara expirar aliviada quando vê que sua mãe não fala nada específico. Meus hackers têm ficado de olho nos arquivos médicos dos Weismans e eu teria falado a Sara se houvesse algo de novo. Ainda, posso dizer que isso a amedrontou. É um dos maiores medos de Sara: de que algo possa acontecer com seus pais enquanto ela não está lá... que ela não pudesse ser capaz de ajudar as pessoas que mais ama porque é minha prisioneira do outro lado do mundo.

— Por favor, mãe, nem mesmo fale sobre tais coisas

— Diz ela, forçando uma certa felicidade no seu tom. — Estou bem e tentarei vir para casa para uma visita em breve.

— Quando? — Exige a mãe. — Dê-nos uma data.

Sara olha na minha direção. — Não posso. Ainda não.

— Por que não? É porque ele não vai te deixar?

— Não, Mãe. Eu já expliquei. Todos os problemas com o FBI são um grande mal-entendido, mas até que seja resolvido, Peter não pode ir...

— Besteira. — É a voz do seu pai cortando; ele deve estar ouvindo no viva-voz o tempo todo. — Ele não pode mas você certamente pode – e você deveria. Se ele não está te mantendo prisioneira, então, venha pra casa. Fuja desse criminoso. Você sabe que eles acham que ele matou pessoas? Eles não falam nada para nós, claro, mas entreouvimos eles falando e...

— Pai, tenho que desligar. Desculpe. Falamos mais à frente durante a semana, ok? Amo vocês!

Sara desliga antes que seu pai possa falar uma palavra e apesar das suas feições estarem cuidadosamente normais, posso dizer que ela está quase chorando. Sem falar nada, vou para a sua cama e com cuidado para não esbarrar no seu ombro, puxo-a para o meu colo.

Então, a seguro enquanto ela chora, meu próprio desespero crescendo quando vejo que algo terá que mudar.

Não posso deixá-la ir, mas tampouco posso mantê-la.

O QUE PIORA MEU DILEMA É QUE DESDE O ACIDENTE, algo mudou entre nós. Eu sinto e isso esmaga meus impulsos nobres sempre que eles aparecem. O que eu sempre quis – que Sara compartilhasse meus sentimentos – parece que finalmente está ao meu alcance. O jeito que ela se prende a mim, o jeito que ela olha para mim esses dias – tudo isso fornece combustível para a minha necessidade compulsiva de mantê-la, de segurá-la forte e nunca deixá-la livre.

Quero mantê-la numa gaiola dourada para sempre, assim, posso ter certeza que ela esteja sempre segura.

Quero protegê-la de tudo, incluindo minha própria necessidade conturbada.

— Você sabe que os médicos disseram que está bem — Murmurou ela naquela noite, esticando a mão sob o cobertor para segurar meu pau pulsando. — Deixe-me...

— Não. — Fazendo uma careta de agonia, eu guio cuidadosamente sua mão para longe, apesar de cada célula do meu corpo chorar ante a perda do seu toque. — Esta noite não, ptichka. Você ainda não está bem.

Os médicos devem ter pensado numa atividade sexual de baixo impacto, mas eu me conheço, e a intensidade do meu desejo por Sara me aterroriza. Minha necessidade por ela é muito violenta, muito incontrolável. Não posso arriscar tocá-la até que esteja totalmente sarada, então, eu me forço a esperar até que ela esteja melhor.

Até que eu passe da minha indecisão excruciante e decida o que fazer.

~

No final da segunda semana, os pontos de Sara caem e os médicos nos falam com todas as palavras que não tem nenhuma razão para ficarmos na clínica. Um até ousa realçar que num hospital normal, Sara seria dispensada depois da primeira noite. Eu não dou a mínima para a opinião deles, claro, mas no caso de Sara o assunto é diferente.

Ela está enjoada de ficar na clínica e pronta para ir a qualquer lugar, até de volta à nossa casa no Japão.

— Por favor, Peter, já basta. Estou perfeitamente bem — Insiste ela e eu finalmente cedo, dizendo a Anton para preparar o avião para amanhã de manhã.

— Já era porra da hora — Murmura ele sombriamente. — Tínhamos certeza que você decidiu se aposentar e formar residência neste lugar.

Luto contra a vontade de gritar com ele porque ele está absolutamente certo. Desde o acidente de Sara, parei tudo, ignorando as ofertas de trabalho que chegavam. Nossa fama no submundo está se espalhando e devemos capitalizar com isso.

Mais alguns poucos trabalhos como esse na Turquia, meus companheiros e eu poderemos nos aposentar.

Teremos o bastante para fugir das autoridades pelo resto da vida.

JÁ É TARDE NAQUELA NOITE QUANDO ME LEVANTO E checo meu email. Como sempre, minha caixa de entrada está inundada de mensagens de clientes tanto atuais quanto possíveis. Algumas das ofertas são risíveis – quinhentos mil dólares para eliminar um mafioso local, um milhão de euros para se livrar de um tio rico de alguém – mas muitas valem a pena considerar.

Estou quase terminando de ler as mensagens quando um novo email chega. Eu abro – e olho em choque pela quantia oferecida.

Cem milhões de euros.

Quatro vezes mais do que o nosso pagamento mais lucrativo até agora.

É de Danilo Novak, o negociante de armas Sérvio que está fazendo incursões nos negócios de Kent e Esguerra. E se a quantia não fosse o bastante para me intrigar, o nome do alvo definitivamente é.

Novak quer que eu elimine Julian Esguerra, meu ex-empregador – o homem que prometeu me matar por salvar sua vida quando eu colocava a vida da sua mulher em perigo.

Surpreso, leio o email novamente, minha mente correndo com as implicações. Lendo nas entrelinhas, Novak parece ter alguns ativos já estabelecidos que reduziriam a dificuldade do risco de impossível para impossivelmente perigoso. Sem levar isso em consideração, se pegássemos esse serviço, Esguerra seria nosso alvo mais desafiador até agora.

Também é o único serviço que precisaríamos para resolver nossos problemas financeiros pelo resto da vida.

Enquanto estou sentado lá, olhando para a tela do meu laptop, outra ideia me ocorre – uma simplesmente tão perigosa e infinitamente mais tentadora.

Se eu fizer as coisas bem certo, esse trabalho poderia ser realmente a resposta para tudo.

Eu poderia ficar com Sara... e dar a ela a vida que ela quer.

AGRADECIMENTOS

Obrigada pela leitura! Se você considerar deixar uma resenha, seria muito apreciado. A história de Peter e Sara continua em *Destinos Entrelaçados*. Se você deseja ser notificado na época do lançamento, inscreva-se em minha nova lista de e-mails de lançamento em www.annazaires.com/book-series/portugues/.

Quer ler meus outros livros? Confira:

- *A trilogia Perverta-me* – a história sombria de como Julian Esguerra, o chefe de Lucas, sequestra a esposa, Nora
- *A trilogia de Mia e Korum* – a história de ficção científica futurista de Korum, um alienígena poderoso, e Mia, a estudante tímida que ele está determinado a ter
- *A Prisioneira dos Krinars* – o romance envolvente entre Emily, uma mulher em

perigo mortal, e Zaron, o alienígena
disfarçado que salva a vida dela

Você também poderá gostar de uma obra em
colaboração com meu marido, Dimas Zales:

- O Código de Feitiçaria – as aventuras de
  fantasia épica do feiticeiro Blaise e sua
  criação, e bela e poderosa Gala

Agora, vire a página para ver uma pequena amostra
de *A Prisioneira dos Krinars*.

<h1 style="text-align:center">EXCERTO DE A PRISIONEIRA DOS KRINARS</h1>

Observação da Autora: *A Prisioneira dos Krinars* é um romance independente completo que acontece aproximadamente cinco anos depois da trilogia *As Crônicas dos Krinars*.

Emily Ross não esperava sobreviver à sua queda fatal na floresta Costa Riquenha e, certamente, nunca pensou que acordaria numa casa estranhamente futurística, feita prisioneira pelo homem mais belo que já viu. Um homem que parece ser mais do que humano...

Zaron está na Terra para facilitar a invasão Krinar – e para esquecer a terrível tragédia que despedaçou sua vida. Mas quando ele encontra o corpo danificado de uma garota humana, tudo muda. Pela primeira vez em anos, ele sente algo mais do que raiva e pesar, e Emily é a razão disso. Deixá-la partir comprometeria a missão, mas mantê-la o destruiria novamente.

～

Eu não quero morrer. Eu não quero morrer. Por favor, por favor, por favor, eu não quero morrer.

As palavras continuavam repetindo na sua mente, uma oração sem esperança que nunca seria ouvida. Os dedos dela deslizaram mais uns centímetros na tábua áspera, suas unhas quebrando enquanto tentava manter a pegada.

Emily Ross estava pendurada pelas unhas – literalmente – numa velha ponte quebrada. Centenas de metros abaixo, as águas corriam pelas pedras, o riacho da montanha cheio pelas recentes chuvas.

Aquelas chuvas eram parcialmente responsáveis pelos seus apuros. Se a madeira na ponte estivesse seca, ela provavelmente não teria escorregado, virando o pé durante o processo. E certamente não teria caído no trilho que tinha se quebrado com seu peso.

Foi somente uma segurada de última hora que impediu Emily de despencar para a morte lá embaixo. Ela estava caindo, sua mão direita tinha segurado numa pequena saliência no lado da ponte, deixando-a balançando no ar a dezenas de metros acima das rochas.

Eu não quero morrer. Eu não quero morrer. Por favor, por favor, por favor, eu não quero morrer.

Não era justo. Não era para acontecer assim. Aquelas eram as férias dela, seu tempo de recobrar a sanidade. Como poderia acontecer de ela morrer agora? Ela não tinha nem começado a viver.

Imagens dos últimos dois anos passaram pelo cérebro de Emily, como uma das apresentações de PowerPoint que ela tinha passado tanto tempo preparando. Todas as noites trabalhadas, todos os finais de semana gastos no escritório – aquilo tudo para nada. Ela tinha perdido o trabalho durante o período de demissões, e agora, estava prestes a perder a vida.

Não, não!

As pernas de Emily se agitaram, suas unhas cavando mais fundo na madeira. O outro braço tentou alcançar, se esticando para a ponte. Isso não podia acontecer com ela. Ela não deixaria. Ela tinha trabalhado muito para permitir que essa estúpida ponte na selva a derrotasse.

Sangue correndo pelo seu braço enquanto a madeira áspera rasgava a pele dos seus dedos, mas ela ignorava a dor. Sua única esperança de sobrevivência era tentar agarrar o lado da ponte com a outra mão, então, conseguiria se içar para cima. Não havia ninguém por perto para salvá-la.

A possibilidade de morrer sozinha na floresta tropical não tinha ocorrido a Emily quando ela embarcou para esta viagem. Ela estava acostumada a fazer trilhas, a acampar. E mesmo com o inferno dos últimos dois anos, ela ainda estava em boa forma, forte e preparada por correr e praticar esportes por todo o Ensino Médio e faculdade. Costa Rica era considerado um destino seguro, com baixos índices de criminalidade e uma população amigável com os turistas. E também era barato – um fator importante para sua poupança que estava minguando rapidamente.

Ela tinha comprado esta viagem *antes.* Antes de o mercado cair novamente, antes de outra rodada de demissões que tinha custado o emprego de milhares de trabalhadores de Wall Street. Antes de Emily ir para o trabalho na segunda, com os olhos vermelhos por ter trabalhado todo o final de semana, apenas para sair do seu escritório no mesmo dia com todos os seus pertences numa pequena caixa de papelão.

Antes de seu relacionamento de quatro anos terminar.

Suas primeiras férias em dois anos, e ela iria morrer.

Não, não pense assim. Isso não vai acontecer.

Mas Emily sabia que estava mentindo para sim mesma. Ela podia sentir seus dedos escorregando mais, seu braço e ombro direitos queimando pelo esforço de aguentar o peso de todo seu corpo. Sua mão esquerda estava a centímetros de alcançar o lado da ponte, mas aqueles centímetros podiam facilmente ser quilômetros. Ela não conseguia ter uma pegada forte o bastante para se erguer com um braço.

Vai, Emily! Não pense, só aja!

Juntando toda a sua força, ela girou as pernas no ar, usando o impulso para levantar mais seu corpo por uma fração de segundos. Sua mão esquerda segurou a tábua saliente, apertando... e o frágil pedaço de madeira quebrou, levando-a a um grito aterrorizante.

O último pensamento de Emily antes de seu corpo bater nas rochas foi a esperança de que sua morte fosse instantânea.

O cheiro da vegetação da selva, rico e penetrante, atiçava as narinas de Zaron. Ele inspirou profundamente, deixando o ar úmido encher seus pulmões. Aqui estava limpo, neste canto da Terra, quase tão sem poluição quanto seu planeta natal.

Ele precisava disso agora. Precisava do ar fresco, do isolamento. Pelos últimos seis meses, ele tinha tentado fugir dos seus pensamentos, viver apenas o momento, mas tinha falhado. Mesmo sangue e sexo não eram mais o bastante para ele. Ele podia se distrair enquanto fodia, mas a dor sempre retornava depois, tão forte como sempre.

Finalmente, aquilo tinha chegado a um nível muito alto. A sujeira, as multidões, o fedor da humanidade. Quando ele não estava perdido numa névoa de êxtase, ele sentia nojo, seus sentidos sobrecarregados de passar muito tempo nas cidades dos humanos. Aqui era melhor, onde ele podia respirar sem inalar veneno, onde ele podia sentir o cheiro de vida em vez de químicos. Em poucos anos, tudo seria diferente, e ele talvez tentasse morar numa cidade humana novamente, mas não agora.

Não até que eles estivessem totalmente estabelecidos aqui.

Aquele era o trabalho de Zaron: supervisionar os assentamentos. Ele tinha feito pesquisa na fauna e flora da Terra por décadas, e quando o Conselho pediu sua ajuda com a próxima colonização, ele não hesitou. Qualquer coisa era melhor do que estar em casa, onde as memórias da presença da Larita estavam em todo lugar.

Não havia mais memórias aqui. Por todas as suas semelhanças com Krina, este planeta era estranho e exótico. Sete bilhões de *Homo sapiens* na Terra – um número impensável – e eles estavam se multiplicando num ritmo frenético. Com seus curtos períodos, somando-se a uma falta de planejamento a longo prazo, estavam consumindo os recursos do seu planeta com extremo desrespeito ao futuro. De certa forma, eles o lembraram de *Schistocerca gregaria* – uma espécie de gafanhoto que havia estudado há vários anos.

Claro, humanos eram mais inteligentes que insetos. Alguns indivíduos, como Einstein, eram até como os Krinar em alguns aspectos dos seus pensamentos. Isso não era particularmente surpresa para Zaron; ele sempre achou que este devia ser o propósito das grandes experiências dos Anciãos.

Ao andar pelas florestas costa-riquenhas, ele se

achou pensando sobre sua tarefa naquele momento. Esta parte do planeta era promissora; era fácil imaginar plantas de Krina tentando sobreviver aqui. Ele tinha feito longos estudos no solo, e tinha algumas ideias de como fazê-lo até mais acolhedor para a flora Krinar.

Ao redor dele, a floresta era exuberante e verde, cheia da fragrância das helicônias florescendo e o som do farfalhar das folhas e dos pássaros nativos. Longe, ele podia ouvir o grito de um *Alouatta palliata*, um macaco bugio nativo da Costa Rica, e algo mais.

Franzindo, Zaron aguçou o ouvido, mas o som não se repetiu.

Curioso, ele foi para aquela direção, seus instintos de caçador em alerta. Por um segundo, o som o tinha lembrado um grito de mulher.

Movendo-se pela densa vegetação da selva com facilidade, Zaron colocou-se em alta velocidade, pulando sobre os pequenos riachos e arbustos à sua frente. Lá, longe dos olhos dos humanos, ele podia se mover como um Krinar sem se preocupar com exposição. Em dois minutos, ele estava perto o bastante para sentir o cheiro. Afiado e acobreado, aquilo fez sua boca salivar e seu pênis se revirar.

Aquilo era sangue.

Sangue humano.

Chegando ao seu destino, Zaron parou, olhando a cena à sua frente.

Adiante, havia um rio, um riacho da montanha transbordando pelas últimas chuvas. E nas rochas grandes no meio, sob uma velha ponte de madeira cruzando o desfiladeiro, havia um corpo.

Um corpo quebrado e contorcido de uma humana.

A Prisioneira dos Krinars está disponível. Se deseja saber mais, acesse meu site em www.annazaires.com/book-series/portugues/.

Anna Zaires é autora bestseller do *New York Times*, *USA Today*, e #1 como autora internacional de romance sci-fi e contemporâneo dark. Ela se apaixonou por livros aos cinco anos, quando sua avó a ensinou a ler. Desde então, sempre vive parcialmente no mundo da fantasia onde os únicos limites são aqueles da imaginação. Atualmente, morando na Flórida, Anna é feliz casada com Dima Zales (autor de ficção científica e Fantasia) e colabora de perto com ele em todos os seus trabalhos.

Para saber mais, por favor, visite www.annazaires.com/book-series/portugues/.

www.ingramcontent.com/pod-product-compliance
Lightning Source LLC
Chambersburg PA
CBHW060613100726
47907CB00006B/1608